Annika Thomassek

AF199197

Das Schattenkind

Annika Thomassek
Das Schattenkind

© Text: Annika Thomassek
© Bild: fotolia
Alle Rechte vorbehalten.

Herstellung und Verlag: BoD – Books on Demand, Norderstedt

Eigenverlag: Annika Thomassek
annika.motte@online.de

ISBN: 9783746064468

November 2017

Kämpfen heißt leben, leben heißt kämpfen. Nur wer wirklich gelitten und Schmerz empfunden hat, hat auch wirklich gelebt.

Kapitel 1

Ich sehe aus wie ein ganz normales Mädchen. Aber das bin ich nicht, denn ich bin ein Halbvampir. Eigentlich bin ich eine Meerjungfrau, aber durch einen blöden Zwischenfall wurde ich zu einem Halbvampir. Normalerweise können Meerjungfrauen keine Vampire werden, aber weil mein Vater ein Mensch ist und ich ein paar seiner Gene geerbt habe, bin ich eine der wenigen Ausnahmen, die es nun Mal werden können. Für Vampire sind wir Meerjungfrauen eine wahre Delikatesse, ein teurer Wein, den man nicht jeden Tag zu trinken bekommt und daher etwas sehr Besonderes.

Bis heute kann ich mich noch genau an den Moment erinnern, an dem mich der Vampir überfallen und auch gebissen hatte. Es war ein heißer Juli Sommertag, an dem ich spazieren ging. Der Vampir kam wie aus dem Nichts und warf mich zu Boden. Er biss mir direkt in den Hals und zwang mich danach, sein Blut zu trinken. Was die Menschen nämlich nicht wissen ist, dass Vampirblut einen nicht nur unsterblich werden lässt, sondern auch Verletzung heilen kann und manchmal sogar auch Krankheiten. Aber Vampirblut allein macht keinen Vampir aus einem Menschen. Um unsterblich zu werden, muss man erst einmal sterben. Ich starb ohne zu wissen, dass ich einer werden würde. Eigentlich wollte ich nur tot sein und nahm mir deswegen das Leben. Ich wollte nicht mehr leben. Die meisten Menschen hatten mir oft genug gezeigt, dass ich nichts wert war. Meine Mutter schickte mich nach meinem Suizidversuch in eine andere Familie, weil sie nicht wollte, dass ich mir erneut etwas antat. Sie brachte mich in einer Familie unter, in der nur Vampire lebten.

Das Besondere für mich war, dass es dort noch ein Mädchen gab, das selbst ein Suizidproblem gehabt hatte. Dann gab es da noch

Jessica, ihre beste Freundin. Und vom ersten Tag an, als ich bei ihnen eingezogen war, war sie auch meine geworden. Und dann war da noch der Hausherr, Jessicas leiblicher Vater Joe. Meiner Mutter wurde Joe von einem Arzt empfohlen. Joe hatte sich dann mit meiner Mutter in Verbindung gesetzt. Nach mehreren intensiven Gesprächen, vertraute sie ihm und ließ mich in seiner Familie ziehen. Dann kam der Tag, an dem mich Joe mit der Erlaubnis meiner Mutter in die St.-Darkhoff-Gemeinschaft einschrieb. Joe war der Meinung, dass Nina einen schlechten Einfluss auf mich hätte, weil sie ja selbst mal suizidgefährdet war. Auch wenn sie dieses Problem jetzt als Vampir nicht mehr hatte.

Von Delmenhorst aus, einer kleinen Stadt in Niedersachsen, fuhren Joe und ich in den Harz, genauer gesagt nach Bad Harzburg. Dort lag die Anlage abgelegen am Waldrand. Noch vor kurzem hatte dort ein Hotel gestanden. Aber dann brannte das Hotel aus und wurde abgerissen. Die Vampirgemeinschaft kaufte das Gelände und errichtete die St.-Darkhoff-Gemeinschaft. Wir fuhren mit dem Auto durch das große Tor auf das große Gelände. Die Gebäude waren in einem altmodischen Stil erbaut worden. Wir stiegen aus und liefen auf das Empfangsgebäude zu. Joe schloss die Glastür hinter uns und wir standen in einer großen Halle. Auf einer Tafel stand, dass sich das Büro des Leiters im ersten Stock befand.

Wir stiegen die breite Treppe hinauf und kamen in einen langen Flur. An den Türen, an denen wir vorbeikamen, waren auf den kleinen silbernen Schildern zu lesen, wer in dem Raum arbeitete und welche Funktion er hatte. Die letzte Tür am Ende des Flures war auch gleich mit die Größte. Neben ihr auf dem Schild stand „Darkhoff, Leiter der Gemeinschaft". Joe klopfte an die Tür und von innen erklang eine Stimme mit amerikanischem Akzent. „Ja, bitte!" Joe öffnete und ich schlüpfte hinter ihm durch die Tür.

7

Immer darauf bedacht, mich so nah wie möglich bei ihm aufzuhalten. Darkhoff war ein großer Mann mit schwarzen Locken. Er erhob sich von seinem Stuhl, um Joe die Hand zu geben. Mir nickte er nur zu, denn er schien zu merken, dass ich nicht jedem die Hand gebe und er akzeptierte es.

Wir setzten uns ihm gegenüber in zwei schwarze Ledersessel. „Mein Name ist Darkhoff und ich heiße Sie herzlich in unserer Gemeinschaft willkommen." „Danke", sagte ich und zwang mich zu einem Lächeln. Darkhoff fragte, „ist es recht, wenn ich „Du" zu Dir sage, Vanessa?" „Ja, klar." Dieses Mal bemühte ich mich gar nicht erst zu einem Lächeln und versuchte mich ein wenig zu beruhigen. Ich mochte fremde Menschen nicht, und war immer sehr angespannt, wenn ich mit ihnen in einem Raum, Bus oder in einem Zug saß. Darkhoff musterte mich neugierig mit seinen lilanen Vampiraugen, eh er sich an Joe wandte: „Was hat sie für Essgewohnheiten?"

In diesem Moment fühlte ich mich schon ein bisschen unsichtbar. Zwar war ich total gestresst, aber reden konnte ich immer noch. Um mich ein wenig bemerkbar zu machen, fuchtelte ich wie eine bekloppte mit meinen Armen vor seinem Gesicht herum. „Hallo, ich sitze vor Ihnen, warum fragen Sie mich denn nicht selbst?" Mit einem amüsierten Lächeln drehte er sich wieder zu mir und stellte mir seine Frage erneut. Er würde mich jetzt zwar für eine Irre halten, aber das war mir egal. „Ich kann von beidem leben, sowohl von Blut, als auch von menschlicher Nahrung." „Tja, dass freut mich, denn menschliche Nahrung wirst du bei uns nicht bekommen. Es sei denn, du möchtest es gerne. Dann allerdings müssten wir Dir in deinem Zimmer einen Kühlschrank einbauen lassen." Erneut zwang ich mich zu lächeln und schüttelte den Kopf. „Nein danke, das ist nicht nötig. Ich komme auch so zurecht." „Das habe ich auch nicht in Frage gestellt." Er wandte sich wieder an Joe und wechselte das Thema. „Hat sie eigentlich ihren Durst unter Kontrolle?" „Ja.", antwortete ich, doch der

Vampir schenkte mir keine Aufmerksamkeit. Ich versuchte es wieder mit wildem herumfuchteln, aber dieses Mal ignorierte er es einfach. Jetzt war ich wirklich unsichtbar. Joe war ebenfalls verwirrt, weil Darkhoff meine Antwort einfach ignorierte und fest darauf bestand, dass er die Antwort auf seine Frage gab. „Ja, sie hat ihren Durst unter Kontrolle." „Gut, dann kannst du jetzt deinen Ordner von meiner Sekretärin abholen."

Ohne ein Wort stand ich auf und ging zur Tür, die zu seiner Sekretärin führte. „Komischer Typ", dachte ich mir und klopfte kurz an, bevor ich das Büro betrat. Das Büro war recht klein. Überall standen Regale mit Akten und anderen Bürozeugs. Hinter dem Schreibtisch saß eine Frau mit einer weißen Bluse. Ihr hellbraunes Haar hatte sie sich mit einer Klammer nach oben gesteckt. Und als ich ihr Büro betrat lächelte sie mich freundlich an, wobei ihre scharfen, spitzen Zähne zum Vorschein kamen. Ich lächelte, ohne mich zwingen zu müssen zurück, und schloss die Tür hinter mir. „Ich habe dich bereits erwartet und schon mal deinen Ordner zusammengestellt." Sie reichte mir einen schwarzen Ordner, in dem mit goldenen Buchstaben mein Name eingraviert war. „Und das ist dein Zimmerschlüssel." Sie reichte mir einen kleinen, silbernen Schlüssel, in dem drei kleine Ziffern eingraviert waren. Ich steckte den Schlüssel in die Hosentasche meiner Jeans und öffnete neugierig den Ordner. Gleich auf der ersten Seite befand sich eine Klarsichthülle, in der sich ein Lageplan und eine Schlüsselkarte befanden. Die Sekretärin entdeckte die Schlüsselkarte in meiner Hand, die ich aus der Hülle herausgeholt hatte und erklärte: „Die Schlüsselkarte ist für deinen Kleiderschrank, falls du etwas einschließen möchtest, wenn du mal nicht im Zimmer bist." Ich sagte es zwar nicht laut, fragte mich aber: „Warum brauche ich für einen Kleiderschrank eine Schlüsselkarte?" Ich bedankte mich ein letztes Mal und kehrte in das Büro des Leiters zurück und setzte mich wieder in meinen Sessel.

„Joe hat mich gerade informiert, dass du auf Grund deiner psychischen Erkrankung, gewisse Probleme mit bestimmten Personen hast. Aber keine Sorge, hier werden sie nicht auftauchen." Eine gewisse Unruhe machte sich in mir breit. Ich sah ihn nicht an, als ich ihn fragte: „Wissen Sie auch, dass ich..." „Das du suizidgefährdet bist? Ja Ja, das weiß ich." Ich zuckte kurz zusammen und senkte den Kopf noch tiefer. Für mich gab es nichts schlimmeres, als ein Geständnis, dass man suizidgefährdet ist, wenn man in einem Erstgespräch saß. „Es muss dir nicht unangenehm sein", richtete Darkhoff an mich. Verblüfft sah ich von meinen Beinen auf. *Konnte er etwa Gedanken lesen?* „Können Sie meine Gedanken lesen?", fragte ich verunsichert und hoffte inständig, dass es sich um einen Zufall handelte. Darkhoff war amüsiert und lachte: „Nein, aber ich kann es an deiner Reaktion ablesen, dass dir das Thema unangenehm ist." „Oh....", das war mir jetzt aber richtig peinlich. Wie kam ich denn auch auf die Idee, dass er das konnte. Denn das konnten höchstens Telepathen und *Edward* aus *Twilight.* „Wenn dich etwas bedrückt oder du Fragen hast, dann scheue dich bitte nicht, mich oder einen meiner Kollegen anzusprechen. Natürlich wissen wir auch, dass du einmal täglich gebissen werden musst, auch da kannst du jederzeit zu uns kommen. *Da könnt ihr aber lange warten.*", schoss es mir durch den Kopf. Äußerlich hatte ich mein Pokerface aufgesetzt und einfach genickt, aber innerlich war ich ein wenig angewidert. Der Grund, warum ich von einem Vampir gebissen werden musste und nicht einfach sein Blut trinken musste war, dass sich im Speichel eines Vampirs ein wichtiger Stoff befand, der nur so in meinen Blutkreislauf gelangen konnte. Der bloße Gedanke daran war für mich so widerlich, dass ich nicht mehr darüber wissen wollte. Ich wusste nur, dass der Stoff lebenswichtig für mich war und dass ich ohne den Biss innerhalb von Minuten sterben würde.

Darkhoff begleitete uns nach dem Gespräch zurück zum Parkplatz, wo unser Auto noch immer unter einem riesigen Baum stand. Joe öffnete den Kofferraum, holte meine große Reisetasche heraus und stellte sie neben mir ab. Der Abschied war kurz und schnell gewesen, einmal in den Arm genommen und kurze letzte Worte. „Es ist nur zu deinem Besten." Joe löste sich von mir, stieg in seinen Wagen und fuhr ohne mich zurück nach Hause. Schon jetzt hätte ich heulen können. Denn Joe wusste nämlich ganz genau, dass ich Fremde überhaupt nicht leiden konnte, beschloss es aber zu verdrängen und es auf heute Abend, spätestens auf die Nacht, zu verschieben. Erst als ich unser Auto nicht mehr hören konnte, weil es auf die Autobahn gefahren war, hob ich die Tasche vom Boden auf.

Doch Darkhoff schüttelte den Kopf und wollte, dass ich ihm ohne das Gepäck folgte. „Wird meine Tasche denn nicht geklaut, wenn ich sie hier einfach liegenlasse?", fragte ich, als wir bereits einige Schritte gegangen waren. „Nein, einer vom Hauspersonal wird dir deine Tasche auf dein Zimmer bringen." Obwohl ich noch immer ziemlich angespannt war, wurde ich doch langsam etwas ruhiger.

Das Geräusch des plätschernden Baches, der an unserer Gemeinschaft vorbeifloss, beruhigte mich. Wir liefen über saftiges, grünes Gras, das trotz eines typischen Herbsttages so aussah, als wäre es aus dem Fernsehen für Gartenwerbung gekommen. Während wir liefen, deutete er mit seinem Finger auf die Wohnanlage. Von der man von dieser Seite allerdings nur die Balkons sehen konnte. Auf einem der Balkons im 3. Stock stand ein Mädchen mit dunkelblonden Haaren. Als sie mich und Darkhoff sah, sprang sie vom Balkon und landete leichtfüßig auf dem Boden und kam zu uns herüber. „Na, dann kann ich dich ja jetzt alleine lassen. Ich bin mir sicher, dass Nazissa dir alles Weitere gerne zeigen wird." „Aber natürlich Mister Darkhoff", antwortete sie. Darkhoff erinnerte mich noch einmal daran, dass ich jederzeit zu ihm kommen könnte und verschwand. Jetzt war ich mit dem Mädchen alleine, die mich noch immer, seit sie zu uns gestoßen war, neugierig musterte. „Ich bin Nazissa und wer bist du?" „Ich bin Vanessa." „Sag mal Vanessa, geht es dir nicht gut? Du wirst so bleich." „Ich…, ich…." „Ja?" Mit letzter Kraft, die ich noch aufbringen konnte, zog ich einen Zettel aus meiner Hosentasche und überreichte ihn ihr mit zitternder Hand. Nazissa wich erschrocken zurück, als sie las: „Beiß mich". „Nein!", sagte sie in einem scharfen, entscheidenden Ton, ließ den Zettel fallen und rannte davon, bevor sie sich es doch noch anders überlegen konnte.

Meine Beine zitterten, sie wollten mich nicht mehr halten und ich brach zusammen. Die Luft wurde knapp und mein Herz schlug nur noch in unregelmäßigen Abständen. *„Nicht mehr lange, dann bin ich endlich erlöst. Von meinem verdammten Dasein."*

Doch sosehr ich mich bei diesem Gedanken auch freute, gab es da immer noch einen klitzekleinen Teil in mir, der gerne noch weiter existieren würde. Nicht, weil ich doch an meiner Existenz hing, sondern viel mehr, weil ich meiner Mutter und meiner besten Freundin sehr viel bedeutete. Ich schloss meine Augen. Gleich war es für immer vorbei. Doch dann spürte ich den bekannten Schmerz, wie sich zwei scharfe, spitze Vampirzähne durch meine Haut bohrten. Augenblicklich begann mein Herzschlag wieder in einem regelmäßigen Rhythmus zu schlagen und meine Lunge füllte sich wieder mit Luft. *„Konnte ich denn nicht einmal in Ruhe sterben?"*, ging es mir erneut durch den Kopf. Ich hoffte inständig, dass es nicht Darkhoff gewesen war, der mich gebissen hatte. Doch als ich meine Augen öffnete, sah ich nicht Darkhoff neben mir knien, sondern ein Mädchen mit hellblonden Haaren. Einer ihrer Strähnen war in einem hellen blau gefärbt. „Hallo, ich bin Isabell." Sie führte ihren Finger zu einen ihrer spitzen Zähne und drückte zu, bis sich ein kleiner hellroter Blutstropfen zeigte. Isabell strich ihren Finger über die Stelle an

meinem Handgelenk, wo sich die Bissspur befand. In Sekunden-
bruchteilen verheilte die Wunde und nicht einmal eine Narbe
blieb zurück.

Ich setzte mich auf und entdeckte wie Darkhoff hinter Isabell auftauchte. *„Ach kommt er auch mal"*, *dachte ich mir.* „Ich bin sofort umgedreht, als ich gehört hatte, dass du schwächer geworden
bist. Geht es dir denn jetzt wieder besser?" „Ja, dank Isabell."
Ich rappelte mich vom Boden auf: „Ich würde jetzt gern aufs
Zimmer gehen." „Isabell ist mit dir auf einem Zimmer, sie wird
es dir zeigen. Geht es dir wirklich wieder gut?"

Diese Frage nervte mich langsam. „Ja, es ist alles wieder in Ordnung, danke.

Kapitel 2

Isabell führte mich zum Eingang unseres Wohntraktes. Die Schiebetür schob sich zur Seite und wir betraten die riesige Halle. In einer Ecke der Halle stand ein langes, weißes Designersofa. Davor stand ein riesiger Breitbildfernseher. An der anderen Seite der Wand war ein Becken angebracht, in dem ein künstlicher Wasserfall plätscherte. Das Wasser war so klar, dass man bestimmt hätte davon trinken können. Die Wände waren weiß gestrichen, so dass es in dem Raum, trotz der wenigen Lampen, hell genug war. Und überall hingen in regelmäßigen Abständen große, kunstvolle Gemälde. Auf dem Boden war ein großer, schwarzer, flauschiger Teppich ausgelegt, der wie ich fand, ideal in diesen Raum passte. Isabell griff nach meiner Hand und zog mich durch die Halle zu einer Treppe, die nach oben führte. Sie blieb stehen und sah mich fragend an: „Fahrstuhl oder Treppe?" Ich wollte gerade den Mund öffnen und sagen: „Das ist mir egal", als sie mir zuvorkam. „Hast Recht, du solltest noch keine Treppen laufen."

„Aber mir geht es wieder gut." „Keine Widerrede, wir nehmen den Fahrstuhl." „Und warum fragst du mich dann?" Isabell grinste: „Aus Höflichkeit." Der Fahrstuhl, der sich direkt neben der Treppe befand, war zwar klein, so dass maximal drei Personen Platz hatten, aber auch hier hatte die Gemeinschaft nicht an Geld gespart. Der Spiegel der hinter uns angebracht war, bestand aus Kristallglas, wie mir Isabell stolz erklärt hatte. Auch die Ziffern auf den Tasten, waren mit kleinen roten Steinen aus demselben Material angefertigt worden.

Isabell drückte auf die „Drei" und der Fahrstuhl setzte sich in Bewegung. Insgesamt hatte jeder Wohntrakt 6 Stockwerke. Die Kabine kam zum Stehen und wir stiegen aus.

Die Wände waren dunkel und überall hingen Wandleuchter, die den Flur in ein warmes, geborgenes Licht tauchten. Zum weiteren Bestaunen ließ mir Isabell keine Zeit. Sie zog mich ungeduldig weiter, bis wir schließlich vor einer Tür mit der Nummer „1980" standen. Sie öffnete die Tür und mir erbot sich der Anblick meiner neuen Bleibe. Schon beim Betreten des Zimmers merkte ich, dass das Zimmer erst vor kurzem eingerichtet worden war. Das ganze Zimmer roch noch nach Renovierung, nach Farbe und nach frischem Holz. Die Wände hatte man in zwei unterschiedlichen Farben gestrichen. Während die linke Hälfte des Zimmers in ein helles Rot gestrichen worden war, wurde die zweite Hälfte in einer dunkleren Farbe gehalten. Passend zu den Tapeten waren auch unsere Betten unterschiedlich bezogen worden. Wobei ich mich fragte, wofür Isabell ein Bett haben wollte, sie musste ja nicht schlafen, nicht so wie ich.

Auf meinem Bett lagen meine Reisetasche und mein Ordner, die ich auf dem Parkplatz zurückgelassen hatte. „Und was sagst du, gefällt es dir?" „Das ist ein schönes Zimmer." „Oh, glaub mir, es kommt noch besser. Öffne mal deinen Kleiderschrank." Ich kam Isabells Aufforderung nach und holte aus meinem Ordner meine Schlüsselkarte hervor und schloss damit den technisch gesicherten Kleiderschrank auf. Als ich den Schrank öffnete, wusste ich zuerst nicht was ich dazu sagen sollte. „Das glaub ich ja jetzt nicht." In einem der leeren Fächer lag ein nigelnagelneues Smartphone, auf dessen Rückseite in goldenen Buchstaben ebenfalls mein Name eingraviert war. Fassungslos hielt ich das Gerät, das jetzt meins war, in den Händen und schaute abwechselnd vom Handy zu Isabell, die breit grinsend hinter mir stand. „Man, ihr habt aber eine Menge Kohle." „Und das, obwohl wir auch sehr viel spenden. Es bleibt immer noch so viel Geld für die Gemeinschaft über."Da ich mein neues Handy immer noch in der Hand hielt, war ich auch mit meinen Gedanken noch bei meinem Handy. „Und was mache ich jetzt mit meinem eigenen Handy?" Obwohl ich eher mit mir selbst gesprochen hatte, als mit ihr, gab sie mir trotzdem eine Antwort. „Du könntest es doch verkaufen. Das haben hier so ziemlich alle gemacht." „Ich werde mir schon was überlegen", sagte ich und legte das Handy auf meinen Nachtisch, und begann damit, meine Tasche auszupacken.

„Woher wusstest du eigentlich, dass ich gebissen werden muss?" Ich legte meine Sachen in die erste Borte und drehte mich dann zu Isabell um, die wieder lächelte. „Zum einen stand das auf deinem Zettel und zum anderen habe ich das in dem Buch gelesen, das Darkhoff mir geliehen hat."Sie zeigte auf ihr Bett, auf dem ein altes, gebundenes Buch über Halbvampire lag. „Ich habe gelesen, dass du sterben kannst, ist das wahr?"

Ich hielt in meiner Bewegung inne, gerade war ich dabei gewesen meine T-Shirts in den Schrank zu räumen. Gerne hätte ich mich zu ihr umgedreht und hätte mit voller Begeisterung verkündet: „Ja, ich kann sterben. Ist das nicht großartig?" Doch das tat ich nicht, es hätte sie bestimmt verstört, wenn sie wüsste, dass ich zu denjenigen gehörte, die lieber Tod wären, als am Leben, damit ich nie wieder Schmerz fühlen musste. „Was steht genau über dieses Thema in diesem Buch?" Nachdem ich meine Tasche ausgepackt hatte, setzte ich mich aufs Bett und wartete darauf, dass mir Isabell eine Antwort auf meine Frage gab. „Du hast noch nie in diesem Buch gelesen, verstehe ich das richtig", fragte Isabell und sah mich prüfend an. „Nein. Bis jetzt wusste ich ja noch nicht einmal, dass so ein Buch überhaupt existiert." Isabell entspannte sich wieder und sagte dann: „Vielleicht liegt es daran, dass auf der gesamten Welt nur zwei Exemplare von diesem Buch existieren." „Das mag sein", erwiderte ich und sie fuhr fort: „Also, nach allem was ich weiß, kannst du an alldem sterben, woran ein normaler Mensch auch sterben kann. Das heißt an Herzversagen, an schweren, tödlichen Verletzungen, einem Genickbruch natürlich eingeschlossen. Das einzige, was dich nicht einschließt ist das Älterwerden."

„Wie meinst du das?", stotterte ich. Isabell legte den Kopf schief, sie konnte meine Reaktion auf diese Neuigkeit offensichtlich nicht deuten. „Sobald du 20 wirst, veränderst du dich nicht mehr." Mein Mund klappte auf und ich konnte eine gewisse Panik über diese Nachricht nicht unterdrücken. Isabell sah dies und saß in der nächsten Sekunde neben mir auf der Bettkante. Beruhigend strich sie mir über die Schulter. „Das ist aber nicht alles", flüsterte sie und ihre Stimme klang dabei bedrückt. „Es kann sogar sein, dass du in einem gewissen Alter doch stirbst." Ich sah auf und ein kleiner Hoffnungsschimmer schaffte es, dass ich mich ein wenig beruhigen konnte.

„Was?", brachte ich mehr vor Freude raus, als vor Entsetzen. Aber das bemerkte sie nicht. „Du weißt, dass es vor dir noch einen Halbvampir gab?" Ich nickte stumm. „Naja, keiner kann das mit Sicherheit sagen, aber es wird vermutet, dass deine Vorgängerin nach 1000 Jahren doch noch verstorben ist. Zumindest hat man sie seitdem Anfang des 21. Jahrhundert nicht mehr gesehen."

Als wir zum Mittagessen in die Mensa runtergingen, hatte ich meine Panik, was das ewige Leben betraf, weit nach hinten geschoben. Die Mensa befand sich im ersten Gebäude, in einem großen geräumigen Raum im Erdgeschoss. Als wir sie betraten, drehten sich alle anwesenden Vampire zu uns um und betrachteten mich mit einem gierigen und gleichzeitig neugierigen Ausdruck. Ihre lilanen Vampiraugen folgten mir, als ich an Isabells Seite durch den Raum schritt. „Beweis ihnen, dass du eine von uns bist, die halten dich sonst für Nahrung." „Als ob der Beweis daran etwas ändern würde", murmelte ich leise vor mich hin. „Mach es einfach, ok!"

Genervt verdrehte ich die Augen. Schon jetzt war Isabell die nervigste Person, die ich je getroffen hatte. Nachdem ich meine spitzen Zähne ausgefahren hatte, die ich sonst immer eingefahren hielt, drehten sich alle wieder um und gingen ihrer Beschäftigung nach, als wäre nie etwas gewesen. Isabell steuerte einen Tisch an, an dem Nazissa und zwei nett aussehende Jungs saßen. Nazissa rutschte von ihrem Stuhl, kam völlig außer sich auf mich zu und schloss mich in ihre Arme. „Vanessa, es tut mir so leid. Ich wusste nicht, dass unser Biss für dich lebenswichtig ist. Bitte, dass musst du mir glauben", flehte sie immer wieder, während wir zu den anderen beiden an den Tisch gingen. Isabell war schon vorgegangen und saß fröhlich schwatzend dem Jungen mit den schwarzen, wirren Haaren gegenüber. Die Jungs blickten freundlich lächelnd auf, als wir an dem Tisch ankamen.

„Du kannst dich zu mir setzen, wenn du möchtest", antwortet der Junge mit den kurzen, braunen Haaren und deutete auf den leeren Stuhl neben sich. „Ich bin Fabian", stellte er sich mir vor, als ich mich neben ihm auf dem schwarzen Barhocker niederließ. „Und ich bin Bastian", entgegnete der andere und reichte mir seine Hand. Ich schüttelte den Kopf und er ließ seine Hand wieder sinken. „Ich hol mir noch was. Kommt Ihr mit?" Bastian sah abwechselnd von mir zu Isabell, die jetzt mit Fabian zu Gange war und ihm dabei immer wieder amüsierte Blicke zuwarf.

„Isabell, ich rede mit dir." Sie sah ihn mit einem breiten Grinsen an, woran ich auch gleich bemerkte, dass sich die beiden häufiger mal neckten. „Mein Durst ist für heute gestillt, aber Vanessa sollte sich auf jeden Fall etwas holen." „Was hast du gemacht, dass du kein Durst mehr hast? Hast du vielleicht die heutige Lieferung überfallen und schon mal vorgekostet?" Isabells Grinsen wurde noch breiter, als sie Bastian eine Antwort darauf gab. „Nein, ich hatte die Ehre, Vanessa zu beißen, weil Nazissa ja abgehauen war und sie sie fast durch das Nicht-Beißen umgebracht hätte." Fast gleichzeitig hoben alle in der Mensa den Kopf und sahen in unsere Richtung, auch Fabian und Bastian sahen mich und Nazissa erschrocken an. „Du hast *was* gemacht", gab Fabian schockiert zurück. Ich rutschte schnell von meinem Stuhl und machte mich allein auf den Weg zu dem Buffet, wobei ich auch diesmal von dutzenden lilanen Vampiraugen verfolgt wurde. Auf dem gläsernen Buffet, das auch wie alles andere hier aus Kristall bestand, standen dutzende von Krügen mit Tierblut. Ich entschied mich für die erste Kanne. Ohne aufs Schild zu gucken, schenkte ich mir etwas davon in ein Glas und kehrte zum Tisch zurück, an dem das Thema nach wie vor im Gange war.

Es wurde Zeit ein anderes Thema anzusprechen, damit Nazissa nicht wieder hundert Mal damit anfing sich bei mir zu entschuldigen. „Wieso fragt Mr. Darkhoff eigentlich den Begleiter und nicht einen selber, ob man seinen Durst unter Kontrolle hat?" Sie gingen sofort auf den Themenwechsel ein und Isabell erklärte: „Du musst wissen, dass es mal einen Vampir gegeben hat, der dem Leiter versichert hatte, dass er seinen Durst unter Kontrolle hätte, aber das stimmte nicht. Er hatte es nur behauptet, damit er sich ungehindert unter Menschen bewegen konnte. Und als der Leiter herausfand, dass der Vampir gelogen hatte, verfügte er, dass nur der Verantwortliche diese Frage beantworten darf. Nimm es also nicht persönlich."

Früh am nächsten Morgen schlich ich mich schnell, aber achtsam über den Hof. Ich wollte einfach nur hier weg. Ich fühlte mich hier einfach nicht wohl und wollte einfach nur gehen. Am großen Eingangstor, durch das auch Joe und ich gekommen waren, tauchte Fabian plötzlich vor mir auf, der offensichtlich bis eben irgendwo in den Bäumen gesessen haben musste. „Warum willst du weglaufen?" „Wie kommst du darauf, dass ich das vorhabe?" „Es ist 6.00 Uhr in der Früh und außerdem guckst du dich die ganze Zeit um, als würdest du dich vergewissern wollen, dass dich keiner beobachtet." Eine Weile blieb es einfach nur still, bis er schließlich bemerkte, dass ich nicht vorhatte ihm den Grund zu erklären. Er streckte seine Hand aus und sah mich auffordernd an. Fragend erwiderte ich seinen Blick. „Was soll das werden?" „Ich möchte dir gerne zeigen, dass das Leben auch schöne Seiten hat." Unwillkürlich zuckte ich zusammen. *„Woher wusste er von* *meinem Suizidproblem? Das konnte unmöglich ein Zufall sein, also woher wusste er das?"*, diese Frage stellte ich mir immer wieder, während ich weiterhin auf seine ausgestreckte Hand starrte. „Was soll das", fragte ich ihn schließlich. „Ich weiß, dass du Suizidprobleme hast." „Woher?", fauchte ich wütend. „Du hast im Schlaf gesprochen." Fassungslos starrte ich ihn an. Er hatte mich, während ich geschlafen hatte, beobachtet. Er war in unserem Zimmer gewesen. Fabian und wahrscheinlich auch Isabell, hatten mitangehört, wie ich im Traum Pläne geschmiedet hatte, wie ich mich am besten umbringen konnte. „Stalker", schrie ich so laut, dass die Vögel, die in den Bäumen saßen, erschrocken davonflogen. „Ich bin kein Stalker, sondern ein Vampir", erklärte er ruhig.

Diese Aussage war einfach zu dämlich, dass ich einfach nicht anders konnte, als meine Wut auf ihn zu vergessen und anfing zu lachen. Er lachte ebenfalls und reichte mir erneut seine Hand. Ich zögerte, aber dann legte ich meine doch in seine. Ohne mir eine Erklärung zu geben, wohin er mit mir wollte, führte er mich durch ein kleines Nebentor und begann zu rennen. Wir rannten direkt in den Wald. An uns zogen die Bäume nur so vorbei und die ganze Zeit dachte ich darüber nach, wohin wir eigentlich liefen. Aber noch viel mehr beschäftigte mich die Frage, warum ich eigentlich mit ihm lief und stattdessen nicht einfach gegangen war. Dann endlich verlangsamte er sein Tempo und ließ meine Hand wieder los. Gemächlich schlenderten wir nebeneinanderher. Der Wald war noch menschenleer und der Bach, der sich neben uns entlang schlängelte, plätscherte ruhig vor sich hin. Plötzlich und ohne Vorwarnung nahm Fabian Anlauf und sprang über den Fluss. Auf der anderen Seite angekommen, drehte er sich zu mir um und sah mich auffordernd an. In diesem Moment hätte ich eigentlich die beste Möglichkeit gehabt, mich einfach umzudrehen und wegzulaufen, aber er hatte mich mit seiner ganzen Art so verwirrt und neugierig gemacht, dass ich mich dagegen entschied und seiner unausgesprochenen Aufforderung nachgab und ihm folgte.

„Und jetzt mal ganz ehrlich, wer ist denn auch so dumm und rennt weg, wenn man mit einem süßen Jungen alleine ist?"

Mit einem breiten Grinsen landete ich neben ihm. Zum ersten Mal war ich so richtig glücklich. Zum ersten Mal hatte ich Spaß an meiner Existenz. Ich nannte es so, weil es zwischen Leben und Existieren einen gewaltigen Unterschied gab. Jemand der lebte, konnte rausgehen und alles andere tun. Aber ich, die nur existiert, konnte gar nichts, weil ich auf Grund meiner Probleme extrem stark eingeschränkt war. Fabian lächelte ebenfalls, als er sah wie glücklich ich war. „Komm lass uns weitergehen." Wir rannten erneut, bis er nach zehn Minuten plötzlich stehenblieb und im oberen Hang verschwand. Ich folgte ihm und ließ mich neben ihm nieder, als ich ihn zwischen den Bäumen auf dem Boden sitzen sah. Mein Herz schlug noch immer ruhig vor sich hin. Es hatte sich nicht beschleunigt, was daran lag, dass mein Körper Rennen nicht als Anstrengung empfand.

Die ersten frühen Wanderer stiefelten jetzt gutgelaunt und manche sogar mit einem Lied auf den Lippen an uns vorbei. Sie nahmen uns nicht wahr, da wir regungslos und stumm dasaßen. „Warum möchtest du so unbedingt sterben", fragte Fabian, nachdem lange Zeit Stille zwischen uns geherrscht hatte. „Ich weiß, dass das sehr persönlich ist und es wäre okay für mich, wenn du es mir nicht sagen willst, da ich ja noch ein Fremder für dich bin. Ich würde es nur gerne verstehen wollen." Ich war gerührt. Zwar kannten wir uns erst seit gestern, aber trotzdem schien ich ihm schon etwas zu bedeuten. „Ich will sterben, weil ich den psychischen und den dadurch auch ausgelösten körperlichen Schmerz nicht mehr ertrage." Bei den Erinnerungen an diese qualvollen Schmerzen, die ausgelöst wurden, wenn ich entweder auf Sanitäter, Ärzte oder Polizisten traf, traten mir die Tränen in die Augen. Ich erzählte ihm von meinem traumatischen Autounfall von vor vier Jahren, bei dem ich zwar nicht verletzt worden war, aber einen schweren Schock erlitten hatte, unter dem ich bis heute litt. „Den damaligen Sanitätern war ich völlig egal, sie haben mich die ganze Zeitlang angesehen, aber sich nicht für mich interessiert. Nach dem Unfall, als einige Zeit vergangen war und mich das Ganze nicht losgelassen hatte, habe ich mich an einen Bekannten gewandt und ihm die Sache mit den Sanitätern geschildert. Er hat mir dann gesagt, dass sie mich eigentlich noch mal persönlich hätten fragen müssen, ob ich wirklich okay bin, auch wenn meine Betreuerin es ihnen damals versichert hatte als sie eingetroffen waren. Sie hatte draußen gewartet, während ich mit den anderen Insassen des zweiten Wagens, in den wir gekracht waren, im Café saß, in das wir gebracht wurden."

„Die haben dir das Gefühl gegeben, unwichtig zu sein. Das ist echt krass", stellte Fabian bedrückt fest und ich sah ihm an, wie viel Mitleid er mit mir hatte. „Ich verstehe, warum du so unbedingt sterben möchtest, aber solange ich in deiner Nähe bin, werde ich dir nicht dabei zusehen, wie du so einfach aufgibst.

Ich werde um dich kämpfen und dir zeigen, dass das Leben auch schöne Seiten hat. Verlass dich darauf."

Nun konnte ich einfach nicht mehr anders und heulte los. Fabian saß weiterhin neben mir und schien zu überlegen, ob er mich in den Arm neben sollte, damit er mich trösten konnte. Aber er tat es nicht.

Und ich wusste nicht, ob ich es wollte, denn bislang durften mir Fremde nicht einmal die Hand gegeben und in den Arm nehmen schon gar nicht.

Kapitel 3

Nach einer Weile hörte ich endlich auf zu weinen und wir schwiegen wieder, bis sein Handy mit dem Song "Breathing" von Jason Derulo die Stille durchbrach. Er zog sein Handy aus seiner Hosentasche und ging ran. Die Person am anderen Ende des Hörers musste ziemlich aufgebracht sein, denn er kam nicht einmal dazu, ihn zu begrüßen. „Beruhige dich Isabell. Isabell..., sie ist bei mir." Eine ganze Zeitlang hörte er ihr nur geduldig zu. Offenbar ließ sie ihn nicht zu Wort kommen und er war zu höflich, um sie zu unterbrechen. „Wir kommen bald zurück, dass verspreche ich dir. Ja, ich verspreche dir, dass ich sie dir heile zurückbringe."

Es dauerte noch eine ganze Weile, bis Fabian auflegte, sein Handy ausschaltete und wegsteckte. „Macht sie sich große Sorgen um mich", fragte ich vorsichtig. Er nickte, bevor er mir die Frage stellte: „Wundert dich das? Ich meine, du wolltest einfach so abhauen, wenn ich dich am Tor nicht abgefangen hätte."
„Naja, ja! Ich bin es eher gewohnt, dass ich den Menschen um mich herum egal bin. Ich bin für sie nur jemand, mit dem sie machen können was sie wollen, eben ein Fußabtreter." Fabian seufzte, weil er wusste, dass ich an diesem Punkt nicht ganz die Wahrheit gesagt hatte, aber er erwiderte auch nichts, weil er auch wusste, dass es keinen Sinn machen würde, mit mir darüber zu diskutieren. Es war eine andere Denkweise, die sich im Laufe der Jahre entwickelt hatte und für die ich selbst eigentlich auch gar nichts konnte.

„Uns bist du nicht egal, du gehörst jetzt zu uns und wir sorgen uns um dich." Wieder stiegen mir die Tränen in die Augen, aber dieses Mal konnte ich mich beherrschen, so dass ich nicht wieder anfing zu heulen. Dafür begannen meine Hände an zu zittern. Bereits nach ein paar Sekunden zitterten sie so stark, dass Fabian sie umklammerte. Aber auch das nützte nichts. „Was ist los, warum zitterst du so?"

Seine Stimme klang jetzt noch besorgter als zuvor und er lauschte aufmerksam in den Wald hinein, um eine Erklärung für meinen plötzlichen Anfall zu finden. Doch außer den Blättern im Wind und den Waldtieren hörte er nichts, was ihn noch unruhiger werden ließ.

Meine Stimme zitterte ebenfalls, als ich ihm eine Antwort gab: „Das ist der Stress. Joe hat mir mal erklärt, dass wenn mein Körper zu hohem Stress ausgesetzt ist, ich dann entweder früher oder sogar öfter gebissen werden muss, auch wenn ich schon gebissen wurde."

„Du wurdest heute aber noch nicht gebissen oder?" „Nein!" Er holte einmal tief Luft, was bei Vampiren ziemlich unnötig war, weil sie ja eh keine Luft mehr zum Atmen brauchten, aber er machte es trotzdem. „Möchtest du, dass ich es tue oder soll ich dich zur Gemeinschaft zurückbringen, damit es einer von denen macht?"

Ich spürte, wie mir eine leichte Hitze der Verlegenheit ins Gesicht schoss, als ich ihm eine Antwort darauf gab. Bei dem Gedanken, dass Darkhoff oder ein anderer aus der Gemeinschaft mich beißen würde, kühlte sich die Hitze schnell ab. Vergleichsweise war es so, als müsste ein Lehrer seinen Schüler wiederbeleben.

„Und mal ganz ehrlich, niemand könnte seinem Lehrer in die Augen sehen, ohne daran denken zu müssen, dass seine Lippen auf die des Schülers waren."

Bei diesem Gedanken wurde mir noch kälter und ich spürte, wie sich eine Gänsehaut auf meinen Armen bildete. Ich neigte meinen Kopf, wobei ich meine dunkelbraunen Haare zur Seite schob, die die Sicht auf meine Halsschlagader nun freigaben. Schnell verschloss ich meine Augen, obwohl ich es gewohnt war, musste ich es doch nicht unbedingt mit ansehen. Doch als ich keinen Schmerz fühlte, wie sich seine Zähne durch meine Haut bohrten, öffnete ich sie wieder und war überrascht, als er noch immer unverändert dasaß. Ich ließ meine Haare wieder zurückfallen und ich fragte mich, ob er sich überhaupt trauen würde mich zu beißen, als mich der Schmerz dann doch überraschte. Er hatte sich meinen Arm, anstelle meines Halses ausgesucht.

Auf dem Gelände wurden wir bereits von Isabell, Nazissa und Bastian erwartet. Ihre Gesichtszüge wechselten von angespannt zu erleichtert, als sie uns vom Eingangstor her auf sich zukommen sahen. Isabell stürzte sofort auf mich zu und schloss mich in ihre Arme, während Nazissa und Bastian ihr etwas langsamer, zögerlicher folgten und kurz vor mir zum Stehen kamen.

„Jag' mir nie wieder so einen Schrecken ein, hörst du!" „Von mir aus.", gab ich genervt zurück und verdrehte die Augen, während sie mich noch immer umarmte. Sie ließ mich wieder los und bemerkte sofort die Wunde an meinem Arm. Ihre stürmische Umarmung hatte den Ärmel meiner Jacke verrutscht und die Sicht darauf freigeben. Immer wieder sah sie von meinem Arm zu Fabian, der noch immer neben mir stand. „Du hast sie gebissen, aber wieso", brachte sie schließlich heraus, nachdem sie meinen Arm und Fabian bestimmt so um die hundert Mal gemustert hatte.

Mir wurde das ganze einfach zu blöd, ich wollte einfach nur noch alleine sein, entriss mich ihrem Griff und ging in Richtung unseres Wohntraktes davon. Obwohl es mir egal war, blieb ich doch stehen, als ich weit genug entfernt war und lauschte ihrem Gespräch. „Was hat sie denn?", fragte Isabell, die noch immer irritiert über meinen plötzlichen Aufbruch war. „Du hast sie zu sehr bedrängt", antwortete Nazissa, die es sofort richtig gedeutet hatte. „Sie ist es nicht gewohnt, so umsorgt zu werden", fügte Fabian hinzu. Und bei diesen Worten brannten mir wieder die Tränen in den Augen, die ich sofort wegwischte.

„Sei einfach vorsichtig und gib ihr Zeit", sagte Fabian zu Isabell, noch bevor jemand anderes etwas sagen konnte. „Du hast mir immer noch nicht auf meine Frage geantwortet", erwiderte sie und ich musste mir unwillkürlich vorstellen, wie Isabell, Fabian mit einem vorwurfsvollen Blick ansah.

„Vanessa hat mir von ihrer traumatischen Vergangenheit erzählt. Das hat bei ihr sehr viel Stress ausgelöst, also musste ich sie beißen, da sie sonst in den nächsten Minuten gestorben wäre." „Also, zu hoher Stress sorgt dafür, dass sie früher oder häufiger gebissen werden muss", wiederholte Isabell noch immer ganz verwirrt.

Sie mussten zur Bestätigung genickt haben, denn keiner sagte etwas darauf. Bis auf Bastian, der ein Kommentar auf Isabells Unwissen darauf nicht unterdrücken konnte: „Isabell, sag bloß, das hast du nicht gelesen. Ich bin erschüttert! Ich bin entsetzt!" Als Antwort auf seinen Kommentar kassierte er einen Tritt, wie ich aus dem folgenden Geräusch heraushören konnte.

Den Rest des Tages verbrachte ich eingerollt auf meinem Bett. Isabell war nach einer Weile nachgekommen, weil sie mir es noch immer ziemlich übelnahm, dass ich einfach so abgehauen war und Angst hatte, dass ich es wieder versuchen würde. Stunde um Stunde lag ich da und wartete darauf, dass ich an einem plötzlichen Herzinfarkt, oder etwas anderem, sterben würde. Aber das einzige was passierte war, dass der Tag zu Ende ging. „Kommst du mit zum Abendessen?" Ich gab ihr keine Antwort, sondern starrte einfach nur ins Leere.

Hinter mir hörte ich das Wählen einer Nummer und dann, wie sie mit jemandem telefonierte. „Sie will nicht mit zum Abendessen. Könnt ihr uns etwas mit rauf bringen? Ich habe sie schon das Mittagessen ausfallen lassen und zum Frühstück hatte sie meines Wissens auch nichts. Ich werde sie nicht alleine lassen. Also Bastian, tut es einfach. Okay?" Und damit war das Telefonat beendet.

Die Nacht war die einzige Zeit, in der ich alleine war. Fabian, der uns die Nahrung gebracht hatte, die ich aber nicht angerührt hatte, weil ich weder Durst noch Hunger verspürte, hatte Isabell erklärt, dass der Schlaf ebenfalls zur Privatsphäre zählte und sie mich deshalb in der Zeit alleine lassen müsste. Wie erwartet, hatte sie sich zunächst geweigert, aber Fabian hatte sie mit den mahnenden Worten: „Du übertreibst", davon abbringen können. Wenn ich in der Nacht aber doch einen erneuten Fluchtversuch startete, weil ich auch nicht wirklich schlafen konnte, kam ich nie weiter, als bis zum Flur. Denn dort wartete Isabell bereits mit ihrem vorwurfsvollen Blick auf mich und verhinderte somit meinen Abgang. Und ich hörte, dass sie auch erst dann verschwand, als ich wieder hinter mir die Tür geschlossen hatte. Am nächsten Tag wäre ich am liebsten ganz im Zimmer geblieben. Isabell machte mir aber einen Strich durch die Rechnung. Sie wollte unbedingt, dass ich nach draußen ging, und nervte mich solange, bis ich einfach nicht mehr konnte und ihr entnervt nach draußen folgte.

Nazissa warf mir einen mitleidigen Blick zu, als wir im Hof zu ihr stießen. „Vanessa hat ihre Nahrung immer noch nicht angerührt", sagte Isabell und warf mir dabei einer ihrer berühmten vorwurfsvollen Blicke zu. „Jetzt lass es doch mal gut sein, sie wird sich schon nähren, wenn sie Durst verspürt." Nazissa wirbelte herum und stellte sich ihr in den Weg. „Hör zu, ich weiß, dass du es nur gut meinst und dir große Sorgen machst, aber Vanessa wird am besten wissen was sie gerade braucht und was gut für sie ist." Nazissa schaute mich von der Seite an, während sie mit Isabell sprach. Ich lief an den beiden vorbei und ging einfach alleine weiter. Das Gras unter meinen Schuhen glitzerte von der Sonne. Der Herbsttag war mit 24 Grad so ungewöhnlich warm, dass es schwierig war sich vorzustellen, dass wir keinen Sommer mehr hatten.

Auf dem hinteren Teil des Geländes lag der Sportplatz. Hier gab es ein Basketballfeld, ein Fußballfeld, ein Tennisplatz und eine riesige Kletterwand, die den halben Platz einnahm. Als ich näherkam, sah ich Bastian und Fabian auf der Kletterwand sitzen und sich unterhalten. Beide sahen auf, als sie mich bemerkten und schenkten mir ein Lächeln.

In den darauffolgenden Tagen hatte sich nichts an meiner Stimmung oder an meinen nicht vorhandenen Hunger beziehungsweise Durst geändert. So oft und so lange ich konnte, verbrachte ich meine Zeit zusammengerollt und weinend im Zimmer. Am frühen Nachmittag wurde die Tür zu unserem Zimmer geöffnet und Bastian kam herein.

„Von Anklopfen hatte er also noch nichts gehört.“

Als ich kurz aufsah, um ihm zu sagen, dass Isabell noch nicht wieder da war, entdeckte ich die Packung Müsliriegel, die er neben mir aufs Bett gelegt hatte. „Ich hoffe du magst die Sorte. Da ich keine Ahnung davon hatte, habe ich mich nach der beliebtesten Sorte erkundigt“, sagte er ruhig, nachdem er sich auf dem Boden neben mir niedergelassen hatte. Mein Blick fiel auf die Packung. Er hatte Schokolade ausgesucht, eine Sorte die ich eigentlich sehr gerne mochte, aber im Moment hatte ich einfach keinen Appetit. „Bastian, das ist sehr nett von dir, aber ich habe keinen Hunger.“ „Würdest du denn mir zuliebe wenigstens einen Riegel essen?“ „Von mir aus.“ Ich packte einen der Riegel aus und biss davon ab. Aber kaum, dass ich den ersten Bissen heruntergeschluckt hatte, spürte ich, dass Essen und Stress sich nicht ganz so gut verstanden. Mir wurde schlecht und am liebsten hätte ich den ganzen Riegel sofort weggeschmissen und die Reste in meinem Mund wieder ausgespuckt. Aber Bastian zuliebe tat ich das nicht, sondern knabberte an dem Riegel weiter und versuchte mir nichts anmerken zu lassen.

„Isabell ist noch in der Schule, sie kommt erst nach der achten Stunde", erklärte ich ihm, nachdem ich den Riegel zur Hälfte gegessen hatte und hoffte, dass wenn er wusste, dass er nicht auf Isabell zu warten brauchte, wieder gehen würde. „Ich weiß. Wir sind auf derselben Schule, nur in unterschiedlichen Klassen." „Und was willst du dann hier?" „Ich wollte dir nur die Müsliriegel vorbeibringen und sehen wie es dir geht." Seine Stimme war noch immer so ruhig, dass ich dabei keinen Vorwurf heraus hören konnte, darüber das ich den ganzen Tag im Zimmer verbringen wollte. Es gab eine längere Stille, in der Bastian einfach nur neben mir auf dem Boden hockte und mir Gesellschaft leistete. „Ich weiß, dass du und Fabian gestern über mich geredet habt. Um was ging es?" Ich ließ die Frage beiläufig klingen. Ich hatte zwar keine Lust auf Reden, sondern wollte viel lieber meine Ruhe haben und alleine sein, aber ich musste doch wissen, woran ich in dieser Gruppe war. Ob ihre ganze Sorge um mich ihnen wirklich ernst gemeint war, oder ob sie einfach nur so taten, damit sie jeder Zeit an gutes Blut kamen. Nicht, dass ich damit ein wirkliches Problem hätte, nur dann sollten sie mich auch bitte dabei töten.

Für einen Moment sah Bastian mich überrascht an, scheinbar erstaunt darüber, dass ich nicht Bescheid wusste, obwohl ich doch anwesend war und das Gespräch hätte hören können. Im nächsten Moment hatte er aber wieder diese Miene drauf, die jeder Vampir, außer mir natürlich, haben konnte, ohne jeden Ausdruck. „Fabian hat mich gefragt, ob ich etwas für dich empfinde." Ungläubig sah ich ihn an. „Und was empfindest du", fragte ich noch bevor ich mir Gedanken über meine Worte machen konnte. „Du bist für mich wie eine Schwester, aber mehr Gefühle sind da nicht."

Fassungslos starrte ich ihn an, es war das erste Mal, dass ein Junge nur Geschwisterliebe für mich hatte, der weder schwul, noch verheiratet war. Normalerweise konnten nur die uns wider-stehen. Alle anderen waren von uns wie besessen, wenn sie uns sahen und würden sofort alles tun, um uns zu gefallen. „Warum hat er dich das gefragt?" Doch Bastian gab mir keine Antwort, stattdessen breitete sich in seinem Gesicht ein breites Grinsen aus. Je länger er grinste und ich auf eine Antwort wartete, desto mehr ging es mir auf die Nerven. „Spuck es schon aus, ich bin gerade nicht in Stimmung für Ratespielchen." Sein Lächeln ver-schwand und eine Mischung aus Verwunderung und Entsetzen trat in sein Gesicht. „Du weiß es wirklich nicht oder?"

„Oh mein Gott, was weiß sie nicht?"

Verwirrt sah ich ihn an. Ich war so verwirrt, dass meine depres-sive Stimmung vertrieben worden war. „Was meinst du?" „Fa-bian mag dich, deswegen hat er mich gefragt, ob ich auch etwas für dich empfinde, weil er Angst hatte, dass dadurch ein Streit zwischen uns entstehen könnte." Ich wusste nicht, was ich sagen sollte. Ich war noch immer fassungslos und spürte wie die Röte wieder auf meine Wangen zurückkehrte. All das war zu neu für mich.

Auch wenn es verrückt klingt, ist es als Meerjungfrau ziemlich schwierig einen festen Freund zu kriegen. Die meisten Jungs in-teressierten und mochten mich nur, wegen meines verbotenen, hübschen Aussehen. Für die Person, die in ihr steckte eher weni-ger und die, die es doch taten, waren schwul. Aber auch auf Vam-pire schien meine Anziehungskraft nicht zu wirken.

Am nächsten Tag hatte ich Bastians Worte wieder vergessen, als hätte unser Gespräch nie stattgefunden. Gerade als ich einen er-neuten Fluchtversuch starten wollte, weil Isabel zum ersten Mal selbst unten war, um das Abendessen zu holen, stand Fabian vor der Zimmertür und wollte gerade anklopfen. *„Schön, dass we-nigstens einer Manieren hat."* Bevor ich etwas sagen konnte, machte er ein paar Schritte ins Zimmer, wodurch ich gezwungen war, ebenfalls ein paar Schritte zurückzugehen. „Du wolltest abhauen oder …", sagte er sanft, als er die Tür wieder hinter sich schloss. Ich antwortete nicht, sondern lief genervt und frustriert zurück zu meinem Bett, setzte mich jedoch nicht, sondern drehte mich zu ihm um. „Wo wolltest du denn eigentlich hinlaufen?" Ich zuckte mit den Schultern, aber als Fabian mich einfach weiterhin nur ruhig ansah, brach ich zusammen.

„Irgendwohin, wo es keine Vampire gibt, die mich am Leben halten wollen. Ich ertrage das Ganze nicht mehr, ich will nicht mehr. Der Schmerz, der mir den Verstand raubt, das ertrag ich einfach nicht mehr." Weiter kam ich nicht, denn Fabian war ohne Vorwarnung nähergekommen und küsste mich. Seine Lippen lagen auf meinen und ich konnte deutlich seine Verzweiflung spüren, aber auch seine Zärtlichkeit dabei. Zwar erwiderte ich den Kuss nicht, schubste ihn aber auch nicht von mir weg.

Im ersten Moment, nachdem er sich wieder von mir losgelöst hatte, wusste ich nicht, was ich darauf sagen oder wie ich reagieren sollte. „Ist dies deine Art mir zusagen, dass ich die Klappe halten soll?" „Nein. Das war eine überstürzte Art dir zu sagen, dass ich dich liebe."

Nur sehr langsam drangen seine Worte in mein Bewusstsein, währenddessen auch die Erinnerung an das letzte Gespräch mit Bastian zurückkehrte.

Kapitel 4

Das Wochenende stand bevor und Fabian beschloss, mich nach Hause zu begleiten. Ich hatte nichts dagegen und freute mich darüber. Aber wer sich am meisten darüber freute, war meine Mutter. Als ich ihr am Telefon von meinem ersten richtigen Freund erzählte, hatte ich ihr auch gesagt, dass er übers Wochenende mitkäme. Sie versprach mir, oder eher sich selbst, dass sie uns mit Limonade versorgen würde. Es war das erste Telefonat mit ihr in dieser Woche gewesen, bei der ich mitten im Gespräch keine Träne verlor, sondern lächelte.

Für meine Mutter war es ein Ritual geworden, ihren Kindern Limonade zu servieren, wenn sie ihren ersten Freund oder Freundin mitbrachten. Da ich aus Angst nicht mit dem Auto fahren wollte, fuhren wir mit der Bahn. Bis vor Hannover lief es auch einigermaßen gut, bis dann ein Dummkopf mitten auf den Schienen einen Autoreifen warf, der dann ersteinmal beseitigt werden mussten. Und so standen wir dort auf den Gleisen und kamen nicht mehr weiter. Als wir dann endlich in Delmenhorst ausstiegen, hörten wir es bereits von weitem.

Sofort begann ich zu zittern und wurde kreidebleich, als das Sirenengeräusch immer lauter wurde und erst vor dem Bahnhofseingang verstummte. Unten in der Halle verstärkte sich mein Zittern und vor meinem geistigen Auge sah ich mich bereits wimmernd zusammengerollt auf dem Boden liegen. Fabian, der neben mir stand, wusste nicht was er tun sollte, denn Joe war noch nicht da, der uns vom Bahnhof abholen wollte. Fabian wollte beruhigend seine Hand auf meine Schulter legen, aber kaum das er sie berührt hatte, zuckte ich so stark zusammen, dass er sie wieder wegnahm.

„Ich bin's", sagte er so ruhig, dass seine Stimme ganz weich klang. „Ich weiß", gab ich leise wimmernd zurück.

Jede Sekunde war für mich eine Qual, ich konnte die Stimmen der Sanitäter so deutlich hören, als würden sie direkt neben uns stehen. Und von unserer Position aus konnte ich deren Fahrzeug sehen, das noch immer lautlos leuchtete. Ohne nachzudenken rannte ich los, ließ Fabian völlig verzweifelt stehen und verschwand durch den zweiten Ausgang, der zum Busbahnhof führte. Ich wusste, dass Fabian mir nicht folgen würde, da er bei der Geschwindigkeit, die er brauchte um mich einzuholen nicht riskieren konnte, sich dabei auch als übernatürlich zu enttarnen. Ohne selbst zu wissen, wohin ich eigentlich rannte, eilte ich durch die Straßen. Erst als ich spürte, dass ich die Gefahr hinter mich gelassen hatte, ließ ich mich auf den Boden nieder und machte mich dabei so klein wie möglich. Ich schloss meine Augen und hielt mir die Ohren zu. In meinem Kopf tobten noch immer die qualvollen Bilder und die Stimmen hallten wieder. In meinem Körper wurde ein Feuer entfacht. Die Flammen breiteten sich in rasender Geschwindigkeit aus und ein unsichtbares Messer erstach all das, was von den Flammen noch nicht verzehrt worden war. Und so verbrannte und verblutete ich innerlich.

Die Schmerzen ließen mich nicht los und trieben mich immer weiter in den Wahnsinn. Mir war nicht bewusst, dass ich mitten auf der Fahrbahn einer Spielstraße saß und ich bemerkte auch nicht, wie sich mir ein Auto näherte und wenige Meter vor mir zum Stehen kam. Ich bemerkte, dass ich nicht mehr alleine war und jemand legte mir seine Hand auf meine Schulter. Ich zuckte zusammen, seine Berührung bereitete mir Schmerzen. Er nahm seine Hand wieder weg und begann zu sprechen: „Hab keine Angst, ich tue dir nichts." Seine Stimme war mir vertraut, doch der hohe Stress, der in mir wütete machte es mir unmöglich seine Stimme jemandem zuzuordnen. Die Stimmen der Sanitäter hallten erneut durch meinen Kopf und ich wünschte mir, dass ich schreien könnte: „*Töte mich,* damit ich die Schmerzen und die Stimmen endlich los war.

Aber das konnte ich nicht, denn mein Mund war wie zu geklebt. „Bitte komm von der Straße, bevor dir noch etwas passiert." Stille trat ein. Als ich mich noch immer nicht bewegte, sagte er: „Ich werde die Polizei informieren müssen, wenn du nicht beiseite gehst." Wieder zuckte ich zusammen und ein erneuter starker Zitteranfall folgte.

Das musste doch alles einfach ein schrecklicher Albtraum sein, doch das war es leider nicht, es war die Realität. Der Mann kam wieder näher und sein Geruch, für den es unmöglich war eine Beschreibung zu finden, kribbelte mir in der Nase. Ihm musste aufgefallen sein, wie blass und wie sehr ich am Zittern war, denn er stand wieder auf und machte sich Sorgen und Vorwürfe darüber, warum ihm das nicht schon früher aufgefallen war.

„Moment mal, warum weiß ich das überhaupt, was in ihm vorgeht?"

„Soll ich einen Arzt rufen?" Ich wollte den Mund öffnen und „Nein" sagen, aber dass konnte ich nicht, denn auch wie zuvor war auch jetzt mein Mund wie zugeklebt. Er riss die Tür zu seinem Auto auf, um nach seinem Handy zu suchen. Erneut zuckte ich zusammen, als sich zwei Hände auf meine Schulter legten, die aber auch gleich wieder verschwanden, als ich zusammenfuhr. „Vanessa, es ist alles gut. Ich bin´s Joe."

„Vanessa", wiederholte der andere Mann, der mich jetzt erkannt hatte. An der Art, wie er meinen Namen aussprach, nämlich mit einem leichten italienischen Akzent, erkannte auch ich ihn. Es war Enrico, ein Nachbar meiner Mutter. „Sie kennen Vanessa", fragte Joe überrascht. „Ja, ich wohne in ihrer Nachbarschaft. Und sie sind wer?" „Ich bin ein Freund der Familie und ab jetzt kann ich übernehmen und sie können unbesorgt weiterfahren." Ich hörte wie Enrico leise sarkastisch mit sich selber sprach: „Ich soll jetzt also unbesorgt nach Hause fahren und so tun, als hätte ich nicht gerade meine Nachbarin völlig verstört auf der Straße aufgefunden."

Joe hob mich hoch und setzte mich abseits der Straße wieder ab. Enrico war überrascht, denn obwohl ich mich gewehrt hatte, hatte Joe mich ohne Schwierigkeiten tragen können. Enrico verabschiedete sich, noch immer verunsichert darüber, ob es richtig war mich mit Joe allein zulassen.

„Vanessa, du kannst jetzt deine Augen wieder öffnen und deine Hände von den Ohren nehmen, er ist weg", sagte er sanft und strich mir dabei über den Rücken. Obwohl ich ganz genau wusste, dass das Joes Hand war, mochte ich seine Berührung in diesem Moment nicht und wollte nach ihm schlagen. Doch da hatte er seine Hand bereits wieder von meinem Rücken genommen. Er wiederholte seine Worte immer wieder, aber noch immer zeigte ich keine Regung. Ich wollte dort sitzen bleiben, aber andererseits wollte ich da auch so schnell wie möglich weg. Bevor ich das Bewusstsein verlieren konnte, spürte ich wie Joe seine scharfen, spitzen Zähne in meinen Oberarm versenkte. Kaum das ich meine Augen geöffnet hatte und vor mir auf den Boden starrte, zog er mich auf die Beine und führte mich zu seinem Auto, während ich noch immer meine Ohren geschlossen hielt.

Als könnte ich so dafür sorgen, dass die Stimmen in meinem Kopf, zu denen sich jetzt auch Enricos Stimme gesellt hatte, zum Verstummen bringen könnte. Ich spürte wie Fabian zu mir aufsah, als Joe mich neben ihm auf die Rückbank seines Wagens hievte und anschnallte. Auf der Fahrt spürte ich weiterhin den Blick meines Freundes auf mir ruhen, während ich nur mit leerem Blick auf den Vordersitz starrte. Ich schloss die Augen und lehnte den Kopf gegen die Lehne.

Als wir das Haus von Joe erreicht hatten und durch die Haustür traten, war ich gleich nach oben in mein Zimmer gestürmt. Meine Mutter hatte mit Joe ausgemacht, dass ich bei ihm schlafen soll, da sie noch immer Angst hatte, dass ich mir etwas antun könnte. Das Zimmer, das ich bei Joe bewohnte war klein, wenn man es mit dem Zimmer verglich, welches ich in der Gemeinschaft bewohnte. Aber andererseits war es auch größer, als mein eigenes Zimmer zu Hause. Die Möbel die ich besaß, wie Kleiderschrank, Bett, mein Schreibtisch und meine Regale, bestanden alle aus einem hellen Eichenholz.

Die Tapeten und die Vorhänge an meinem Fenster waren cremeweiß. Eingerollt in meiner orangen Lieblingsdecke, die ich von zu Hause mitgebracht hatte, lag ich auf meinem recht großen Bett. Es klopfte leise, doch ich gab keine Antwort drauf und nach dem einige Sekunden vergangen waren, wurde vorsichtig die Klinke runter gedrückt und Nina kam zögerlich ins Zimmer. „Darf ich mich setzen", fragte sie und deutete auf den Platz neben mir, als ich aufsah.

Nina hatte dunkelbraune, lange Haare, die ihr bis zum Rücken reichten. Ich hatte mich aufgesetzt und starrte gegen das Regal, in dem ein paar meiner Lieblingsbücher und Hefte lagen. Eine kleine Musikanlage stand über ihnen, neben der einige meiner Lieblings CD's lagen. Ich spürte, wie sie vorsichtig meine Hand nahm und anfing sie zu massieren. Dabei musste sie meine Narbe an meinem kleinen Finger entdeckt haben, denn sie hörte auf. „Die Narbe ist neu, oder?" „Ja", gab ich kleinlaut zu. „Wie ist das passiert", fragte sie ruhig. „Ich habe meinen Fingernagel in die Haut gebohrt, weil ich gehofft hatte, dass die psychischen Schmerzen so nachlassen würden. Aber ich hatte nicht beabsichtigt so viel Druck auszuüben, dass eine Narbe zurückbleibt. Das musst du mir glauben."

Nina zuckte mit den Schultern. „Und selbst wenn du es mit Absicht getan hättest, ist es immer noch deine Sache." Ich atmete ein paarmal ganz tief durch, Nina war absolut nicht wie Joe. Sie war immer voller Verständnis, für alles was ich tat. Sie wusste auch immer ganz genau, was in mir vorging und auch was ich brauchte, um mich ein wenig besser zu fühlen. Nur den Grund, woher sie das alles wusste, kannte ich nicht. Schuld dafür war

Joe, der aus irgendeinem Grund nicht wollte, dass ich es wusste. In diesem Moment klopfte es erneut und nachdem ich dieses Mal eine Antwort gab, öffnete sich die Tür und Joe kam herein. *„Wenn man gerade vom Vampir spricht.*

„Nina, könntest du uns bitte alleine lassen?" „Ist das ok für dich", fragte Nina an mich gewandt. „Ja." Aber plötzlich fiel mir jemand ein, den ich im ganzen Stress total vergessen hatte. „Wo ist Fabian?" „Unten im Wohnzimmer bei Jessica", antwortete Joe, obwohl ich ihn nicht gefragt hatte. „Soll ich ihn zu dir schicken", fragte Nina als sie sich bereits erhoben hatte und schon an der Tür stand. „Ja, bitte." Sie nickte und verschwand.

Joe drückte mir ein Glas mit Eistee in die Hand und hockte sich neben meinem Bett. Immer wieder nippte ich an dem Glas und stellte fest, dass es mir guttat und trank es ganz leer. Doch kaum, dass ich den letzten Rest des Getränks heruntergeschluckt hatte, bemerkte ich einen widerlichen, bitteren Nachgeschmack auf der Zunge. Mir war sofort klar was es war, als ich spürte wie ruhig mein Körper auf einmal war. Dennoch breitete sich eine nie gekannte Wut in mir aus.

„Du hast mir ein Beruhigungsmittel in den Eistee gemischt, wie konntest du nur? Du kennst meine Einstellung zu Medikamenten und ganz besonders zu Beruhigungsmitteln!" „Ich wollte dir doch nur helfen.", versuchte er mich zu beschwichtigen, doch ich war zu aufgebracht, um ihm und seiner Entschuldigung zuzuhören. „*Verständlich.*" Ich war so wütend, dass ich das leere Glas, das ich noch immer in den Händen hielt, gegen ihn warf. Das Glas prallte an ihm ab und zersprang in tausenden von kleinen Teilchen.

„Fühlst du dich jetzt besser", fragte er gelassen. „Ich kann dank deines Drinks den du mir gemixt hast nicht mehr weinen, also nein, es geht mir nicht besser!" Da Joe sich einige Zentimeter von mir entfernt hatte, stand ich selber auch auf, streckte meine Hand aus und beschwor mit meinen Fähigkeiten einen Windstoß hervor.

Die Glasscherben flogen durch die Luft und fügten Joe leichte und auch tiefere Schnittwunden zu, wovor ihn sein Hemd nicht schützen konnte. Die Wunden verheilten kaum, als ihn eine nächste Scherbe geschnitten hatte und ihn wieder ritzte. Joe machte das Ganze nichts aus, was mich noch wütender werden ließ und mir ehrlich gesagt auch keinen Spaß mehr machte. Sobald ich meine Hand gesenkt hatte, fielen die Scherben wieder klirrend zu Boden.

„Verlass auf der Stelle mein Zimmer." „Und die Scherben", antwortete Joe und schenkte meiner drohenden Stimme keine Beachtung. „Raus!" Joe verstand langsam, dass es jetzt besser für ihn wäre, wenn er sich zurückzog. Er stand bereits an der Zimmertür, als er sich ein letztes Mal zu mir umdrehte. „Ich mache dann das Chaos später weg, wenn du dich wieder etwas beruhigt hast." Fassungslos sah ich ihm nach, ich hatte ihn mit einem Glas beworfen und ihn mit den Scherben Verletzungen mit voller Absicht zugefügt. Er behandelte mich, als wäre ich nur ein verängstigtes, kleines Mädchen. Mit verschränkten Armen vor der Brust tauchte Fabian in der noch immer offenstehenden Tür auf.

„Läuft das bei euch immer so liebevoll ab?" „Joe hat mir ein Beruhigungsmittel in den Eistee gemischt. Dabei weiß er ganz genau, dass ich Medikamente hasse", sagte ich matt, wobei mir erst jetzt so richtig bewusstwurde, was Joe getan hatte. „Ich bin gleich wieder da." Fabian verschwand. Nach wenigen Minuten kehrte er mit unserem silbernen Staubsauger zurück. Mit hochgezogenen Augenbrauen verfolgte ich, wie Fabian den Staubsauger aktivierte und die Scherben beseitigte, die quer auf dem Laminatboden verteilt waren. Nachdem er den Staubsauger zurückgebracht hatte, schlang ich meine Arme um ihn und schmiegte mich ganz fest an ihn ran. Da ich mit meinen 1,70m ganze zehn Zentimeter kleiner war als er, konnte er sein Kinn auf meinem Kopf ablegen. „Du bist mir ein echtes Rätsel", sagte ich und lächelte. Ich spürte wie sich ebenfalls ein Lächeln auf seinen Lippen ausbreitete. „Dich von deinem Kummer abzulenken, war mein Ziel und dass du mir ein Lächeln schenkst, beweist mir nur noch mehr, dass meine unerwartete Tat etwas gebracht hat. Außerdem muss ich mir jetzt keine Gedanken mehr machen, dass du dich an den Scherben verletzen könntest."

Einige Zeit standen wir einfach nur so da, bis er mich zurück zum Bett zog und wir uns nebeneinander auf die Bettkante setzten.

„Du bist durstig", stellte er fest, nachdem er mir nach einer kurzen Abschweifung, in der er mein Gästezimmer inspiziert hatte, wieder in die Augen sah. Meine Augen hatten jetzt ein helles Lila angenommen, was nur dann geschah, wenn ich durstig war. Im Auto und auf dem Weg dorthin war mir das auch schon passiert, aber da hatte ich den Durst einfach wieder verdrängen können.

Fabian schob den Ärmel seines Pullis hoch und streckte mir sein Handgelenk entgegen. „Trink! Du hast dich seit letzten Sonntag nicht mehr genährt, also tu mir diesen Gefallen." Ich konnte mich nicht daran erinnern, dass ich jemals so durstig gewesen war. Ganz von allein kamen meine spitzen Zähne zum Vorschein und ich biss zu.

Kapitel 5

Am nächsten Nachmittag fuhren wir zu dem Haus meiner Mutter. Draußen war es grau, aber es regnete nicht. Fabian trug wie immer, wenn er sich unter den Menschen bewegte, seine blauen Kontaktlinsen. Er hatte mir erklärt, dass er, als er selber noch ein Mensch gewesen war, auch blaugraue Augen gehabt hatte. Meine Eltern bewohnten ein Einfamilienhaus, das an eine Hauptstraße grenzte. Beim Aussteigen schweifte mein Blick auf Enricos Haus, welches das letzte Haus in dieser Straße war. Der silberne Wagen stand vor dem Haus, aber von ihm selbst war weit und breit nichts zu sehen. Ich drückte den Klingelknopf auf dem unser Familienname stand: „Hemstar". Es dauerte einen Moment bis meine Mutter uns die Tür öffnete. „Hallo Vanessa." Sie gab mir einen Kuss auf die Wange, ehe sie meinen Freund begrüßte. Mum war eine Frau Mitte 40 und hatte kurzes braunes Haar. Wir setzten uns in die Küche, wo sie uns die versprochene Limonade servierte. Sie saß uns gegenüber und lächelte vor Glück, weil ich endlich jemanden gefunden hatte, dem ich mein Vertrauen schenkte.

„Mama, wo ist Papa?" Ihr Lächeln verschwand. „Er ist für eine unbegrenzte Zeit in den Urlaub gefahren." „Warum", fragte ich und spürte bereits den fetten Kloß in meiner Kehle. „Bei deinem Vater wurden Anzeichen einer Depression festgestellt, deshalb hat man ihn erst einmal beurlaubt. Aber er will es einfach nicht wahrhaben, dass er Depressionen hat und ist für die Zeit, in die er beurlaubt wurde, in die Schweiz gefahren." Ich konnte und wollte es auch nicht verhindern, dass mein Kopf aus lauter Verzweiflung mit einem lauten „Dong" auf die Tischplatte knallte. „Das ist alles meine Schuld." „Das ist doch Blödsinn, wie kommst du nur darauf", fragte Fabian, der sich dicht über mich gebeugt hatte. „Du musst eines wissen", begann meine Mutter zaghaft. „Mein Mann weiß nicht, dass Vanessa ein Halbvampir ist.

Alles was er weiß ist, dass Vanessa aus der Klinik entlassen wurde, weil es ihnen nicht mehr möglich war, sie zu behandeln."

„Nachdem meine zuständige Therapeutin bei uns zu Hause angerufen hatte und meinem Vater erklärt hatte, dass sie mich entlassen müssten, warf er mir vor, dass ich nicht alles versucht hätte. Und das er nicht wollte, dass ich wieder nach Hause komme", fügte ich hinzu, wobei mir die Tränen in die Augen stachen.

„Aber ich habe es versucht. Ich habe gelitten und war mehr als einmal gezwungen über meine Grenzen hinauszugehen, was mir nur noch mehr Schmerz eingebracht hatte, statt einer Verbesserung. Aus diesem Grund habe ich doch diesen Versuch gemacht, damit es endlich aufhört." Die Tränen liefen mir nun über die Wangen und die Augen meiner Mutter füllten sich ebenfalls mit Tränen. Ich sah es und wusste, dass ich zu weit gegangen war. Ich musste sie doch beschützen, aber stattdessen machte ich sie nur noch mehr kaputt. „Es ist alles meine Schuld", wiederholte ich erneut und starrte auf das Glas. „Nein! Schuld haben nur die, die dich im Stich gelassen haben. Aber du selbst hast und wirst auch niemals Schuld daran haben", flüsterte Fabian mir ins Ohr und zog mich, nach einem kurzen Kuss, den er mir auf den Kopf gab, an sich.

Meine Mutter nahm meine Hand und drückte sie liebevoll. „Ich möchte, dass du weißt, dass ich dir niemals die Schuld an alldem hier gegeben habe." „Mama, ich will nicht, dass du dich wegen mir belastet fühlst."

„Das weiß ich doch, mein Schatz."

Am frühen Abend saßen Fabian und ich gemeinsam in meinem Zimmer, das sich im obersten Stockwerk befand und früher, bevor wir eingezogen waren, noch als Dachboden gedient hatte. An den Wänden hingen Poster, die den Ozean zeigten. Auf der Kommode standen Fotos, die mich und meinen Bruder Trinus zeigten und ein Bild auf dem ich mit meiner ganzen Familie abgebildet war. Fabian der neben mir auf dem kleinen Sofa saß, hatte den Arm um mich gelegt und spielte gedankenverloren mit meinen Haaren. „Wie lange warst du eigentlich noch zu Hause, bis du bei Joe eingezogen bist?" „Drei Wochen. Aber ich war nicht hier, sondern bei meiner Tante an der Nordsee. Noch am selben Tag, an dem meine Therapeutin bei uns zu Hause angerufen hatte, musste ich meine Sachen packen und ausziehen. Mein Vater wollte ja nicht, dass ich nach Hause komme und wollte mich stattdessen in die nächste Psychiatrie einweisen.

Aber meine Mutter, die ja die einzige war, die die Wahrheit kannte, war dagegen. Sie brachte mich zu ihrer Schwester, wo ich vorübergehend bleiben sollte, bis sie mit Joe bei einem persönlichen Treffen über weitere Möglichkeiten gesprochen hatte." „Wie ist deine Mutter eigentlich auf Joe gekommen?" „Durch den Heiler. Er hat ihr die Nummer von Joe gegeben nach dem er sie davon unterrichtet hatte, was mit mir passiert war und was es für mich bedeutet ein Halbvampir zu sein." „Was ist ein Heiler", fragte er neugierig. „Ein Heiler ist ein Mensch, der ein paar magische Gene hat, mit denen es ihm möglich ist, Wesen wie mich zu heilen." Eine kurze Stille trat ein, in der Fabian weiterhin einfach nur neben mir saß und mit seinen Fingern meine Haare zu kämmen versuchte.

„Also weiß deine Tante was du bist und wie es dazu gekommen ist?" „Ja. Sie und mein Onkel haben alle scharfen Gegenstände weggesperrt, als meine Mutter mich zu ihnen gebracht hat. Sie haben mich nie alleine oder aus den Augen gelassen. Und in der ersten Woche, in der ich bei ihnen war, haben sie sich nachts stündlich den Wecker gestellt, um zu überprüfen, dass ich mich nicht heimlich umgebracht habe." Erneut traten die Tränen in meine Augen. Ich wischte sie weg, noch bevor sie meine Wange herunterrollen konnten.

„Ich war ein Monster, also warum sperrte man mich dann nicht einfach weg, damit ich niemanden mehr, der mir wichtig war, verletzten konnte?"

„Aber wenn du drei Wochen bei deiner Tante und bei deinem Onkel gewohnt hast, wie konntest du dann ohne gebissen zu werden überleben? Denn damals kanntest du weder Jessica, Nina noch einen anderen Vampir, der dich hätte beißen können. Also wie konntest du dann überleben?" „Glaub mir, dass willst du gar nicht wissen", erwiderte ich und erschauderte bei dem Gedanken. Fabians Neugier wurde durch meine Reaktion nur noch weiter geweckt und er sah mir jetzt mit großer Erwartung ins Gesicht.

„Ich sag nur Spucke und Injektion." Fabian schüttelte sich ebenfalls. „Ist ja widerlich." „Ich sagte doch, dass du das nicht wissen willst." Es klopfte und meine Mutter betrat das Zimmer. Ich hatte gerade einen Schluck von meiner Limonade genommen und verschluckte mich daran, als meine Mutter vorsichtig zu sprechen begann: „Wir sind heute Abend übrigens bei Enrico zum Essen eingeladen worden." Noch während ich stark hustete, klopfte mir Fabian eifrig auf den Rücken, was aber leider so überhaupt nichts brachte. „Warum lädt er uns zum Essen ein", fragte ich verdutzt. Bis jetzt kannte ich Enrico, seine Frau Christina und deren Tochter Veronika nur vom Sehen her und jetzt wurden wir von ihnen einfach so zum Essen eingeladen? „Naja, wir spielen seit einiger Zeit einmal die Woche zusammen Karten und dabei habe ich mal erwähnt, wie gern ich Pasta mag. Also hat er mich bei unserem letzten Treffen zum Pasta Essen eingeladen.

Da ich aber schon wusste, dass du mit Fabian zu Besuch kommst, wollte ich absagen, aber dann hat er mir das Angebot gemacht, dass du und dein Freund gerne mitkommen könntet." Mir wurde schlecht, aber ich konnte es unterdrücken, um die eine letzte Frage zu stellen, die mir noch auf der Zunge brannte: „Seit wann spielst du Karten?" „Seitdem du aus der Klinik entlassen wurdest. Christina, Enricos Frau, hatte bemerkt, dass es mir nicht gut ging und um mich von meinen Sorgen abzulenken, luden sie mich einmal die Woche zu einem Spieleabend ein. „Vanessa, alles in Ordnung mit dir?

Du bist so blass." Die Worte meiner besorgten Mutter riefen mir wieder in Erinnerung, wie schlecht mir eigentlich war. Ich stürzte aus dem Zimmer und raste nach draußen auf die Terrasse. Ich spürte, wie unter mir der Boden zu schwanken begann und klammerte mich an die Hauswand. „Es geht gleich wieder", antwortete ich, als ich Fabian hinter mir wahrnahm. Seine Hände legten sich auf meine Schultern und obwohl ich einen Pullover trug, spürte ich seine kühle Haut und den frischen Wind, der um mich wehte und meine Haut streichelte.

„Was macht er beruflich, dass er dich so panisch werden lässt? Ist er Arzt?" Endlich schaffte ich es mich wieder so weit zu beruhigen, dass ich mich zu ihm umdrehen konnte. „Nein, er ist Polizist." „Wir müssen die Einladung nicht annehmen und so wie ich Claire einschätze, wird sie dafür volles Verständnis haben, wenn du lieber hierbleiben willst." „Das weiß ich. Ich möchte nur nicht, dass sie von ihm erfährt, was gestern vorgefallen ist. Schließlich hatte sie es heute schon schwer genug." „Und das kannst du nur verhindern, wenn du dabei bist", gab er zu. Ich nickte nur. *„Na das kann ja heiter werden."*

Kurz vor sieben Uhr brachen wir auf. Meine Beine zitterten und mein Magen hatte sich auf eine unangenehme Weise verkrampft. Ich hatte das Gefühl, den Gang zu meiner Hinrichtung entlangzugehen. Mayas Bellen begrüßte uns, kaum dass wir uns deren Haus genähert hatten. Mit einem freundlichen Lächeln stand Enrico in der geöffneten Haustür. Sein Aussehen entsprach dem typischen Klischee eines Italieners. Er hatte dunkles Haar, war nicht besonders groß und wie meine Mutter fand, hatte er dunkelbraune, feurige Augen. Als er mich hinter meiner Mutter entdeckte, sah ich ihm an, dass er überrascht war, denn seit gestern hatte er wohl nicht mehr mit mir gerechnet. Mum, die vor mir gegangen war und ihn auf eine sehr vertraute, freundschaftliche Weise begrüßt hatte, wurde zu meinem Glück schon von Christina begrüßt und bekam seine überraschte Reaktion nicht mehr mit. Nachdem sich die Überraschung bei ihm gelegt hatte, lächelte er wieder und trat mit einem „Hallo Vanessa, schön dass ihr beide gekommen seid" beiseite, um uns hereinzulassen. Doch eine unsichtbare Mauer hielt mich davon ab, sein Haus zu betreten. Allein auf seinem Grundstück zustehen, war für mich bereits unangenehm genug und ich wäre am liebsten auch wieder schreiend davongelaufen. Fabian, der mein Zögern bemerkt hatte, nahm meine Hand und flüsterte so leise, dass nur ich ihn verstehen konnte: „Wir machen das zusammen, ich bin an deiner Seite."

„Ich bin Fabian", stellte sich mein Freund höflich den beiden Gastgebern vor. Die beiden zuckten zusammen, als sie Fabians kühle Haut berührten. Doch da es draußen ebenfalls ziemlich frisch war, dachten sie sich nichts dabei. Mein Blick wanderte durch den Flur, vorbei an dem riesigen Schuhschrank, in dem überwiegend Christinas Schuhe aufbewahrt wurden. Mein Blick erstarrte, als ich über dem Telefonschrank ein eingerahmtes Foto entdeckte, das Enrico in Uniform und einen zweiten Polizisten zeigte. Beide standen nebeneinander, hatten den Arm kumpelhaft auf die Schulter des anderen gelegt und grinsten breit in die Kamera. Beim Anblick dieses Fotos wurde mir schlecht. „Liebes, ich glaube unserem Gast scheint es nicht so gut zugehen. Würdest du Vanessa bitte ein Glas Wasser holen?" Enricos Worte rissen mich von dem Bild los, das mich noch immer in seinem Bann festgehalten hatte. Und ich sah gerade noch, wie Christina mit besorgter Miene in die Küche lief.

„War ja klar, dass ausgerechnet er das bemerkt haben musste. Und kann er nicht selbst gehen?" Für einen Moment schloss ich die Augen, um mich besser konzentrieren zu können, da ich seinen, Christinas, den meiner Mutter, Veronikas und den Herzschlag einer weiteren Person hören konnte. Was für einen Vampir absolut normal war, aber meine aufsteigende Panik trug dazu bei, dass sich alle Geräusche, die ich hören konnte, verstärkten. Aus der Küche war Christina zu hören, die hektisch umherlief. Im Wohnzimmer hörte ich an den Stimmen heraus, dass Veronika mit der Hausangestellten auf dem Fußboden saß und gemeinsam mit ihr Karten spielte. Im Garten hörte ich meine Mutter lachen, die sich über Maya, dem Hund der Familie amüsierte, weil sie auf irgendetwas herumkaute. „Könnten Sie bitte Vanessas Mutter nichts von dem gestrigen Zwischenfall erzählen?" Augenblicklich öffnete ich wieder die Augen und sah meinem Freund mit einem Blick an, der ihm eigentlich sagen sollte: „Hast du sie noch alle", aber er schenkte meinem Blick keinerlei Beachtung, sondern konzentrierte sich voll auf meinen Nachbarn. „Claire weiß nichts davon", fragte er und in seiner Stimme lag eine gewisse Verunsicherung. „Nein, bis jetzt noch nicht, aber sie wird es noch erfahren. Nur möchte Vanessa damit lieber noch bis morgen warten."

Ich war mir nicht ganz sicher, ob Fabian von seiner Begabung als Vampir Gebrauch gemacht hatte und meinen Nachbarn manipulierte oder ob er es auch ohne geschafft hatte. Auf jeden Fall nickte Enrico nur kurz und sagte dann: „Ich werde Claire nichts sagen, aber wenn sich das Thema nicht vermeiden lässt, werde ich nicht lügen und auch nicht darüber schweigen." *„Na toll, ich bin geliefert",* schoss es mir durch den Kopf. „Da wäre noch eine Kleinigkeit", sagte Fabian und drückte dabei leicht meine Hand. „Vanessa mag es nicht sonderlich, wenn man ihr zu Nahe kommt oder wenn man sie berührt. Es ist nichts Persönliches", fügte Fabian schnell hinzu, um die Gefühle meines Nachbarn nicht zu verletzen. „Ich werde mein Möglichstes tun, um darauf zu achten. Und jetzt entschuldigt mich bitte."

Enrico ging ins Wohnzimmer und erkundigte sich bei meiner Mutter nach ihrem Getränkewunsch. Kaum, dass er im Wohnzimmer verschwunden war, kehrte Christina aus der Küche zurück und reichte mir das Wasserglas. „Könnten Sie mich und meinen Freund kurz alleine lassen?" Sie lächelte: „Natürlich." Ich wartete bis Christina im Wohnzimmer verschwunden war, die Tür hinter sich angelehnt hatte und übergab Fabian, der mich völlig überrascht musterte, mein Wasserglas. „Du musst für mich etwas von dem Wasser trinken." „Wieso?" Ich senkte weiter meine Stimme: „Weil, wenn ich mit Wasser in Berührung komme, mir eine Schwanzflosse wächst." „Verstehe." Er führte das Glas zum Mund und trank es bis zur Hälfte leer und gab es mir zurück. „Bist du bereit", fragte er mich, als wir beide auf die noch immer angelehnte Wohnzimmertür starrten. „Nein", gab ich zu und in meiner Kehle bildete sich ein Kloß, während mein Magen weiterhin verrücktspielte. „Wir werden das schon schaffen. Ich werde dir nicht von der Seite weichen, das verspreche ich dir." „Okay." Meine Stimme zitterte und Fabian gab mir einen letzten, tröstlichen Kuss. Als wir das Wohnzimmer betraten, saß meine Mutter Christina gegenüber und sie stöberten gemeinsam in einem Magazin über Klamotten, Schuhe und Taschen.

Enrico lief, kaum dass wir neben der Tür im Zimmer standen, an uns vorbei und verschwand in der Küche. Kurz darauf war das Geschepper von Tellern und das Herausholen von Besteck zuhören. Li, die junge, asiatische Hausangestellte saß mit dem Rücken zu uns auf dem Fußboden und spielte immer noch mit Veronika Karten. Kaum das Fabian und ich das Zimmer betreten hatten, sah Veronika zu uns auf. Veronika hatte das dunkelblonde Haar ihrer Mutter geerbt, während sie die dunklen Augen ihres Vaters hatte. Sie warf mir einen beneidenden Blick zu und dann hörte ich sie einen leisen Seufzer ausstoßen. Ich selbst hatte dunkelbraunes, langes, kraftvolles Haar, eine perfekte Figur. Konnte weder zu, noch abnehmen und bekam auch niemals Pickel. Ich war der Albtraum eines jeden Mädchens.

Meine Mutter, die in diesem Moment zufällig in unsere Richtung sah, bemerkte dass mein Gesicht so blass wie der Schnee im Winter war, kam zu uns herüber und schloss mich in ihre Arme. „Ist es so schlimm für dich hier?" „Ja schon, aber das ist es nicht allein", antwortete ich flüsternd zurück und atmete den vertrauten Geruch von Salzwasser ein, der von ihr ausging. „Was ist da noch", flüsterte sie zurück. „Das Bild im Flur."

Mum wusste sofort was ich meinte und flüsterte: „Tut mir leid. Das Bild habe ich total vergessen, ich hätte dich sonst vorgewarnt." In jeder anderen Situation hätte die Umarmung meiner Mutter mich beruhigt. Aber jetzt, da ich mich in dem Revier, noch dazu in dem Haus eines Polizisten befand, half es mir leider nicht und ich löste mich wieder von ihr. *In diesem Fall, ist aber nicht das Polizeirevier gemeint. In dem Fall ist mit meinem Revier ein Ort oder eine Umgebung gemeint, von dem ich sicher wusste, dass meine Feinde hier nicht auftauchen würden. Oder, wie in Enricos Fall, ein Ort oder Umgebung bei dem es mich nicht wundern durfte, wenn dort Polizei oder ein Krankenwagen auftauchte.*

Mum ging wieder an ihren Platz zurück und trank etwas von ihrem Wein. „Wollen wir uns auch setzten", fragte mich Fabian und nahm wieder meine Hand. „Könnten wir noch ein Weilchen hier stehenbleiben?" „Natürlich, wenn du dich dadurch sicherer fühlst." „Ja, ein wenig", gab ich zu. *„Wir morgen weiterspielen können, für heute muss ich gehen"*, erklärte Li mit einem Blick auf ihre Armbanduhr und erhob sich. *„Oder Sie möchten, dass ich noch bleibe"*, fragte sie an Christina gewandt. „Nein, machen Sie für heute Feierabend." Li nickte dankend, half Veronika beim Einpacken des Spiels, stand dann auf, ging an uns vorbei, wobei sie uns freundlich anlächelte und suchte im Flur ihre Sachen zusammen. „Ich wünsche Ihnen noch einen schönen Abend", sagte Enrico, der aus der Küche getreten war, um Li zu verabschieden.

Die Haustür fiel ins Schloss und Fabian und ich setzten uns jetzt ebenfalls an den Tisch, wobei ich den Platz neben meiner Mutter und Fabian wählte. Enrico kehrte aus der Küche zurück, beladen mit einem Haufen an Tellern und stellte sie auf dem Tisch ab. Christina verteilte sie an uns und folgte anschließend ihrem Mann, um ihm beim Herübertragen des Essens zu helfen. „Die Kette ist wunderschön", sagte Veronika und deutete auf die Glaskristallkette, die ich um den Hals trug. „Danke", erwiderte ich und zwang mich zu einem Lächeln. Nachdem ihre Eltern das Essen, Besteck und zusätzliche Gläser serviert hatten, setzten auch sie sich an den Tisch. Wobei Enrico sich den ungünstigen Platz mir gegenüber aussuchte. Und damit war meine Selbstkontrolle, wenn ich so was überhaupt gehabt hatte, vorbei. Mein Herz pochte mir bis zum Hals. In meiner Lunge wurde das Gefühl erzeugt, als würde jemand seine Hand um meine Kehle legen und versuchen mich zu erwürgen. Enricos Berührung, die sich seit dem gestrigen Tag in meine Schulter eingebrannt hatte, spürte ich so deutlich, als hätte er gerade in diesem Moment seine Hand auf meine Schulter gelegt. Geistesabwesend strich ich mir mit meiner eigenen Hand über die Schulter, als könnte ich so dafür sorgen, dass das Gefühl verschwindet. „Mama, was hat sie", fragte Veronika verängstigt und beugte sich zu ihrer Mutter herüber. „Ich weiß auch nicht. Sie war eben schon so blass gewesen, aber jetzt…?"

Christina sah zu Enrico, der neben ihr saß. Es gefiel mir nicht, dass er plötzlich in einem fließenden Italienisch mit seiner Frau zu sprechen begann und alles was ich davon verstehen konnte, war einzig und allein mein Name. Christina antwortete in einem nicht ganz so fließenden Italienisch und hielt immer wieder kurz inne, als müsste sie überlegen, wie ein Wort hieß oder wie man es aussprach. „Was ist los", fragte meine Mutter, die es genauso wenig Behagte. „Sag es ihr", forderte Christina ihren Mann auf. Ich spürte wie es mir kalt den Rücken runter lief, da ich ahnte, dass meine Mutter jetzt von dem Vorfall unterrichtet werden sollte. „Ich denke, ich bringe Vanessa raus an die frische Luft", erklärte Fabian, stand auf und führte mich rasch hinaus in den Garten, wo er mich sofort in seine Arme nahm.

Maya, die im Gras lag und auf einem Knochen herumkaute spürte meine Anspannung, ließ den Knochen fallen und kam zu uns herübergelaufen. Von der Rasse her war sie ein großer, braunschwarzer Schäferhund und hatte ebenso große, dunkle Augen. Sie schnupperte. Der Geruch von Salzwasser, der ebenfalls von mir ausging machte sie neugierig. Ich befreite mich aus Fabians Armen, damit ich Maya den Kopf tätscheln konnte. Sie hatte eine erstaunlich, beruhigende Ausstrahlung auf mich und ich spürte wie meine Panik langsam abklang, während ich den Unterhaltungen aus dem Wohnzimmer lauschte. Enrico erzählte meiner Mutter von unserem gestrigen Aufeinandertreffen, bei dem er es allerdings vermied zu erwähnen, dass ich auf der Straße gesessen hatte, weil seine vierzehnjährige Tochter noch immer anwesend war. „Ich muss zugeben, dass ich noch immer ein schlechtes Gewissen habe, dass ich deine Tochter mit diesem Kerl allein gelassen habe und nach Hause gefahren bin. Ich weiß ja, dass er ein Bekannter von dir ist, aber ein schlechtes Gewissen habe ich trotzdem.", sagte Enrico mit ungewohnt matter Stimme an meine Mutter gewandt.

„Soll ich dich nach Hause bringen", fragte Fabian, der sich ebenfalls zu mir gekniet hatte um Maya zu kraulen, was sie zutiefst genoss. „Ja!" „Gut, dann gebe ich eben Bescheid, dass wir gehen." Fabian stand auf und ging zurück ins Haus. Nach wenigen Minuten kam er wieder zurück und wir verließen das Grundstück durch das Gartentor.

Fabian und ich saßen in unserem Wohnzimmer auf dem Sofa. Ich hatte mich an ihn gelehnt und er hatte damit begonnen, mir sanft den Rücken zu streicheln. Sein Handy, das vor uns auf dem Tisch lag surrte und verkündete, dass er eine Nachricht erhalten hatte. „Was will Isabel nun schon wieder", fragte ich genervt. Da es nicht das erste Mal, dass sich Isabell an diesem Tag bei uns meldete. Tatsächlich war es sogar bereits das 50. Mal. Fabian hatte ihr nämlich versprechen müssen, dass er sich bei ihr meldet, sobald wir bei Joe angekommen sind. Daher wusste sie auch von den unangenehmen Ereignissen und ließ uns seither kaum in Ruhe. *„Was ist sie? Deren überbesorgte Mutter?"* Isabell war auch die einzige, die Fabian an diesem Wochenende Nachrichten geschickt hatte, weshalb wir auch schon immer wussten, von wem die Nachricht kam, wenn Fabians Handy zu vibrieren begann. „Dasselbe wie immer, will wissen wie es dir geht", antwortete er in denselben genervten Ton.

„Ich habe sie ja echt gern, aber Isabell kann eine richtige Nervensäge sein", fügte Fabian hinzu und machte sich daran, eine Antwort zu schreiben. „Hast du was dagegen, wenn ich mich in die Badewanne zurückziehe?" „Nein, überhaupt nicht. Genieße dein Bad, ich werde hier auf dich warten. Und tu mir den Gefallen und lass dir Zeit, du musst wegen mir nicht hetzen." „Keine Sorge, ich hatte auch nicht vor gehabt zu hetzen." Ich gab Fabian einen Kuss, dann ging ich nach oben und verschloss die Badezimmertür. Ich drehte den Wasserhahn auf und setzte mich auf die Toilette und wartete darauf, bis das Wasser hoch genug sein würde. Da unser Haus im Moment nur von einer Meerjungfrau bewohnt wurde, war die Toilette außer Betrieb, denn außer meinem Vater benötigt sie keiner. Denn genau wie die Vampire, brauchten auch wir keine, wofür die Magie in uns gesorgt hatte.

Von unten hörte ich, dass Fabian über sein Handy Musik angemacht hatte und hin und wieder bei dem Refrain leise mitsang. Als das Wasser meine gewünschte Höhe erreicht hatte, gab ich aus einer blauen Muscheldose das Salz hinzu und stieg hinein. Es dauerte keine zehn Sekunden, als meine Beine verschwanden und mir stattdessen ein bronzefarbener Fischschwanz wuchs. Normalerweise dauerte die Verwandlung ganze zehn Sekunden, aber je mehr Wasser ich abbekam, desto schneller schritt die Verwandlung voran. Unsere Badewanne war groß genug, dass ich einmal komplett untertauchen konnte. Schaum oder andere Utensilien brauchte ich nicht. Allein das Salzwasser sorgte dafür, dass mein Haar wieder kraftvoll wurde und glänzte. Aber es gab noch einen zweiten, viel wichtigeren Grund warum ich so etwas nicht benutzte. Und zwar den, dass wir auf Shampoo allergisch reagierten und uns die Schuppen davon ausfielen, woran wir dann auch schnell und auf eine schmerzvolle Art sterben konnten.

Eine ganze Stunde verbrachte ich im Wasser, ließ es dann wieder mit meiner Magie verdampfen und stieg aus. Bevor ich aber zu Fabian zurückkehrte, ging ich eine Etage höher in mein Zimmer, um mir etwas anderes anzuziehen. Ich pfefferte die gebrauchten Sachen, die noch immer den Geruch meiner Nachbarn an sich hatten, in den Wäschekorb. Und machte mich nachdem ich mir eine schwarze Jogginghose und einen weißen Pullover angezogen hatte, wieder auf den Weg nach unten. „Hast du Lust auf einen Film", fragte ich und setzte mich wieder zu Fabian. „Ja, gern. Deine Oma hat übrigens vorhin angerufen, sie hat auf den Anrufbeantworter gesprochen." „Ich weiß, ich habe unter Wasser ihre gedämpfte Stimme gehört." „Das konntest du hören", fragte Fabian beeindruckt. „Ja, schließlich bin ich zur Hälfte Vampir", erinnerte ich ihn mit einem Lächeln. Erneut stand ich auf und ging in den Flur, um den Anrufbeantworter abzuhören.

„Hallo Claire, hier ist deine liebe Schwiegermutter. Leider erreiche ich euch nicht, aber ich rufe an, weil ich gehört habe, dass Vanessa ihren ersten Freund gefunden hat und möchte gerne Sie und ihren Freund morgen um 15:00 Uhr zu Kaffee und Kuchen

bei uns zu Hause einladen. Fred und ich würden uns sehr freuen.
Bis zum nächsten Mal. Tschüss. "

„Also, wie es aussieht wirst du morgen auch meine Großeltern
kennenlernen. Du wirst sie mögen, sie sind zwei wunderbare
Menschen", erklärte ich und lächelte meinen Freund liebevoll an,
als ich wieder bei ihm saß. „Also sind das die Eltern deines Vaters?" „Ja. Meine andere Oma wirst du glaube ich nicht so schnell
kennenlernen, weil sie in der Karibik lebt." „Schade. Und was
möchtest du jetzt gerne für einen Film gucken", fragte er und
stand vom Sofa auf. „Keine Ahnung." Ich stand ebenfalls auf und
ging zu unserem Schrank, in dem wir alle unsere Filme aufbe-
wahrten. In dem Schrank standen überwiegend Krimis, Kultfilme
und noch viele andere. Mein Blick fiel auf einen meiner Lieb-
lingsfilme und ich drehte mich zu Fabian um, der jetzt hinter mir
hockte und ebenfalls in den Schrank spähte. „Kennst du *Jurassic
Park?*" Seine Lippen formten sich zu einem Lächeln. „Das ist
mein Lieblingsfilm. Auch wenn es unmöglich für mich ist, keinen Durst dabei zu kriegen."

Seine letzten Worte ließen ihn bekümmert wirken. „Ich wüsste
nicht, dass es dabei ein Problem gäbe", sagte ich aufmunternd
und entlockte ihm damit ein dankbares Lächeln. „Wäre es denn
für dich ok, wenn wir den dritten Teil gucken? In dem Ersten gibt
es eine Stelle, die ich im Moment nicht ertragen kann. Und den
zweiten Teil finde ich ehrlich gesagt nicht so gut." „Kein Problem. Das ist völlig in Ordnung. Ich habe übrigens während ich
auf dich gewartet habe, Schokoladenpudding für dich gekocht.
Möchtest du vielleicht welchen?" „Ich kann doch schlecht Nein
sagen, wenn du extra welchen für mich machst." Mit einem noch
breiteren Lächeln ging er in die Küche, um den Pudding zu holen.
„Aber dein Handy lässt du doch unten oder", fragte ich vorsichtig, als Fabian soweit war und wir die Küche wieder verließen.
„Keine Sorge, das Handy bleibt hier und ich habe es auch auf

lautlos gestellt." „Das wird Isabell aber gar nicht gefallen", entgegnete ich jetzt mit einem noch breiteren Grinsen.

Aneinander geschmiegt saßen wir auf meinem Bett. Obwohl es eigentlich gar nicht möglich sein konnte, schmeckte der Pudding, den Fabian mir gekocht hatte, irgendwie besonders. Dabei handelte es sich eigentlich um eine Fertigmischung aus dem Supermarkt, den meine Mutter immer wieder regelmäßig kaufte. „Der ist super lecker und schmeckt ganz anders als sonst. Was hast du hinzugefügt?" „Das ist ein Geheimnis." Und seine Mundwinkel verzogen sich abermals zu einem Lächeln."

In der Szene, in der ein Mann panisch dem Flugzeug hinterherjagte und vom Dinosaurier erfasst und schließlich gefressen wurde, spannten sich Fabians gesamte Muskeln an und auch ich merkte, dass mein Verlangen nach Blut geweckt worden war. Ich tastete nach der Fernbedienung und drückte auf den Pausenknopf. „Lass mich dich zuerst nähren", sagte ich leise und sah ihn mit meinen lilanen Vampiraugen an. Fabian wollte gerade den Ärmel meines Pullovers hochschieben, als ich sein Handgelenk umklammerte und ihn damit zurückhielt. „Nicht das Handgelenk." Ich neigte den Kopf zur Seite. Meine Halsschlagader pochte vor Aufregung. „Bist du dir sicher, dass du das willst", fragte er ruhig und seine heisere Stimme kitzelte meinen Hals. „Ja!" Kurz darauf spürte ich den Schmerz. Es dauerte nicht länger als eine Minute, bis Fabian wieder von meinem Hals abließ und die Wunde verheilen ließ, die er mir zugefügt hatte.

„Jetzt bist du dran." Ich erwiderte sein Lächeln und fuhr mit einem leisen Klicken meine Fangzähne aus. Es dauerte bei mir wesentlich länger, bis ich meinen Durst gestillt hatte. Was mich aber nicht sonderlich störte, denn es war irgendwie erregend, direkt von seiner Kehle zu trinken.

Mitten in der Nacht fuhr ich schreiend hoch, ich zitterte am ganzen Leib. Bis eben waren meine Träume vollkommen normal gewesen und dann ganz plötzlich war Enrico mitten am weißen

Strand der Karibik aufgetaucht. „Vanessa was ist los, ich habe dich schreien gehört." *„Nee, ist nicht wahr!"* Fabian kniete neben mir. Das Licht, das aus dem Flur kam, beleuchtete mein Zimmer. „Hattest du einen Alptraum", fragte Fabian mich erneut. Meine Stimme zitterte, als ich ihm antwortete: „Nein!" „Was hast du dann", drängte er. Es machte ihm Angst, dass ich ihm keine genauere Antwort auf seine Fragen geben konnte. „Enrico war in meinem Traum", brachte ich schließlich heraus und ich sah wie Fabian sich neben mir etwas entspannte. „Süße, du hattest gestern ein schreckliches Erlebnis, in dem auch er eine Rolle gespielt hatte. Und dann waren wir auch noch in seinem Haus zu Gast gewesen. Da ist es völlig normal, dass dein Unterbewusstsein ihn früher oder später in deinen Träumen erscheinen lässt, damit du es besser verarbeiten kannst." Ich schüttelte erneut den Kopf und die Tränen die sich gebildete hatten, rollten mir die Wangen hinunter.

„Eben nicht, Meerjungfrauen können nämlich nicht von Menschen träumen. Wir träumen nur vom Ozean und von anderen Meerjungfrauen. Ein Mensch kann nur in unsere Träume gelangen, wenn wir uns mit ihnen verbunden haben." Der Fluss aus Tränen wurde stärker und ich verbarg mein Gesicht in meine noch immer zitternden Hände. Ich wusste nicht viel über die Verbindung, auch nicht was es damit auf sich hatte. Ich wusste nur, dass es für mich persönlich nichts Gutes bedeuten konnte. Fabian setzte sich zu mir aufs Bett, damit ich mich an ihn heran kuscheln konnte. „Möchtest du, dass ich dir etwas Vorlese? Vielleicht kommst du dadurch zur Ruhe und kannst vielleicht auch wieder einschlafen." „Ja. Könntest du die Nacht über hierbleiben?" „Natürlich." Fabian stand wieder auf und ging zu meinem Schreibtisch, auf dem neben meinem Laptop das Märchenbuch lag, in dem ich zuletzt gelesen hatte. Mit dem Buch in der Hand ging er zu der Zimmertür und schloss sie wieder. Für einen kurzen Augenblick blieb es dunkel, aber dann leuchtete eine kleine Lampe auf, die er auf meinen Nachtschränkchen gestellt hatte auf und tauchte das Zimmer wieder in ein mattes Licht.

Auch wenn ich selbst nicht wusste wie oder warum, schaffte ich es irgendwie, mich wieder mit Joe zu versöhnen. Am Morgen fand ich nicht nur ein bereits gedeckter Frühstückstisch vor, sondern auch eine Schachtel Pralinen, auf dem ein Zettel klebte, auf dem in seiner eleganten Schreibschrift geschrieben stand: *„Es tut mir leid, dass ich dir gegen deinen Willen ein Beruhigungsmittel ins Getränk gemischt habe."* Joe kam während seiner Mittagspause nach Hause, da er sich auch dieses Mal wieder bereit erklärt hatte, mich und Fabian zu meinen Großeltern zu fahren. Joe und ich führten ein längeres Gespräch darüber, wie bescheuert er sich mir gegenüber verhalten hatte. „Es tut mir leid", wiederholte Joe erneut. „Ist ok", gab ich schließlich zurück, obwohl das eigentlich so überhaupt nicht der Wahrheit entsprach, denn in Wirklichkeit konnte ich ihm das überhaupt nicht verzeihen. Ich sagte es nur, weil ich wollte, dass er mich endlich in Ruhe ließ und wir das Gespräch beendenden konnten.

Nach dem Gespräch erwartete mich Jessica schon auf der Hollywoodschaukel im Garten. Sie hatte mir bereits meine Decke von oben mitgebracht, die ich mir über die Beine gelegt hatte, kaum dass ich mich neben ihr niederließ. Meine Hände umklammerten die Tasse, in der sich heißer Kakao befand, den sie mir gekocht hatte. „Du hast meinem Vater nicht verziehen, oder?" „Nein." „Wundert mich nicht", erwiderte Jessica und ich konnten deutlich sehen, dass sie gerne mehr dazu gesagt hätte, es aber aus irgendeinem Grund nicht tat. Gedankenverloren streifte mein Blick durch den Garten, der ziemlich an einen Urwald erinnerte, was von Joe auch so gewollt war. Das Gras war hoch, ebenso wie die Pflanzen und das Unkraut. Um das Gerüst der Hollywoodschaukel hatte sich im Laufe der Zeit, die sie hier schon stehen musste, Ranken gebildet. Selbst der alte Schuppen, in dem die Gartenmöbel und die unnötigen Gartengeräte, die er sowieso nie benutzte, untergebracht waren, blieb ebenfalls nicht von den Pflanzen verschont. Das Handy in meiner Jackentasche begann zu vibrieren. „Lass mich doch endlich in Ruhe", knurrte ich, als ich den vertrauten Text erneut las, den ich schon den ganzen Tag von Isabell gesimmst bekam. *„Ich weiß, dass du noch lebst. Melde dich endlich!!"* „Was ist los?" „Ich habe schon wieder eine SMS von Isabell erhalten, in der wieder dieselbe Nachricht stand." Ich reichte Jessica das Handy, die die wenigen Zeilen schnell überflog. „Die wievielte Nachricht ist das jetzt von ihr, die fünfzigste?" „Von diesen Nachrichten jetzt, ist das die zweiundachtzigste. Und zusammen mit den Nachrichten, die davor kamen und auf die ich auch noch geantwortet habe, sind das insgesamt 150 Nachrichten." „Was ist sie, dein persönlicher Stalker?" „Nein, sie ist ein Vampir", erwiderte ich und auf meinen Lippen breitete sich ein Lächeln aus. Auch Jessica musste lachen: „Was?" „Das hat Fabian zu mir gesagt, nachdem ich ihn ebenfalls als ein Stalker bezeichnet hatte, weil er mich beim Schlafen beobachtet hatte. Da hat er gesagt, ich bin kein Stalker, sondern ein Vampir." Jessica kriegte sich nicht mehr ein vor Lachen. Es mussten einige Minuten vergangen sein, als ihr Lachanfall abschwächte und sie wieder zu sprechen begann: „Den muss ich mir merken. Aber sag mal, warum war Fabian bei euch im Zimmer?" „Isabell wollte Gesellschaft und da ich tief und fest geschlafen habe, hat sie gedacht, dass es mich ja nicht stören würde."

Kapitel 6

Auf der Fahrt zu meinen Großeltern, die ganz am anderen Ende der Stadt wohnten, gab es noch einige Dinge, die Fabian über die Beiden wissen musste, bevor wir bei ihnen ankamen. Meine Oma wusste nicht viel über meine Angsterkrankung. Nicht, weil meine Oma kaltherzig war, nein, sondern weil Sie trotz ihres Alters eine viel beschäftigte Frau war. Oma war nämlich eine berühmte Showköchin, die mit ihrer eigenen Show: *Die Hausfrau-Koch-Show* täglich auf Sendung ging. Weshalb ich auch nie genauer ins Detail mit meiner Krankheit bei ihr gehen konnte, da sie sich dann zu viele Sorgen um mich machen würde. Denn auch so war sie schon immer aufgeregt genug, dass sie immer bevor sie auf Sendung ging, an ihre Garderobe ein Schild hängte, auf dem stand:

„Bitte nicht stören, ich mache gerade den Baum!"

Eine Yoga Übung, die ihr half, sich auf die Sendung zu konzentrieren. Und dann gab es da noch etwas, das meine Großeltern auf Grund von Omas Berühmtheit nicht wissen durften und das war unser Geheimnis. Sie wussten also nicht, dass ihr einziges Kind eine Meerjungfrau zur Frau genommen hatte und dass ihre Enkeltochter ebenfalls eine war. Was ich aber persönlich am Bemerkenswertesten fand, und dafür verdiente meine Oma größten Respekt, war nämlich, dass sobald es ihre Zeit erlaubte, sie in die Schweiz fuhr, wo sie die steilen Berge oder Wände erklomm.

Joe setzte uns vor dem Haus ab und machte sich gleich wieder auf den Weg zur Arbeit. Wir hatten mit ihm abgesprochen, dass Fabian und ich zurücklaufen würden. Bei unserer Geschwindigkeit wären wir sowieso viel schneller als jedes Auto und bereits nach zehn Minuten wieder zu Hause. Als Oma uns die Tür öffnete, nahm sie nicht nur mich, sondern auch Fabian in ihre Arme. „Willkommen in der Familie.", murmelte ich ihm zu und lachte.

„So hast du dich also gefühlt, als ich dich Hals über Kopf zum ersten Mal geküsst habe." „Ja, so ähnlich.", entgegnete ich lächelnd, als wir hinter Oma ins Wohnzimmer gingen. Diva, Omas fette, weiße Katze lag eingerollt auf ihrem Kratzbaum und fauchte leise, als sie mich erblickte. Sie hasste mich, ich hasste sie, kurz gesagt: Wir hassten uns gegenseitig. Der Grund, warum wir uns nicht ausstehen konnten, war einfach. Diva hasste mich, weil ich nie den Fisch mit ihr teilen wollte und ich hasste sie, weil Diva mich mal grundlos gekratzt hatte, nur weil sie schlecht gelaunt war und ich wieder einmal nicht den Fisch mit ihr teilen wollte. „Setzt euch, setzt euch", forderte Oma uns auf und lief hektisch mit der Kanne, die leer auf den Tisch gestanden hatte, in die Küche.

„Wie alt ist deine Oma noch mal?" Das Lächeln, das ich seit unserer Ankunft nicht loswerden konnte, wurde noch breiter. „Sie ist 75." Fabians Stimme wurde leiser: „Das sieht man ihr aber gar nicht an. Wenn du mir ihr Alter nicht verraten hättest, hätte ich sie auf ende Sechzig, vielleicht Anfang Siebzig geschätzt." Ich gab ein kurzes knurren von mir, als Diva mich zum wiederholten Mal anfauchte, was sie dann auch sofort verstummen ließ. „Wir hassen uns", erklärte ich, als Fabian mich mit gerunzelter Stirn ansah. „Gibt es auch noch jemanden den du nicht hasst?" „Ja, dich", antwortete ich mit leiser, weicher Stimme und küsste ihn. „Hallo." Die freundliche Stimme meines Opas ließ mich zusammenfahren. Natürlich hatte ich Opa gehört, wie er draußen im Garten durchs Gras gestreift und dann die eiserne Treppe hochgestiegen war. Aber womit ich nicht gerechnet hatte war, dass er nicht höflich auf sich aufmerksam gemacht hatte, sondern uns einfach schlicht begrüßte, als würden Fabian und ich uns ganz normal unterhalten und uns nicht gerade küssen.

„Hallo, ich bin Fabian. Freut mich Sie kennenzulernen", begrüßte mein Freund ihn freundlich, als er aufstand und meinem Opa die Hand reichte. Opa zuckte nicht, als seine Hand Fabians kalte Haut berührte. „Vanessa." Opa nahm mich in seine Arme und drückte mich fest an sich. „Fred, ach das geht doch nicht. Geh nach oben und mach dich frisch und zieh dir etwas anderes an." Als ich mich zu meiner Oma umdrehte, sah sie Opa noch immer vorwurfsvoll an. Fabian ging zu ihr und nahm ihr die Kaffeekanne aus der Hand und stellte sie auf den Tisch. „Na geh schon", sagte Oma erneut und scheuchte ihren Mann aus dem Raum. „Ich wollte doch nur eine Tasse Kaffee trinken", maulte Opa leise vor sich hin, während er die Treppe nach oben stieg, um seine blaue Arbeitslatzhose zu wechseln. Seitdem Opa in Rente gegangen war, widmete er seine ganze Freizeit, die er hatte und nicht mit meiner Oma verbrachte, dem Handwerk.

„Ach, jetzt habe ich den Streuselkuchen unten im Kühlraum gelassen." „Das macht doch nichts", antwortete Fabian freundlich und schenkte meiner Oma ein Lächeln. „Süße, ich gehe mal eben auf die Toilette. Ich komme aber gleich wieder."

„Ach ne, dass hätte ich jetzt nicht vermutet. Ich dachte, er steigt aus dem Badezimmerfenster und haut ab."

„Das Badezimmer findest du am Ende des Flures, auf der rechten Seite.", erklärte ihm Oma, die gerade dabei war uns Kakao einzuschenken. Fabian gab mir einen sanften Kuss auf die Stirn und ließ uns allein. *„Nee, auch das hätte ich jetzt nicht vermutet."* „Er ist so ein netter junger Mann. Wo habt ihr euch denn kennengelernt?" Jetzt musste ich mir genau überlegen was ich ihr sagen konnte. Denn die Wahrheit, dass ich Fabian in einer Vampir-Gemeinschaft kennengelernt hatte, konnte ich ihr schließlich nicht erzählen. Zum Glück kam gerade in diesem Moment Fabian von seinem angeblichen Toilettenbesuch zurück und beantwortete Omas Frage mit einer Antwort, auf die ich eigentlich selbst hätte kommen können. „Ich habe Vanessa im wunderschönen Harz kennengelernt." Omas Augen begannen zu leuchten: „Ach nicht doch, schön! Vanessa, ich wusste garnicht dass du im Harz gewesen bist." „Du weißt so vieles nicht", flüsterte ich bedrückt. In diesem Moment kehrte auch Opa zurück. Er trug jetzt eine bequeme Hose und einen grauen Pullover. Kaum das er sich neben Oma auf den Stuhl gesetzt hatte, sprang Diva von ihrem Kratzbaum besitzergreifend auf Opas Schoß, um sich dort schnurrend einzurollen. „Hättest du dir nicht noch die Haare kämen können", fragte Oma in einem erneuten vorwurfsvollen Ton und versuchte seine Haare zu ordnen in dem sie ihm durch die Haare fuhr. Wie Omas Haar, war auch Opas, weiß und kurz. „Habe ich eben vergessen, okay", erwiderte Opa gelassen und nahm sich einige Kekse vom Teller und legte sie auf seinen eigenen, um sie zu verspeisen. Nach einer Weile gab Oma ihre Versuche auf, ohne Kamm Opas Haare zu richten und wandte sich wieder ihrer Kaffeetasse und uns zu. „Und was gibt es bei Euch so neues", erkundigte ich mich neugierig.

„Ach nicht viel." „Nicht viel", wiederholte Oma empört. „Du hast vor kurzem das Gartenhaus fertig gebaut, während ich in der Schweiz gewesen war." „Ach das ist doch nichts Besonderes, Hilde." „Oh, könnten wir uns das fertige Haus mal ansehen?" Mein Interesse ließ Opas Augen vor Freude funkeln. „Ich würde es auch gerne sehen wollen", fügte Fabian hinzu und Opa strahlte über das ganze Gesicht und scheuchte Diva von seinem Schoß, damit er aufstehen konnte. „Vanessa, Liebes, würdest du mir einen Gefallen tun und gleich, wenn ihr wieder oben seid, von meinem Orangenkuchen probieren? Ich würde ihn nämlich gerne in der Show präsentieren." „Natürlich Oma."

Als wir auf die Terrasse hinaustraten, stellten Fabian und ich zeitgleich fest, dass Opas Kommentar die Untertreibung des Jahrhunderts war. Seit meinem letzten Besuch hatte sich eine Menge verändert. Die Sitzbank aus hellem Holz, die oben auf dem Balkon stand, kannte ich bereits, als das erste Möbelstück, das Opa nach seiner Pensionierung eigenständig geschaffen hatte. „Hast du das alles alleine gemacht", fragte ich fassungslos und blickte auf den Gartenzaun, der das Grundstück umzäunte, einen alten

Grill den er als Blumentopf umgebaut hatte und auf sein neustes Werk, dem Gartenhaus, das ganz am Ende des Gartens stand. „Ja", antwortete er, als hätte er es nur im Baumarkt gekauft und nach Anleitung zusammengezimmert und nicht völlig frei erfunden, selbst gezeichnet um es dann zu bauen. Als wir dann im inneren des Gartenhauses standen, blieb mir und Fabian vor Verblüffung die Luft weg. *„Ja gut, bei Fabian ist das jetzt kein so großes Problem, der ist ja schon tot, aber bei Vanessa ist das schon schlechter, die lebt ja noch. Obwohl so ein großes Problem ist es dann doch nicht, sie will ja sterben."*

Das Innere wie auch das Äußere, war aus einem dunklen und hellen Holz gefertigt worden. Das Haus hatte ein zweites Zimmer, das allerdings noch immer leer stand. Hier in dem Hauptzimmer, in dem wir standen, war all das Gerümpel gestapelt worden, wofür auf dem Dachboden im Haus selbst kein Platz mehr gewesen war. „Das wird mein Freizeitraum, ich weiß nur noch nicht, was ich hier für Möbel reinstellen möchte. Wollen wir dann wieder zurück?" „Wir kommen gleich nach, geh du ruhig schon mal vor", antwortete ich. Opa zog daraufhin die Braue hoch, wandte sich aber wortlos um und ging zurück ins Haus.

„Ich muss mehr über die Verbindung zwischen mir und Enrico in Erfahrung bringen und dazu muss ich zu meiner Tante", sagte ich nachdem Opa verschwunden war. „Von uns ist sie die Einzige, die sich bisher mit einem Menschen verbunden hat. Ich habe auch schon mit ihr geschrieben, und sie wäre morgen auch zu Hause." „Und wo wohnt sie?" „In Cuxhaven." „Gut, dann muss ich nur Mr. Darkhoff Bescheid geben, da das bedeutet, dass ich morgen die Schule sausenlassen muss." Fabian zog sich in Opas noch leeren Freizeitraum zurück und klärte die Sache mit der Schule mit Mr. Darkhoff ab. Ich verfolgte eine Weile das Telefonat, bis zudem Punkt, an dem ich Fabian am Bahnhof davongelaufen war und ich allein auf Enrico traf. Ab da zog ich eilig mein eigenes Handy hervor und sah prompt, als ich das Handy entsperrte, dass ich erneut 51 Nachrichten bekommen hatte, wovon eine von meiner Mutter stammte. Die anderen Nachrichten waren alle von Isabell.

Zwar war es unmöglich, Fabians Gespräch nicht mitzuhören, wenn man zur Hälfte Vampir war. Aber ich schaffte es zumindest, mich nicht darauf zu konzentrieren, so dass das Gespräch ins eine Ohr hineinging und durchs andere wieder raus. Ich scrollte mit dem Finger über den Bildschirm, bis ich die Nachricht meiner Mutter fand und sie öffnete.

„Ich habe Enrico nachdem Ihr gegangen seid erklärt, dass du diese Ängste gegenüber Polizisten und Ärzten hast. Und er fand es sehr beeindruckend, dass du die Einladung angenommen hast und gekommen bist, trotz der Schwierigkeiten. Enrico hat mir übrigens auch verraten, dass du auf der Straße gesessen hast. Du sollst wissen, dass ich dir deswegen keine Vorwürfe mache. Ich bin nur froh, dass du dabei nicht verletzt wurdest. Ich liebe dich, Mama."

„Enrico weiß jetzt, dass ich Probleme mit Polizisten und Ärzten habe", sagte ich matt, kaum dass Fabian zu mir zurück kam. „Weiß deine Mutter von deiner Verbindung mit eurem Nachbarn?" „Noch nicht, aber ich schreibe es ihr später." Er nickte kurz, dann schlug er seine Arme um mich und nahm mir das Handy aus der Hand. „Wir stehen das gemeinsam durch, du bist damit nicht mehr allein", flüsterte er mir ins Ohr. In meinem Magen breitete sich ein warmes kribbeln aus und ich verspürte das starke Verlangen, ihn einfach wieder zu küssen.

„Ja, kitschig ich weiß, aber die Liebe - gerade die erste - ist nun einmal kitschig. Das lässt sich nun einmal nicht ändern."

Noch immer fiel es mir schwer zu glauben, dass Fabian wirklich echt war und dass er mich wirklich so liebte. „Darkhoff hat dir für übermorgen um 11:00 Uhr einen Termin bei unserer Psychologin besorgt." Verdutzt über seine Worte sah ich ihn an. „Ihr habt eine Psychologin? Wofür braucht ihr denn so etwas?" „Unsere Psychologin hilft den Vampiren ihren Durst zu kontrollieren, die es halt noch nicht können." *„Macht Sinn. "*

Am nächsten Morgen, fuhren wir bereits ganz früh los. Wir hatten die Idee gehabt, dass wenn wir frühzeitig losfuhren, den Pendlern nicht in die Quere kämen. Den gleichen Gedanken mussten auch andere gehabt haben, denn der Zug war trotz der noch wenigen Pendler total voll. Mitten auf der Strecke kam der Zug zum Stehen. Es gab keine Durchsage, was meinen Stress, den ich wegen der vielen Menschen sowieso schon hatte, steigerte. Eine junge Mutter kam mit ihrem Sohn an unseren Plätzen vorbei. Als der Junge mich entdeckte, blieb er aufgeregt stehen. „Mama guck Mal, da sitzt ein Geist." Im Spiegelbild des Fensters, beobachtete ich, wie Fabian den kleinen Jungen, der braune Locken hatte und niedliche, dicke Bäckchen, musterte. Der Junge war nicht älter als 4 Jahre und seine Mutter bestimmt nicht älter als 24.

„Noch ein Geist, noch ein Geist", schrie der kleine begeistert, als er in das blasse Gesicht meines Freundes blickte. Besorgt musterte mich die junge Mutter. „Felix, mein Schatz geh doch schon mal zu Oma. Mama kommt gleich nach." Trotzig schüttelte der Junge den Kopf. „Ich will bei dir bleiben und bei den Geistern." Sie strich ihrem Sohn liebevoll durchs Haar. „Geh zu Oma." Der kleine Junge streckte seiner Mutter die Zunge raus und ging maulend den Gang entlang. „Bitte entschuldigt, dass mein Sohn Euch als Geister bezeichnet hat." „Das macht doch nichts, so sind die kleinen nun Mal", entgegnete Fabian freundlich. „ Äh… ist mit Ihrer Freundin alles in Ordnung? Sie ist wirklich sehr blass und zittern tut sie auch."

In meinem Kopf schrillten die Alarmglocken. *„ Was, wenn sie zu dem Schaffner ging? Der würde mit Sicherheit einen Arzt herbeordern lassen. "* „Es ist alles in Ordnung, sie hat nur Schwierigkeiten mit der Enge und den vielen Menschen hier im Zug", versicherte Fabian ihr. Ich spürte, wie mein Herz in meiner Brust zu rasen begann und ich musste mich bemühen nicht nach Luft zu schnappen, weil die Luft mir jetzt auch noch fehlte. „Wenn ich euch aber noch irgendwie helfen kann, dann kommt gerne zu uns herüber." Die junge Mutter zeigte in die Richtung, in der ihr Sohn gegangen war. „Das ist sehr freundlich", bedankte sich Fabian und lächelte. Die Frau wühlte unterdessen in ihrer viel zu großen Handtasche und zog nach längerem kramen drei Bonbons hervor und reichte sie mir. „Bitte, vielleicht helfen sie dir." „Danke", hauchte ich so leise, dass die Frau mich bestimmt nicht gehört hatte. *„Aber man soll doch nichts von Fremden annehmen."* Als die Frau endlich gegangen war, lehnte ich den Kopf gegen die kalte Fensterscheibe und schloss die Augen. Ich versuchte wieder auf Durchzug zu schalten, damit sich die Geräusche von den Herzschlägen der Menschen, die mit uns in einem Wagon saßen und das Rauschen von Blut des Mannes, der uns am nächsten saß, nicht festigen konnten. Aber so sehr ich mich auch bemühte, dieses Mal wollte es mir nicht gelingen. Der Zug hatte sich wieder in Bewegung gesetzt und auch jetzt gab man uns noch immer keine Erklärung, warum wir eigentlich halten mussten.

Fabian zog aus einer seiner Jackentaschen sein Handy samt Ohrstöpsel hervor und reichte sie mir. „Ich habe meine Lieblings Musik hier drauf, wenn du sie hören möchtest. Dann könntest du dich darauf konzentrieren und so vielleicht besser auf Durchzug schalten." „Danke", hauchte ich erneut und nahm ihm das Handy aus der Hand und steckte mir die Stöpsel in die Ohren. Beim durchsuchen seiner Ordner bemerkte ich, dass er nicht nur ein großer Fan von *Jason Derulo* war, sondern auch von Pianomusik. Es gelang mir nur halb abzuschalten und war deswegen auch sehr froh, als der Zug endlich am Bahnhof von Cuxhaven hielt und wir aussteigen konnten.

Draußen auf dem Bahnsteig, inmitten der Menschenmenge erkannte ich Onkel Martin. Er trug einen dunklen Mantel und seine Hände hatte er sich in die Jackentasche gesteckt. Lächelnd kam er auf uns zugelaufen und legte mir seine Hand auf die Schulter. „Hallo Vanessa." Dann aber zog er mich ganz in seine Arme und reichte seine Hand über mich hinweg an Fabian. „Du bist Fabian richtig? Hi, ich bin Martin." „Ja, genau. Hi." „Wo ist Rebecca", fragte ich, als wir gemeinsam zum Auto gingen. „Sie ist zu Hause geblieben. Rebecca hatte noch einiges zu erledigen." Ich nickte und überlegte, ob mit erledigen gemeint war, wieder alle scharfen Gegenstände vor mir zu verstecken.

Ich hatte die ganze Autofahrt verschlafen, denn als ich die Augen öffnete, hatte Martin gerade den Wagen in der Garage geparkt. Durch die Anschlusstür gelangten wir direkt ins Haus. Rebecca war einige Jahre älter als ihre Schwester und hatte demnach bereits die ersten blass, weißen Strähnen in ihrem hellbraunen Haar. Nachdem wir uns begrüßt hatten und Fabian sich erneut höflich vorgestellt hatte, führte sie uns ins Wohnzimmer. Auf dem Wohnzimmertisch standen bereits kleine Häppchen. Im Kamin prasselte ein gemütliches Feuer, das gleichzeitig auch so eine Wärme ausstrahlte, dass ich schon aufpassen musste, dass ich nicht wieder einschlief. „Also, du hast dich mit deinem Nachbarn verbunden. Enrico, der Italienern richtig", fragte Rebecca und nahm sich eins von den Käsespießen. „Der Polizist, richtig", bestätigte ich grimmig. „Es gibt so viele Menschen mit unterschiedlichen Berufen und du verbindest dich ausgerechnet mit einem Polizisten. Also schlechter hättest du es einfach nicht treffen können", antwortete Martin mitleidsvoll und stellte das Tablett mit der Wasserkanne und den Gläsern auf den Tisch. „Naja doch. Es hätte auch ein Sa…" Rebecca brach ab und begann ihren Satz erneut: „Vanessa hätte sich auch mit einem aus dem medizinischen Bereich verbinden können." Angewidert schüttelte ich mich. Nachdem Martin unsere Gläser mit Leitungswasser gefüllt hatte, setzte er sich neben Rebecca auf das Sofa und kratzte sich seinen Bart. Das dunkle kurze Haar meines Onkels, sowie sein Bart, war bereits grauer geworden. „Darf ich Fragen, mit wem Sie sich verbunden haben", wollte Fabian wissen. „Aber natürlich darfst du das", entgegnete meine Tante sofort.

„Ich hätte zuvor nur eine Bitte, nenn' mich Rebecca, ich mag es nicht sonderlich, wenn man mich siezt." „Oh natürlich." Auch meine Neugierde war geweckt und ich wartete ungeduldig darauf, dass meine Tante uns eine Antwort auf Fabians Frage geben würde. Rebecca griff nach der Hand ihres Mannes und sah ihn liebevoll an. „Ich habe mich mit ihm verbunden." In meinem Hals bildete sich ein riesiger Kloß und ich ahnte bereits das Schlimmste. „Ich muss meinen Nachbarn doch nicht etwa heiraten oder", brachte ich mit zitternde Stimme hervor. Meine Tante löste sich aus Martins Hand und nahm meine. „Nein, aber natürlich nicht. Ich war schon lange mit Martin zusammen gewesen, bevor ich mich überhaupt mit ihm verbunden habe. Außerdem hat eure Verbindung nichts mit Zuneigung zu tun." „Ich kann ihn also noch immer hassen?" Sie nickte.

Für einen außenstehenden hörte sich so etwas vielleicht komisch oder vielleicht einfach nur lächerlich an, aber es weckte in mir ein merkwürdiges Gefühl, wenn ich von jetzt auf gleich den Hass auf meinen Nachbarn verlieren würde.

„Ich frage mich nur, wie eure Verbindung funktionieren soll, wenn du ihn hasst, aber auch gleichzeitig das Gefühl hast, ihn beschützen zu müssen", erwiderte er und ich ertappte meinen Onkel dabei, wie er versuchte sich das vorzustellen. *„Oh glaub mir, dass ist leichter als man denkt."* Fabian verdrehte neben mir die Augen, aber dann verfiel er ganz plötzlich in ein Kichern. „Was ist so witzig", fragte ich und musste ebenfalls lächeln, weil sein Lachen mich ansteckte. „Ehrlich gesagt finde ich die Vorstellung, dass du mit einem Polizisten verheiratet sein könntest, ziemlich amüsant. Ich meine, am Anfang heißt es noch „Ich liebe dich", aber sobald er von der Arbeit kommt und er noch seine

Uniform trägt, wird er von dir verdroschen." Das Lächeln das ich noch immer auf den Lippen hatte, verschwand auf der Stelle. „Mach dich ruhig lustig über mich", entgegnete ich gereizt.

Kapitel 7

„Es tut mir leid. Ich wollte mich nicht über dich lustig machen", sagte Fabian sofort beschwichtigend. „Angenommen." Er strich mir das Haar aus dem Gesicht und gab mir einen Versöhnungskuss. „Martin, du meintest vorhin, dass ich das Bedürfnis haben werde, meinen Nachbarn zu beschützen. Wie genau hast du das gemeint?" Hilfesuchend sah mein Onkel zu seiner Frau: „Durch die Verbindung wirst du jetzt immer wissen, wann er in Gefahr ist", erklärte sie mir und nahm erneut meine Hand: „Und du könntest es nicht ertragen, wenn ihm etwas zustieße. Außerdem wirst du spüren können, was in ihm vorgeht wie zum Beispiel Angst und Kummer." Ich unterbrach meine Tante: „Auch Vorwürfe?" „Ja, wieso fragst du", erkundigte sie sich.

„Ich bin am Freitag Fabian bei unserer Ankunft in Delmenhorst davongelaufen. Ein Krankenwagen hatte vor dem Eingang einen Einsatz. Enrico hat mich dann in irgendeiner Straße gefunden. Erst hat er nur versucht mich von der Straße runter zu kriegen, aber dann ist ihm aufgefallen, in was für einem Zustand ich war und ich habe gespürt, wie er sich Vorwürfe gemacht hat, weil ihm das nicht schon früher aufgefallen war."

Es ist schwer erklärbar, aber ab einem gewissen Punkt, an dem die psychische Krankheit sich weiter ausprägt, verändert sich deren Natur. Sie fangen an, anders zu denken, anderen Humor zu entwickeln und eine andere Sprache zu sprechen, die man dann psychisch nennt. Für die meisten - gerade für die Außenstehenden - ist diese neue Natur nicht gerade nachvollziehbar, dass muss man aber auch nicht unbedingt. Wichtig ist in diesen Punkt eigentlich nur, wenn man sich nicht auf die Sprache oder die Denkweise einlassen will, dass man dann wenigstens den Mund halten sollte. Denn diese typische Denkart kann ein psychisch

Kranker nicht einfach abstellen. Und wenn dann auch noch während einer Stresssituation ein Kommentar kommt, dann erreicht man damit eigentlich nur, dass man denjenigen nur noch mehr reizt.

Ich musste das Ganze erst einmal verdauen. Es war schließlich gegen meine Natur einen Polizisten zu beschützen oder etwas anderes als Hass für ihn zu empfinden. Auch wenn es zugegebenermaßen keinen ersichtlichen Grund dafür gab. Die meisten gingen aber davon aus, dass sich der Hass entwickelt hatte, weil mich die Polizisten jedes Mal an den Unfall mit unterlassender Hilfeleistung erinnerten. Ich wollte gerade meine Hand nach dem Glas Wasser ausstrecken, als Fabian blitzschnell nach ihr griff und sie umklammerte: „Das ist Wasser, das kannst du doch nicht trinken." Rebecca, Martin und ich lächelten. „Doch das kann ich, nur nicht vor Menschen. Komm ich zeige es dir." Fabian ließ meine Hand los und ich hob sie erneut und konzentrierte mich. Das Leitungswasser begann sich in kleinen Wellen zu bewegen, ehe es sich zu einer Kugel formte und aus dem Glas auf mich zu schwebte. Auf meiner gewünschten Höhe kam sie schwebend zum Stehen. Ich ließ meine Hand wieder sinken und noch bevor die kleine Wasserkugel herunterfallen konnte und zur Pfütze wurde, fing ich sie mit meinem Mund geschickt auf. Fabian, dem vor Überraschung der Mund offenstand, starrte noch immer auf den Punkt, an dem die Wasserkugel gewesen war. Nur Martin, für den das nichts Besonderes mehr war, hockte vor dem Kamin, um für Holznachschub zu sorgen.

„Findest du das nicht auch einfach nur cool? Diese Art wie sie trinken meine ich?" „Das ist es. Aber weißt du, ich sehe diese Art, wie meine Frau trinkt jeden Tag, sodass es für mich selbstverständlich ist", erwiderte Martin gelassen. „Was für eine Auswirkung hat die Verbindung eigentlich auf meinen Nachbarn", fragte ich und kam wieder auf das eigentliche Thema zurück.

„Ich denke, dass du ihr das am besten erklären kannst", sagte Rebecca aufmunternd an Martin gewandt. „Wenn er in deiner Nähe ist, wird er ebenfalls spüren können, was in dir vorgeht. Und er wird, egal ob es dir körperlich oder psychisch nicht gut geht, solange bei dir sein wollen, bis es dir wieder besser geht. Denn auch er wird es nicht ertragen, wenn es dir schlecht geht. Auch wenn es sich bei eurer Beziehung eindeutig komplizierter gestalten wird." *Dann wird Vanessa ihn ja nie mehr los.* Sofort unterbrach ich meinen Onkel und meine Stimme war augenblicklich wieder gereizt. „Was für eine Beziehung? Ich hasse diesen Kerl, nur Mama findet ihn und seine Familie ganz toll. Neuerdings spielen die sogar zusammen Karten." „Ja, Claire hatte schon immer eine Schwäche für Italiener und für das italienische Essen", sagte meine Tante und lächelte über die Vorliebe ihrer Schwester.

„Hast du noch eine Frage? Sonst würde ich den Lachs für das Mittagessen vorbereiten gehen." „Nein, habe ich nicht." „Gut." Rebecca stand auf, nahm sich ihr Wasserglas und ging in die Küche.

Fisch gehörte neben Seetang und anderen Unterwasserpflanzen mit zu unseren Hauptnahrungsquellen. „Was machst du eigentlich beruflich", fragte Fabian Martin, als wir gemeinsam am großen Esstisch saßen. Mein Onkel, der noch immer völlig verdutzt war, weil Fabian sich ebenfalls am Essen beteiligte, sah zu ihm herüber. Fabian hatte meiner Tante und meinem Onkel erklärt, dass er durchaus menschliche oder eher in unserem Fall Meerjungfrauennahrung zu sich nehmen konnte, nur dass es ihn nicht sättigen würde. „Ich bin Kapitän einer Fischerflotte." „Hast du auch ein eigenes Boot?" Martin grinste breit: „Klar, sogar zwei." Fabians Augen weiteten sich. „Sie haben zwei Boote?" „Ja, ein Fischerboot für die Arbeit und eine kleine Yacht, die uns allen gehört. Also uns und Vanessas Eltern. Was auch zu empfehlen ist, wenn man mit Meerjungfrauen zusammenlebt."

„Haben die beiden Schiffe auch einen Namen?" „Ja, das Fischerboot heißt Forelle und die kleine Yacht heißt Pearl." „Und wo liegen die beiden Schiffe?" „In einem Hafen, zwanzig Minuten Autofahrt von hier", antwortete Martin noch immer stolz. „Liebes, der Fisch ist schon tot, er kann nicht noch toter werden, nur weil du ihn mit der Gabel traktierst. Also sag schon, was beschäftigt dich?" Ich sah zu meiner Tante auf, die mich noch immer musterte. Auch Fabian und Martin hatten ihr Gespräch unterbrochen. „Ich frage mich nur, wie diese Verbindung entstanden ist." „Eure Verbindung ist entstanden, als du mit deinem Nachbarn alleine auf dieser Straße warst. Er war derjenige, der da war, als du jemanden gebraucht hast, deshalb hast du dich auch mit ihm verbunden, weil er für dich da war. Genauso funktioniert das. Andersherum genauso, wenn ein Mensch in Schwierigkeiten ist und du zufällig in der Nähe und für ihn da bist, verbindest du dich ebenfalls mit ihm." „Und wie löst sich diese Verbindung wieder?", fragte ich, um mich von der aufsteigenden Wut über die Bemerkung, dass Enrico für mich da gewesen wäre, als ich ihn angeblich gebraucht hätte, abzulenken, bevor sie mich überwältigen konnte. „Gar nicht. Erst wenn einer von euch beiden stirbt, löst sich die Verbindung. Was aber jetzt nicht als Einladung gemeint ist, dass du wieder versuchen sollst, dich umzubringen." Martin, der gerade dabei gewesen war, sich von den Kartoffeln neu aufzutun, hielt in seiner Bewegung inne und sah mich eindringlich an. „Versprich uns das", fügte er mit Nachdruck hinzu und seine Hand mit dem er den Löffel für die Kartoffeln umklammert hielt, zitterte leicht. „Ich verspreche es", erwiderte ich. Allerdings war es nur eine Frage der Zeit, bis ich das Versprechen erneut brechen würde, wie ich es schon damals in der Klinik getan hatte.

Einer der Standardklingeltöne riss mich am nächsten Morgen aus dem Schlaf. Es dauerte eine Weile, bis ich begriff, dass der nervende Weckruf von meinem Handy stammte, den ich gestern noch selbst gestellt hatte. Wir waren erst gegen Mitternacht wieder hier gewesen. Eine Zeit, in der das Gelände der Gemeinschaft wie ausgestorben wirkte. Die wenigen Vampire, die sich zeigten, rannten an uns vorbei und verschwanden durch das kleine Nebentor. „Die Nacht ist die einzige Zeit, in der wir ungehindert rennen können, ohne dass wir dabei Aufsehen erregen", erklärte Fabian „Aber die Menschen können uns doch gar nicht sehen, wenn wir rennen", widersprach ich ihm. „Das stimmt nur zum Teil. Die Menschen können uns schon sehen, auch wenn sie nur einen verschwommenen Fleck wahrnehmen, der sich blitzschnell bewegt", hatte er erklärt, während wir die Stufen zu meinem Zimmer hinaufstiegen.

Es war nur noch eine Stunde bis zu dem Termin, den ich mit meiner Psychologin hatte. Mit einem letzten Seufzen, befreite ich mich von meiner warmen Bettdecke und ging zu meinem Kleiderschrank, aus dem ich meine Kleidung für den heutigen Tag suchte. Ich entschied mich für meinen blauen Lieblingspullover, den meine Mutter mir selbstgestrickt hatte und einer grauen Jeans. Zum Schluss legte ich mir meine neu gekaufte Armbanduhr um, die ich mir gestern in einem der Juweliergeschäfte gegönnt hatte. Danach waren Fabian, meine Tante und ich noch in einem Edelsteingeschäft gewesen, in dem Fabian für mich einen türkisen Ring ausgesucht und gekauft hatte.

Zärtlich fuhr ich mit dem Finger über den Stein, als ich zurück an seine Worte dachte: „Dieser Ring soll dich immer daran erinnern, dass du nie mehr alleine bist." Fabian hatte dann noch vorgeschlagen für mich menschliche Nahrung zu kaufen. Aber ich war dagegen gewesen, da es bedeuten würde, dass ich doch noch einen Kühlschrank benötigte und das wollte ich ja schließlich nicht. Aber dann ließ ich mich doch noch von ihm dazu überreden, da er die bahnbrechende Idee hatte, einfach etwas zu kaufen, wofür es keinen Kühlschrank bedarf. Im nächsten Supermarkt war meine Wahl schnell auf etwas Obst, Schokobrötchen und

Kekse gefallen. Ich holte mir aus dem Schrank eins von den Brötchen, packte es aus und biss ab.

Als ich mich wieder aufs Bett setzte, fiel mir ein Zettel auf, den Isabell auf ihrem Bett für mich hinterlassen hatte. „Hab heute 6 Stunden Schule. Wir sprechen uns noch. PS: Bin froh, dass du keine Dummheit begangen hast und noch lebst." Wütend und genervt darüber, dass Isabell es nicht einfach gut sein lassen und mich nicht einfach in Ruhe lassen konnte, ließ ich den Zettel zurück auf ihr Bett fallen und in Flammen aufgehen, wobei die Matratze von den Flammen unversehrt blieb. Dies war der Vorteil, wenn das Blut aus Anteilen von Wasser bestand. Man kontrollierte auch gleichzeitig die anderen drei von den vier Elementen. Im Badezimmer erwartete mich eine Überraschung, die mich erneut aus der Haut fahren ließ. Bis vor kurzem hatte an der Wand eine einfache Badewanne gestanden, wie man sie noch von früher kannte, doch jetzt hatte ihren Platz eine viel größere, moderne Luxusbadewanne eingenommen. *Ich sag´s ja, die haben Geld wie Dreck.* Die Badewanne schien mich im Spiegel zu verhöhnen, wie sie da blitzblank geputzt und mit ihren zusätzlichen Knöpfen stand. Kaum, dass ich mein Haar fertig gebürstet hatte, legte ich die Bürste zurück in mein Regal, das im Vergleich zu Isabells leer war. In ihrem standen haufenweise Sorten von Deos, Parfüms, Schminke und eine große Auswahl an Nagellack. In meinem Regal lagen nur meine Bürste, mein Zahnputzzeug und ein Haargummi, dass ich so gut wie nie benutzte.

Als ich die Mensa betrat, in der ich mich mit Mr. Darkhoff treffen sollte, hielten sich dort nur wenige Vampire auf. Sie schenkten mir kaum Beachtung, als ich an ihnen vorbeiging und mich mit einem Glas Blut an den Tisch setzte, an dem ich auch gesessen hatte, als ich hier eingezogen war. Mein Blick fiel erneut auf meine Armbanduhr, es war jetzt halb Elf. Ich wusste nicht genau, wann Darkhoff mich hier abholen würde, um mich zu der Psychologin zu begleiten und ließ deshalb meine Gedanken über das

Wochenende und vor allem über meine jetzige Verbindung mit meinem Nachbarn freien Lauf. „Vanessa." Erschrocken, weil Darkhoff aus dem Nichts aufgetaucht war und ich auf Grund meiner Gedanken ihn nicht wahrgenommen hatte, fuhr ich zusammen. Dummerweise weckte meine Schreckhaftigkeit aber auch den Jagdinstinkt der Vampire. Sie hatten sich zum Sprung bereit gemacht, ihre Zähne gefletscht und ihre Beute fixiert. Darkhoff dem es ebenso ergehen musste, da mein Herz noch immer wie wild in meiner Brust hämmerte, hatte sich schützend vor mich gestellt.

Als er zu sprechen begann, war seine Stimme so streng und kalt, dass ich eine Gänsehaut bekam und am liebsten, wenn es möglich gewesen wäre, zurückgewichen wäre. „Sie ist keine Beute, verstanden! Nehmt euch vom Buffet, um euren Durst zu löschen!" Ich war mir nicht sicher. Entweder wollte Mr. Darkhoff sichergehen, dass mich keiner aus dem Hinterhalt angriff oder auch so lange warten, bis alle ihren Durst wieder so weit unter Kontrolle hatten, dass er mich sicher wieder hieraus bringen konnte. Aber vielleicht musste er selbst auch darauf warten, bis er sich wieder unter Kontrolle hatte. Mr. Darkhoff führte mich über das ganze Gelände, bis wir zu einem Gebäude kamen, dessen Hinterhof von einem elektrischen Zaun gesichert war.

„Bei diesen Zäunen musst du vorsichtig sein, auf ihnen ist so viel Volt drauf, dass es einen Menschen auf der Stelle tötet. Während es uns nur für einige Stunden außer Gefecht setzt", mahnte Darkhoff und zeigte auf den Zaun. An einem Fenster im ersten Stock, tauchte ein Mädchen mit rotbraunen Haaren auf, die mich aufmerksam beobachtete, als würde sie darüber nachdenken, wie ich schmeckte und wie lange ich mich unter ihrem festen Griff wehren würde. „Mr. Darkhoff, was ist das hier für ein Gebäude?" „Hier wohnen diejenigen, die noch Schwierigkeiten haben, ihren Durst zu kontrollieren." Ich nickte und folgte ihm ins Innere. An einem Schreibtisch saß ein großer Mann, mit breiten Schultern und blickte konzentriert auf seinen Computer. Als er uns bemerkte, sah er auf. „Sie hat einen Termin bei Maria." „In Ordnung, ich lasse sie durch", antwortete der Vampir mit einem leichten russischen Akzent.

Suchend nach einer Tür, die mir der Mann öffnen konnte, blickte ich mich um, aber außer einer dicken Panzerglaswand, die neben seinem Schreibtisch war, war nichts zusehen. Überhaupt gab es außer dem Schreibtisch kein weiteres Möbelstück in dieser Halle, ausgenommen von den Kerzenhaltern an den Wänden. Plötzlich schob sich die Panzerglaswand beiseite und gab die Sicht auf einen Flur frei, der schon viel freundlicher wirkte, als dieser kahle Raum. Als ich bereits einige Schritte gegangen war und ich merkte, dass Darkhoff mir nicht folgte, blieb ich stehen und drehte mich erneut zu ihm um. „Kommen Sie nicht mit", fragte ich verunsichert. „Nein, du musst alleine gehen", sagte Darkhoff ruhig. „Nur Mut", fügte er hinzu, als ich mich noch immer nicht bewegte und völlig verängstigt auf den Flur starrte. Ein letztes Mal atmete ich tief durch. Dann ging ich durch Tür, in den Flur, aber kaum das ich auf der anderen Seite stand, ging die Tür bereits wieder zu. Als die Tür nur noch einen Spalt breit geöffnet war, fragte der Vampir im gedämpften Ton: „Wäre es möglich, dass ich mal von ihrem Blut kosten dürfte? Ich habe noch nie zuvor von einer Meerjungfrau probieren dürfen."

„Nein, Vanessa ist eine von uns", erklärte Darkhoff ruhig. „Sie ist ein Halbvampir", hakte der Mann völlig irritiert und peinlich berührt nach, da er jetzt wusste, dass ich jedes seiner Worte mitgehört hatte. „Du bist Vanessa, richtig?" Ich drehte mich zu der freundlichen Stimme um und stand vor einer Frau mit schwarzen Haaren, die ihr bis zu den Schultern reichten. „Ja." „Hallo, ich bin Maria." Sie streckte ihre Hand aus, doch ich schüttelte nur den Kopf und sie ließ die Hand wieder sinken. „Wir gehen am besten in mein Büro", sagte sie und ging voraus.

Marias Büro befand sich im ersten Stock. Es war ein großer, heller Raum mit einer Verbindungstür, die ins Nebenzimmer führte. An den Wänden standen Regale, die vollgestellt mit Aktenordnern und Büchern waren. In einer Ecke neben dem Fenster, stand ein kleiner Edelstahlkühlschrank, der ruhig vor sich hin surrte. In der Mitte des Zimmers stand ein Tisch mit zwei Stühlen, an dem sie mich anwies zu setzen. „Möchtest du etwas trinken? Ich könnte dir Orangensaft anbieten." Verblüfft sah ich sie an: „Sie haben Orangensaft?"

Auf Marias Lippen breitete sich ein Lächeln aus, während sie aus dem Kühlschrank den Saft und aus einem Schrank ein Glas für mich herausholte. „Ich trinke es immer wieder gerne, um mich daran zu erinnern, dass ich einmal ein Mensch gewesen bin. Ich werde versuchen dir mit deinen Ängsten zu helfen. Das heißt, wenn du das möchtest", bot Maria mir an, als sie sich zu mir an den Tisch setzte. Maria schwieg, um mir genug Zeit zulassen, dass ich über ihr Angebot nachdenken konnte, aber die Zeit brauchte ich nicht, denn ich kannte bereits meine Antwort. „Ich möchte Ihre Hilfe annehmen." „Das freut mich. Ist es für dich ok, wenn ich dir ein paar Fragen stelle? Du musst auch nicht auf jede antworten, wenn du nicht möchtest." „Okay.", antwortete zaghaft aus Angst vor den Fragen, die jetzt kommen würden. „Darkhoff hat mir berichtet, dass du nicht mehr bei deinen Eltern wohnst, sondern in einer anderen Familie untergebracht bist, warum?" Ein unbehagliches Gefühl breitete sich in meinem Magen aus und ich war mir nicht sicher, ob ich auf diese Frage eine Antwort geben wollte. Da ich immer weiter schwieg, fügte Maria etwas hinzu: „Musstest du ausziehen, weil du jetzt ein Halbvampir bist oder weil du den Suizidversuch unternommen hast?" „Das zweite", hauchte ich als Antwort zurück.

Es überraschte mich nicht, dass sie davon wusste, denn durch meine ganze Erfahrung mit Psychologen, wusste ich, dass solche Details immer an Therapeuten und Psychologen weitergegeben wurden. „Das ist bestimmt nicht leicht für deine Eltern." „Mein Vater hat mich von zuhause rausgeworfen", brach es plötzlich aus mir heraus. Eigentlich hatte ich gar nicht vorgehabt das zu sagen, aber in diesem Moment, in dem Maria dies gesagt hatte, war die Erinnerung über das was mein Vater getan hatte, wieder hochgekommen und seine Stimme hallte erneut durch meinen Kopf: „Du kommst auf keinen Fall nach Hause!" „Dein Vater hat was", wiederholte Maria bestürzt. Mit zitternder Stimme begann ich zu erzählen, wie ich mich damals mit einem Kissen versucht hatte umzubringen. „Als ich wieder aufgewacht bin und im Büro des Heilers lag, der auch gleichzeitig der Stationsarzt war…", ich hielt inne, denn ich war mir nicht sicher, ob sie wusste, was ein Heiler war oder ob ich es ihr erklären musste, bevor ich mit meiner Geschichte fortfahren konnte:

„Wissen Sie was ein Heiler ist?" „Ja." Ich musste ein paarmal tief Luft holen und ein Schluck von meinem Orangensaft trinken, bevor ich die Kraft fand, weiter zu sprechen. „Anfangs habe ich geglaubt, dass es nicht funktioniert hat, aber dann hatte mir der Heiler erzählt, dass man mich ohne Puls aufgefunden hatte und dass sofort Alarm geschlagen wurde und er und der Chefarzt gerufen wurden. Sie wollten auch einen Krankenwagen rufen, aber der Heiler hat dem Chefarzt geraten, dass dies keine so gute Idee wäre. Der Chefarzt, der über meine magischen Gene Bescheid wusste, vertraute dem Heiler. Der Heiler wusste von meiner Mutter über den Vampirangriff Bescheid und auch, dass der Vampir mich gezwungen hatte sein Blut zu trinken, um seine Tat zu vertuschen. Er wusste auch, dass durch meinen Tod die Verwandlung in ein Halbvampir in Gang gesetzt wurde und dass ich nach ein paar Stunden von alleine wieder erwachen würde.

Den anderen haben sie einfach erzählt, dass ein weiterer Reanimationsversuch erfolgreich gewesen wäre." Die Erinnerung schmerzte, als ich erneut erzählen musste, wie meine Mutter mich zu meiner Tante bringen musste, weil mein Vater mich zuhause nicht willkommen hieß. Es hatte zwischen den beiden eine heftige Diskussion gegeben, weil mein Vater wollte, dass ich in eine andere Psychiatrie komme. Aber das konnte meine Mutter schließlich nicht. Nicht nur, weil ich jetzt davon abhängig war von einem Vampir gebissen zu werden, damit ich überlebte, sondern auch, weil da noch meine anderen Bedürfnisse, die ich als Meerjungfrau hatte, waren. In einer normalen, menschlichen Psychiatrie ist es schwierig dies zu erfüllen, ohne Aufsehen zu erregen oder gar entdeckt zu werden. In der Klinik war es so gewesen und wenn meine Mutter damals nicht schon vorher gewusst hätte, dass ein Heiler dort Mitarbeiter war und der Chefarzt über uns Bescheid gewusst hat, hätte sie auch nie zugelassen, dass ich dort eingewiesen werden würde.

Als ich geendet hatte, stachen mir die Tränen noch immer in den Augen. „Das ist für dich bestimmt furchtbar schrecklich, erst wirst du von deinem eigenen Vater aus dem Haus geschmissen. Dann musstest du in eine Vampirfamilie ziehen, weil du auf unseren Biss angewiesen bist. Und jetzt wohnst du hier, weil dieser Joe beschlossen hat, dass deine Freundin Nina einen schlechten Einfluss aufgrund ihres eigenen Suizidversuchs haben könnte. Was ich ehrlich gesagt für ziemlich bescheuert halte." Maria sammelte einen Punkt nachdem anderen, was auch bedeutete, dass ich sie immer mehr in mein Herz schloss. Sie war überhaupt nicht wie eine typische Psychologin, die sich ständig wiederholte, sich Sachen notierte oder mir einen Vortrag wegen meines Suizidversuchs hielt. Diese Psychologin verhielt sich eher wie eine gute Freundin, die einfach nur zuhörte und sich nicht darum scherte, offen ihre Meinung zu dem Verhalten der Leute abzugeben.

„Ich hoffe sehr für dich, dass du dich mit der Sozialpädagogin gut verstehen wirst und dass du dich ihr genauso anvertrauen kannst wie mir gerade." Reflexartig spuckte ich den Orangensaft wieder aus, den ich gerade herunterschlucken wollte. Der Saft der meinen Mund wieder verlassen hatte, schwappte über den Tisch und einige Tropfen waren auf der weißen Bluse von Maria gelandet. Maria schien es völlig egal zu sein, dass ich ihr gerade auf ihren Tisch und auf die Bluse gespuckt hatte. Es schien sie viel mehr zu erschüttern, dass ich diese wichtige Information nicht erhalten hatte. „Dann weißt du wahrscheinlich auch nicht, dass du ab Freitag mit den anderen zur Schule gehen sollst?" Benommen schüttelte ich den Kopf. „Ach du liebe Zeit", murmelte Maria leise vor sich hin, während sie sich von ihrem Platz erhob, um das Malheur auf ihrem Tisch zu beseitigen. „Ich glaube, dass wir für heute Schluss machen sollten." Ich nickte nur und stand langsam wieder auf. „Es tut mir leid, dass ich auf Ihren Tisch und ihre Bluse gespuckt habe." „Ist schon in Ordnung."

Ich war die erste, die wieder in dem Flur stand. Aber ich war nicht allein. Vor mir stand das Mädchen, das ich zuvor am Fenster gesehen hatte. „Vanessa, Vorsicht!" Doch Marias Warnung kam zu spät. In Bruchteilen von Sekunden hatte mich das Vampirmädchen zu Boden gerissen und zugebissen. Kaum, dass ich auf dem Boden aufschlug, begann mein Kopf fürchterlich an zu schmerzen. Meine Schmerzensschreie hallten durch den ganzen Flur. Anders als Fabian, biss dieses Mädchen mit so einer Kraft zu, dass sich der Schmerz von meinem Hals weiter auszudehnen schien. Sie knurrte wütend, als jemand versuchte, sie von mir wegzuziehen. Ich schrie auf, als sich ihre Zähne erneut durch mein Fleisch bohrten und sie sich an meiner Schulter festbiss. Den Schmerz, den ich jetzt an meinem Hals und an meiner Schulter spürte, stellte den Schmerz der von meinem Kopf ausging, weit in den Schatten. Jetzt, da ich langsam den Kopf bewegen konnte, bemerkte ich erst, wie schwindelig mir geworden war.

Um mich herum waren nur noch verschwommene Flecke, die wild umher tanzten. „Carly, lass sie los", schrie Maria, dessen Stimme sich für mich nur noch so anhörte, als würde sie hinter einer dicken Panzerglaswand stehen. Plötzlich entfernte Carly ihre Zähne wieder aus meiner Schulter und fing vor Schmerz an zu schreien. Ihre Augen schlossen sich und dann war sie verschwunden. Das Letzte, was ich spürte war, wie jemand mich hochhob und mit mir davon rannte.

Kapitel 8

Es war warm und gleichzeitig eiskalt. Als ich die Augen öffnete, begann sich wieder alles um mich herum zu drehen. An den verschwommenen Umrissen erkannte ich unser Zimmer wieder. Die Wärme, die ich empfand, kam von den unzähligen Decken unter denen ich lag. „Du bist wach", sagte eine erleichterte Stimme, die sich für mich wieder sehr gedämpft anhörte. Ein schwarzer, blasser Fleck tauchte neben mir auf. „Kannst du mich verstehen", fragte die fremde Stimme. Ich traute mich nicht, mich zu bewegen. Meine linke Schulter und mein Kopf schmerzten noch immer so heftig, dass ich lieber kein Risiko eingehen wollte. Außerdem war ich mir nicht sicher, ob ich überhaupt im Stande dazu war, der Stimme eine Antwort zu geben.

Ein blass grauer Fleck erschien an der Seite des schwarzen Flecks. „Er wird bald hier sein, solange müssen wir versuchen sie am Leben zu erhalten." Obwohl ich nicht sehr viel verstehen konnte, was die Stimme sagte, erkannte ich, dass es sich bei dem grauen Fleck um Mr. Darkhoff handelte. „Das ist unmöglich. Sie hat eine ganze Menge Blut verloren und noch immer verliert sie welches." Die fremde Stimme hatte recht, wenn ich mich konzentrierte und nicht nur auf den Schmerz achtete, spürte ich, wie das Blut noch immer aus meiner Schulter und aus zwei Löchern an meinem Hals trat. Die beiden Flecke begannen zu flackern, dann wurde wieder alles schwarz.

Die Kälte und Wärme waren verschwunden. Ich öffnete die Augen, doch da war nichts. Keine verschwommenen Gestalten, keine gedämpften Stimmen und auch kein Schmerz. Obwohl ich die Antwort bereits kannte, suchte ich nach meinem Herzschlag. Aber ich fand ihn nicht und dies bedeutete, dass ich endlich den Tod gefunden hatte. Ein breites Lächeln breitete sich auf meinen Lippen aus.

Zwar wusste ich nicht, ob ich wirklich lächelte, aber das war mir egal. Endlich hatte ich das bekommen wonach ich mich schon solange gesehnt hatte und ich würde meine gewonnene Freiheit genießen. Doch dann begann sich plötzlich das weiße Nichts um mich herum aufzulösen. Mit aller Verzweiflung versuchte ich mich an das weiße Nichts festzuklammern, damit es sich nicht weiter auflösen konnte. Doch es gelang mir nicht. Stattdessen fühlte ich, wie mein Herz wieder anfing zu schlagen und wie sich etwas warmes starkes in meinem Mund ausbreitete. Es war kein Blut, dafür war es viel zu flüssig und auch irgendwie zu leicht. Das seltsame daran war, dass es sich immer wieder zurückzog, so als wollte es nicht, dass ich es ganz verschlang.

Was immer es auch war, es schmeckte köstlich. Ich genoss das warme, starke, flüssige Gefühl in meinem Mund. Doch dann verschwand es mit einem Mal, wie auch das weiße Nichts zuvor auch schon so plötzlich verschwunden war. Dass ich aber auch keine Schmerzen mehr empfand, war mir in diesem Moment völlig egal.

Wo war das flüssige, leckere Etwas, das mich süchtig gemacht hatte? Wo war das warme, starke, viel zu flüssige Etwas, das ich so sehr begehrte? Wo war es?

Als ich meine Augen öffnete, um nach dem Etwas zu suchen, war im ersten Moment alles nur wieder verschwommen. Doch dann wurde meine Sicht wieder stärker und mir wurde schlagartig bewusst, was dieses warme, starke, viel zu flüssige Etwas gewesen war. Es war eine Seele gewesen. Und noch dazu kannte ich den Mann nur allzu gut, dem diese Seele gehörte, von der ich mich gerade genährt hatte. Es war der Heiler. „Vanessa, du bist wieder da. Sie haben es geschafft", begrüßte mich Darkhoff erfreut und erleichtert zu gleich. Er saß auf Isabells Bett und strahlte mich an. Meine erste Reaktion, die ich als lebende zeigte war, dass ich mich hastig zur Seite beugte und auf den Boden und die Schuhe des Heilers kotzte.

„Du scheinst mich immer noch nicht zu mögen", entgegnete er belustigt und zog sich seine vollgekotzten Schuhe aus. Doch seine Worte nahm ich nicht wahr, viel zu sehr beschäftigte mich die Tatsache, dass er mich geküsst hatte, damit ich ihm, wie meine Vorfahren auch, die Seele rauben konnte. Wenn auch das Wort Seele rauben hier nicht ganz zu traf. Da seine magischen Gene ihn davor bewahrten, dass man ihm die Seele nahm. Ich spürte, wie sich der Schmerz der Anstrengung in meinem rechten Arm ausbreitete, da ich mich noch immer auf ihn abstütze. Und ich setzte mich, soweit es mir möglich war, richtig hin. Auf meinem Nachttisch entdeckte ich die leere Spritze, die der Heiler noch nicht beseitigt hatte.

Obwohl es bei Meerjungfrauen etwas vollkommen normales war, dass man ihr Salzwasser ins Herz spritzt, wenn es zu einem Herzstillstand kam, ließ mich der Gedanke, dass der Heiler genau dies gerade getan hatte, erschaudern. Anders, als bei den Menschen funktioniert bei uns die Methode mit den Elektroschocks nämlich nicht. Außer dass es so lustig kribbelte, hatte ein Stromschlag keine weitere Auswirkung auf uns und dabei war es egal, wie viel Power der Schlag auch immer drauf hatte. Aus dem Badezimmer erklang die fluchende Stimme von Mr. Darkhoff, der noch immer damit beschäftigt war die Schuhe des Heilers zu säubern. „Vanessa, kannst du mir ein Zeichen geben, damit ich weiß, dass du mich verstehen kannst." Die Stimme des Heilers war beunruhigt. Seitdem ich die Augen geöffnet hatte, hatte ich außer, dass ich mich übergeben musste, nicht reagiert. Erneut beugte ich mich zur Seite, um mich zu übergeben.

Dieses Mal aber hatte der Heiler schneller reagieren können und war zur Seite gesprungen, bevor ich mich noch auf seine Socken erbrechen konnte. „Ich gebe es auf, ich lasse Ihnen neue Schuhe kaufen.", Darkhoff, der gerade aus dem Badezimmer getreten war, verzog das Gesicht. Der beißende Gestank meines Erbrochenen griff seinen überempfindlichen Geruchssinn an. „Wir sollten sie in ein anderes Zimmer bringen und ich wüsste auch schon wohin." Kaum, dass Darkhoff seinen Satz beendet hatte, war er auch schon durch die Zimmertür verschwunden. Ein erneuter Brechreiz machte sich in mir breit, schnell beugte ich mich wieder zur Seite, doch mein Magen hatte bereits alles hergegeben, sodass ich mich auch gleich wieder normal hinsetzen konnte. „Vanessa?" Mein Blick wanderte zu dem Heiler der jetzt, auf Isabells Bett saß. „Was?" Erschrocken über den Klang meiner Stimme hielt ich inne.

War das wirklich meine Stimme? So schwach, leise und dünn.

Erleichtert atmete der Heiler auf. „Hast du noch Schmerzen", fragte er, bemüht seine Sorge nicht allzu deutlich zu zeigen. „Nein." Erst jetzt wurde mir wirklich bewusst, dass die Schmerzen an meinem Hals und an meiner Schulter nicht mehr da waren. Ebenso verblüfft stellte ich fest, dass die Wunden aufgehört hatten zu Bluten, und das obwohl niemand einen Verband oder dergleichen angelegt hatte, um die Blutungen zu stoppen. „Hast du Durst?" „Nein. Wie kommen Sie darauf", fragte ich überrascht. „Deine Augen sind Lila", erklärte er und zog nebenbei den Ärmel seines Pullovers hoch. Als ich begriff, was er vorhatte, mischte sich Panik in meine Stimme: „Nein. Ich werde Ihr Blut nicht trinken." Da meine Stimme dabei so schwach und dünn war, hörte es sich selbst für mich nicht wirklich überzeugend an. Und doch schob der Heiler den Ärmel wieder an seinen Platz zurück. Es waren einige Minuten vergangen, als Mr. Darkhoff wieder das Zimmer betrat. Er kam auf mich zu und zog mit einem Schwung die unzähligen Decken beiseite.

Als ich sah, was die Decken vor mir verbogen hatten, stieß ich einen erstickten Schrei aus. Mein Pullover war von Blut durchtränkt, die Maschen an meiner Schulter hingen nur noch so an mir herab. Ich spürte, wie Mr. Darkhoff behutsam seine Arme um meinen zertrümmerten Körper legte. „Nein", protestierte ich sofort und wendete den Blick von meinem Körper ab, um ihn anzusehen. Darkhoff ließ seine Arme wieder von mir ab und ließ sich ganz vorsichtig auf das Ende meiner Matratze am Fußende nieder. „Vanessa, du bist viel zu schwach. Du kannst nicht laufen, selbst wenn wir dich stützen würden", erklärte Darkhoff ruhig. Ich wusste, dass er recht hatte und wechselte daher auf stur: „Dann bleibe ich eben hier.", entgegnete ich und ließ mich vorsichtig ins Kissen zurücksinken. „Du könntest dich doch auch in eine Decke einwickeln, dann hast du es wärmer und Mr. Darkhoff würde, wenn überhaupt nur deine Beine berühren", schlug der Heiler vor. Ich brauchte eine Weile, um über die Worte des Heilers nachzudenken, da mir der beißende Gestank jede Konzentration raubte. Obwohl ich von dem Gedanken, dass Darkhoff mich tragen würde noch immer nicht sonderlich begeistert war, entschied ich mich dafür. „Einverstanden", sagte ich widerwillig und wickelte mich wieder in eine von den Decken ein.

Bevor Mr. Darkhoff mit mir in den Fahrstuhl stieg, nannte er dem Heiler eine Zimmernummer im sechsten Stockwerk, zu dem er kommen sollte, sobald seine neuen Schuhe von einem der Angestellten geliefert wurden. Wir rannten so schnell den Flur des sechsten Stockwerks entlang, dass ich gar nicht mehr erkennen konnte, wie es um mich herum aussah. Als Darkhoff stehenblieb, standen wir vor einer Tür mit der Nr. 1571. Die Tür war nur einen Spalt breit geöffnet und von Innen hörte ich die vertrauten Stimmen meiner Freunde.

Kapitel 9

Meine Freunde verstummten, als Mr. Darkhoff mit seinem Fuß gegen die Tür trat und mich ins Innere des Zimmers trug. Mit weit aufgerissenen Augen verfolgten sie, wie Darkhoff mich auf einem ausgeklappten Schlafsofa absetzte. „Ich muss noch einmal zum Heiler, um mit ihm über deinen hohen Blutverlust sprechen. Brauchst du noch etwas?" Ich schüttelte den Kopf. Bevor er mich allerdings verließ stellte er mir für den Fall, dass ich mich erneut übergeben müsste, einen Eimer neben das Sofa. „Wo bin ich", fragte ich Fabian, als er sich neben mich hockte und mich besorgt musterte. Meine schwache Stimme ließ alle vier zusammenfahren. Bastian war der Erste, der sich wieder fasste und mir eine Antwort gab: „Du bist in meinem und Fabians Zimmer."

„Darf ich", fragte Fabian und deutete auf die Wolldecke. Ich nickte und Fabian nahm mir vorsichtig die Decke ab. Ihre Augen weiteten sich und meine Freunde begannen zu knurren, als sie sahen, was mir dieses Vampirmädchen angetan hatte. „Ich kann dir etwas von meinen Sachen leihen. Sie werden dir zwar nicht passen, aber dann hast du zumindest etwas frisches an", bot Fabian mir an, als er sich wieder etwas beruhigt hatte. „Ja, bitte." Isabell und Nazissa saßen zusammen mit Bastian auf einem Sofa, das mir direkt gegenüber stand. Als Fabian aufstand, um in seinem Schrank etwas für mich herauszusuchen, standen Isabell und Nazissa ebenfalls auf und nahmen seinen Platz neben mir ein. Obwohl Isabell so vorsichtig wie möglich vorging, schmerzte es doch als der Stoff meines Pullovers über meine Schulter glitt. Es kam mir vor, als würden diese beiden Löcher tiefer sein, als die an meinem Hals, was womöglich auch so war, da sich das Mädchen an meiner Schulter festgebissen hatte.

Erneut stieß ich einen erstickten Schrei aus, als ich sah wie mein Körper in den Farben rot, blau, lila und grün schillerte.

In Bruchteilen von Sekunden hatte Nazissa Fabian den Pullover abgenommen und mir so vorsichtig wie nur möglich übergezogen. „Aua." „ Entschuldige." Wie erwartet, war der Pullover meines Freundes mir viel zu groß und sah bei mir eher aus wie ein Kleid. „Hast du eine Hose für sie", fragte Nazissa an Fabian gewandt, ohne dabei ihren Blick von mir abzuwenden. „Natürlich.", sagte er mit einem leichten Lächeln und warf ihr eine schwarze Jogginghose zu, die sie mit ausgestreckter Hand auffing. Während Nazissa mir weiterhin beim Umziehen half, hatte sich Isabell auf den Weg gemacht, um eine weitere Wolldecke für mich zu besorgen. Durch den hohen Blutverlust den ich erlitten hatte, verspürte ich nichts anderes als Kälte. Ich kam mir vor wie am Südpol und war Isabell deshalb unendlich dankbar, als sie mit zwei weiteren Wolldecken zurückkehrte, anstatt nur mit einer einzigen. Es klopfte und Bastian öffnete die Tür.

„Hallo, ich bin der Heiler. Mr. Darkhoff hat mich geschickt." Nur widerwillig ließ Bastian den Heiler ins Zimmer. Fabian und Nazissa standen jeweils auf der anderen Seite von mir, als der Heiler an uns vorbeiging und sich neben Isabell aufs Sofa setzte. Erschöpft legte ich mich hin und schlief augenblicklich ein.

Als ich wieder erwachte, war es draußen bereits dunkel. Mein Herzschlag hatte sich während ich geschlafen hatte wieder verlangsamt und auch der Schmerz war wieder zurückgekehrt und raubte mir beinahe den Verstand. Ich ließ meinen Blick durchs Zimmer schweifen, aber außer den beiden verschwommenen Flecken von denen ich wusste, dass es Fabian und der Heiler waren, war keiner mehr im Raum. „Wo?..." Doch Fabian legte seinen Finger auf meine Lippen. „Nicht sprechen, du musst dich schonen. Die anderen wurden zu einer Besprechung in Mr. Darkhoffs Büro gebeten." Vor Schmerz stöhnte ich auf. „Vanessa", stieß Fabian besorgt hervor. Der Heiler tauchte ebenfalls an meiner Seite auf und beugte sich über mich. Krampfhaft versuchte ich mich wach zu halten, meine Augen wollten sich immer wieder verschließen. Der Heiler war noch immer über mich gebeugt und ich wusste, dass er erneut bereit war mich zu küssen. In meinem Kopf schrillten die Alarmglocken und wenn ich genug Kraft gehabt hätte, hätte ich dem Heiler dafür eins auf die Nase gegeben. Aber die Kraft dazu fehlte mir. Der Schmerz machte mich bewegungsunfähig und ich brauchte die wenige Kraft, die ich noch hatte, um mich wachzuhalten. Mit einem plötzlichen Ruck wurde der Heiler ein ganzes Stück von mir weggezogen. „Was tun Sie da?" Verwirrt sah ich mich um. *War da noch jemand?* Doch dann erkannte ich, dass diese feste, fast wütende Stimme Fabian gehörte. Undeutlich sah ich, wie Fabian in der Mitte zwischen den beiden Sofas stand und noch immer mit festem Griff die Schultern des Heilers festhielt.

„Bitte, Vanessa muss sich von meiner Seele nähren, sonst stirbt sie.", versuchte der Heiler sich zu erklären. Die zwei verschwommenen Gestalten begannen an zu flackern, ich hatte nicht mehr länger die Kraft mich wachzuhalten. Aber noch bevor ich in das schwarze Loch fallen konnte, dass mich zurück in das weiße Nichts brachte, spürte ich die Lippen des Heilers auf meinen. Unter großer Anstrengung versuchte ich die Augen wieder zu öffnen. Es gelang mir und ich erkannte das unscharfe Gesicht des Heilers, das dicht über mich gebeugt war. Er hatte die Augen geschlossen, sein Mund war einen Spalt breit geöffnet und auch mein Mund öffnete sich und ich atmete automatisch ein.

Das wird ja immer furchtbarer!

Und dann spürte ich erneut das starke, zu flüssige Etwas in meinem Mund. Meine sonst so starken Vampirsinne stellten sich mit einem Klick einfach ab. Einzig und allein mein Geruchssinn war mir geblieben. Von dem Heiler ging ein würziger Geruch aus, der mich ein bisschen an Pfeffer erinnerte. Ich spürte wie mein Herzschlag wieder regelmäßiger und kräftiger zu schlagen begann. Der Schmerz ebenso wie das Schwindelgefühl nahmen ab, bis sie schließlich ganz verschwunden waren. Es war nicht einmal eine Minute vergangen, in dem sich der Heiler von mir gelöst hatte und ich mich erneut übergeben musste. Kaum das ich ein Würgen von mir gegeben hatte, hielt mir Nazissa schon den Eimer entgegen. Als ich den Kopf vom Eimer wieder hob, bemerkte ich, dass auch die anderen mit Mr. Darkhoff zurückgekommen waren. Sie mussten das Zimmer in dem Moment betreten haben, als ich vollkommen vom Heiler abgelenkt gewesen war. Angewidert schnappte sich Nazissa den Eimer und raste davon. Der Heiler und Mr. Darkhoff entschuldigten sich und zogen sich zu einer erneuten Besprechung auf den Flur zurück. „Es tut mir leid", sagte Fabian mit leiser Stimme. Ich wusste, dass Fabian sich dafür entschuldigte, dass er zugelassen hatte, dass der Heiler mich geküsst hatte. „Warum hast du mich nicht sterben lassen? Dann hättest du jetzt auch kein Grund dich bei mir zu entschuldigen."

Isabell die am Fenster gestanden hatte, drehte sich abrupt zu uns um und hockte auch sogleich neben mir. „Sag mir, dass das nicht wahr ist. Sag mir, dass du nicht so denkst." Für einen kurzen Augenblick, wandte ich den Blick von meinem Freund ab und sah in Isabells ernstes Gesicht, ehe ich mich wieder Fabian zuwandte. Das hier war eine Sache zwischen mir und Fabian, eine Sache zwischen mir und meinem Freund. Und Isabell hatte kein Recht, sich in diese Diskussion mit einzumischen. Gut okay, Isabell gehört zu meinem engsten Freundeskreis, aber dieses hier ging sie nichts an. Es war mein Leben, mein verfluchtes unbedeutendes Leben. Ich musste mit dem Schmerz leben, der weit außerhalb jeder Schmerzskala lag. Nicht Isabell, Nazissa, Fabian oder Bastian, sondern allein ich. Fabian hatte gewusst, worauf er sich einließ, als er mit mir eine Beziehung anfing. Er wusste, dass egal wie sehr er mich liebte oder ich ihn, dass ich immer noch diesen einen speziellen Wunsch hatte. „Weil ich viel zu egoistisch bin, um dich gehen zulassen. Damit du deinen Frieden finden kannst", sagte Fabian ruhig.

Ich schluchzte und begann erneut zu heulen. Isabell stürmte aus dem Zimmer und schlug hinter sich die Tür ins Schloss. „Was ist passiert", rief der Heiler ihr nach, als Isabell an ihm und Mr. Darkhoff vorbeirannte. Darkhoff war der Erste, der das Zimmer betrat und auch sofort wieder verließ, als er sah wie ich an Fabian geschmiegt weinte. Der Heiler war völlig irritiert und außer Atem, als Darkhoff ihn wieder aus dem Zimmer schob. „Es ist alles soweit in Ordnung. Die beiden machen nur gerade eine Krise durch. Da können Sie nicht helfen." Die Worte schienen dem Heiler zwar nicht sonderlich zu überzeugen, dennoch ließ er uns alleine.

Kurz vor Mitternacht, fuhren wir mit dem Auto zu einer Vampirbar. Vor unserem Aufbruch, hatten mich Isabell und Nazissa in neue Klamotten gesteckt, damit ich in der Öffentlichkeit einigermaßen vorzeigbar aussah. Isabell hatte sich, nachdem sie von ihrem Shoppingtrip zurück war, wieder beruhigt. Was, wie ich herausfand, an Nazissa lag. Sie war Isabell in die Stadt gefolgt, um ihr zu erklären, warum ich den Tod bevorzugte. Da mein und Isabells Zimmer für einige Zeit nicht betretbar war, hatte mir Nazissa etwas von ihren Klamotten zu Verfügung gestellt. Ich trug ein langärmeliges Kleid und dazu eine schwarze Leggins. Meine Füße steckten in Highheels-Stiefeln. Außer Fabian und mir, saßen noch Isabell und der Heiler mit im Wagen. Der Heiler saß vorne neben dem Chauffeur und schaute immer wieder in den Rückspiegel zu uns nach hinten. Das Auto, in dem meine anderen beiden Freunde saßen, fuhr in einem schnelleren Tempo vor uns her. Während unser Fahrer konzentriert auf die dunkle Straße blickte und sich dabei große Mühe gab, sein Tempo beizubehalten und nicht wie das Auto vor uns zu beschleunigen. Auf dieser Strecke war es bei Nacht eigentlich erlaubt, dass man schneller fahren durfte.

Aber da unser Chauffeur wusste, dass ich vor dem Autofahren so meine Ängste hatte, nahm er darauf Rücksicht und fuhr in dem normalen Tempo weiter.

Die Bar lag etwas weiter außerhalb von Bad Harzburg, an einem Waldrand. Nazissa und Bastian erwarteten uns bereits auf dem gut gefüllten Parkplatz. Gleichzeitig mit uns stiegen auch die beiden Chauffeure aus. Meine Freunde regelten noch mit den beiden, wann sie uns wieder abholen sollten, dann fuhren sie auch schon wieder davon. Wobei dieses Mal auch unser Fahrer ordentlich aufs Gaspedal drückte. Da ich noch immer nicht laufen konnte, trug mich Fabian. Und wenn es nicht alles so furchtbar ernst und mir so kalt gewesen wäre, hätte ich es vielleicht lustig gefunden, dass meine Haut jetzt kälter war, als seine eigene. Der Heiler lief stumm neben uns her, und Fabian bemühte sich, ihn so gut er konnte zu ignorieren. Isabell trug an diesem Abend ein cremefarbenes Kleid, das sie sich am Nachmittag neu in der Stadt gekauft hatte. Das lange, schöne Kleid hatte im Gegensatz zu meinem, keine Ärmel. Dafür hatten auch ihre Schuhe einen Absatz, wenn sie auch nicht so hoch waren wie meine. Nazissa hatte sich für eine einfache, rote Bluse entschieden, die perfekt zu ihrer Hose passte. Was mir aber ein völliges Rätsel blieb, war die Tatsache, dass sie flache Schuhe trug und sie mich in diese hohen Dinger gezwungen hatte und das, obwohl beide Paare dieselbe Schuhgröße hatten. Hätte also nicht ich die flachen Schuhe haben können und sie dafür die mit dem hohen Absatz? Die Jungs hatten sich für unseren Ausflug nicht besonders in Schale geworfen, denn sie trugen noch immer ihre Pullover und Jeans.

Als wir uns dem Eingang näherten, entdeckte ich das beleuchtete Schild, das in einem der Fenster befestigt war. Willkommen im Bloods. „Bloods, wie originell", hauchte ich und Fabian kicherte. Die Bar war recht groß. Überall standen verteilt kleine Lichter und schafften eine gemütliche Atmosphäre. Keiner von den Gästen, ließ sich von uns stören, als wir die Bar betraten. Zwar schauten sie neugierig auf, als sie mich wahrnahmen, aber genauso schnell wie ihre Neugierde geweckt worden war, wandten sie sich auch wieder ihrem Spender zu. Im hintersten Teil der Bar setzte mich Fabian auf einem Sofa ab. Fabian und Nazissa setzten sich neben mich, während Isabell den Platz neben Nazissa wählte. Der Heiler zog sich aus einer Ecke einen Stuhl heran und stellte ihn an die Wand. Kaum dass wir Platz genommen hatten, kam eine Kellnerin in einem weißen T-Shirt mit dunkelblonden Locken, die sie zu einem Zopf zusammengebunden hatte, auf uns zu und reichte uns die Speisekarten. „Guten Abend. Darf ich Ihnen schon etwas servieren?" Isabell zögerte nicht lange und gab ihre Bestellung auf: „Ich hätte gerne von den Kaltgetränken die Nummer vier." Ich erschauderte, als Isabell das Wort „kalt" aussprach. Denn dank meiner Unterkühlung, war mir selbst mit diesem dicken Wintermantel so unglaublich kalt. Die Kellnerin, die dies bemerkte hatte, wandte sich nun an mich: „Was kann ich Ihnen bringen?" Seitdem der Heiler bemerkt hatte, dass ich durstig war und mir sein Blut angeboten hatte, ich es aber abgelehnt hatte, waren meine Augen noch immer lila. Gemeinsam mit Nazissa zog Fabian mir die Jacke aus und als er mir noch meine Ärmel hochschob fragte ich: „Was macht Ihr da?" Die beiden gaben mir keine Antwort, aber als die Kellnerin mit großen Augen auf meinen schillernden Körper starrte, wurde mir der Grund für die Tat meiner Freunde schnell klar.

„Ich werde Ihnen sofort etwas zusammenstellen lassen." antwortete die Kellnerin, sammelte die Karten wieder ein und verschwand. Nach nur wenigen Augenblicken kehrte sie mit Isabells Bestellung zurück. „Ihre Bestellung kommt gleich", versprach die Kellnerin, bevor sie sich den neuen Gästen zuwandte. „Es wird alles wieder gut", murmelte Fabian leise, wobei ich mir nicht sicher war, ob er mit mir sprach oder eher mit sich selbst, um sich Mut zuzusprechen. Mein Blick machte einen jungen Mann aus, der zielstrebig auf uns zukam.

Er hatte schwarze, kurze Locken und einen Stoppelbart. Als er die Hälfte des Weges geschafft hatte und mich erblickte, blieb er stehen. Seine Augen waren vor Entsetzen weit geöffnet. Isabell erhob sich und stand nun vor ihm. „Ja, ja. Ich weiß, sie sieht grauenhaft aus, deshalb sollst du sie ja auch heilen", entgegnete sie, während sie den jungen Mann ungeduldig hinter sich herzog.

Unser Platz hatte keinen Tisch, so dass Isabell ihn sanft, aber bestimmt vor mir auf die Knie zwängte. „Warum sind wir noch mal hier", fragte ich verunsichert. „Weil die Alternative eine Bluttransfusion gewesen wäre und wir dir die Sache mit der Berührung des Heilers und der Nadel ersparen wollten. Aber wenn dir das lieber ist, dann gehen wir sofort", erklärte Fabian. „Kann ich nicht dein Blut trinken?" „Nein, in diesem Fall nicht", sagte Fabian erneut.

„Aber mein Blut verträgt sich mit allen Blutgruppen, egal ob Mensch oder Vampir", erwiderte ich verzweifelt. „Vanessa, Süße das weiß ich, aber darum geht es nicht." „Worum dann", entgegnete ich jetzt noch verzweifelter. „Du brauchst menschliches Blut, bei meinem würde es nicht dieselbe Wirkung erzielen. Du hast zwar dann wieder ausreichend Blut im Körper, aber du würdest weiterhin unterkühlt bleiben." Fabians ruhige Stimme verstummte. Ich spürte den erwartungsvollen Blick des Heilers auf mir ruhen, der noch immer auf meine Entscheidung wartete.

Der junge Mann betrachtete mich noch immer. Jetzt da er mir so nah war, erkannte ich, dass er ein dunkelgraues T-Shirt trug, an dem ein Schild geklemmt war auf dem das Wort „Anbieter" stand. Mit zitternden Händen streckte ich meine Hand nach dem Mann aus, der mir bereitwillig mit seinem Arm entgegenkam. Ich war von dem Geschmack des Blutes völlig hin und her gerissen. Einerseits schmeckte es mir, aber andererseits fand ich es auch total widerlich. Ich war gefangen zwischen zwei sehr starken Bedürfnissen, aus denen es für mich kein Entkommen gab. „Ähm, Vanessa. Ich glaube der Mann hängt an seinem Leben", sagte

Nazissa sanft. Automatisch öffnete ich die Augen und zog meine Zähne aus der Haut des Mannes zurück. Die Augen hatte ich geschlossen, um die Wärme zu genießen, die durch meine kalte Haut strömte. Der Mann schwankte leicht, als er sich wieder erhob und davongehen wollte. Die Kellnerin die uns bedient hatte, kam ihm zur Hilfe und stützte ihn, als sie in zu einem Raum in der Nähe des Tresens führte. Am Tresen entdeckte ich Bastian, der neben Isabell saß und sich mit ihr fröhlich zu unterhalten schien. Dem jungen Mann folgten noch sechs weitere Anbieter. Nach jedem weiteren fühlte ich mich besser und konnte jetzt sogar wahrnehmen, dass die Bar vor Mitternacht noch Menschen beherbergt hatte, da es im ganzen Raum entsetzlich nach Zigaretten stank.

Nach dem siebten und letzten Anbieter, waren die bunten Flecke, bis auf den roten, alle verschwunden. Der rote Fleck auf meiner Haut war geblieben, weil mein Körper angefangen hatte, auf die Berührung von Polizisten, Ärzten und Sanitätern allergisch zu reagieren. Ich freute mich besonders darüber, dass der Heiler, jetzt wo es mir wieder gut ging, keinen Grund mehr hatte hierzubleiben und wieder zurück in die Klinik fahren würde. Und ich hoffte inständig, dass ich den Heiler nie wiedersehen musste, was aber bei meinem Pech ziemlich unwahrscheinlich war.

Wie ich befürchtet hatte, war das Laufen auf diesen Schuhen eine wahre Kunst. Eine Kunst, die ich aber leider nicht beherrschte. Ich klammerte mich an Fabian fest, damit ich nach Möglichkeit nicht ins Stolpern kam und mir auch noch den Fuß brach. „Nazissa, wie schaffst du es nur auf diesen Schuhen zu stehen, und dann auch noch zu laufen?" Sie lächelte: „Das ist reine Übungssache." „Und wofür brauchst du überhaupt so viel Absatz? Hätten normale Absätze nicht auch gereicht?" Alle bis auf Nazissa und mir lachten. *Wie schön, dass die schon ihren Spaß haben.* „Ja schon, aber mit diesen Schuhen kann ich mich am besten durchsetzen." Überrascht blieb ich stehen und auch die anderen taten es. Der Heiler der sich sonst so beherrscht zeigte, konnte ein Auflachen nicht unterdrücken. „Warum brauchst du hohe Schuhe, um dich durchzusetzen? Du bist ein Vampir, schon vergessen?" Die Antwort kam von Bastian, der auf meinen Kommentar hin noch mehr lachte: „Sie braucht diese Schuhe damit Nazissa sich bei uns durchsetzen kann. Aber vor allem, damit sie zum Knutschen besser an ihren Freund herankommt. Nazissa, die das nicht auf sich sitzen lassen konnte, baute sich drohend vor ihm auf. „Du! Lauf besser ganz schnell weg, bevor ich dir die Knochen breche oder womöglich noch das Genick."

Bastian nahm die Herausforderung mit einem breiten Grinsen an. „Fang mich doch, wenn du kannst oder brauchst du dafür auch deine hohen Absätze?" Nazissa grinste ebenfalls und jagte Bastian spielerisch quer durch und über die Bäume hinweg. Beide lachten und hatten dabei den Spaß ihres Lebens. „Wo lebt ihr Freund, dass ich ihn noch nicht kennenlernen konnte", fragte ich neugierig. Isabell die neben mir stand und dem Schauspiel zusah, antwortete: „Er lebt noch immer in England, in der St.-Blackstar-Gemeinschaft." Ich war beeindruckt, denn in den meisten Fällen funktionierte so eine Fernbeziehung nämlich nicht.

Kapitel 10

Der nächste Tag war dunkel und regnerisch. Missmutig saß ich auf dem Fensterbrett in Bastian und Fabians Zimmer und schaute hinaus. Sie hatten vorgeschlagen, dass solange wie Isabells und mein Zimmer nicht betretbar war, in der Zeit bei ihnen mit im Zimmer wohnen könnte. Was im Großen und Ganzen nur bedeutete, dass ich in deren Zimmer schlafen durfte. In der Nacht und wenn sie wie jetzt in der Schule waren, hatte ich das Zimmer für mich alleine. Als der Regen nachließ, flitzte ich rüber ins Hauptgebäude, um Mr. Darkhoff einen Besuch abzustatten. Wie auch bei meinem letzten Besuch saß Mr. Darkhoff an seinem Schreibtisch. „Was kann ich für dich tun?", fragte er, als ich mich in denselben Sessel gesetzt hatte wie beim letzten Mal. „Ich bin gekommen, um mich zu beschweren", erklärte ich, wobei ich mich bemühte meine Wut nicht allzu deutlich zu zeigen. Was mir allerdings nicht wirklich gelang.

„Es tut mir außerordentlich leid. Das wir dich in so große Gefahr gebracht haben. Es war ein Fehler, dass wir Carly nicht in ihr Zimmer gesperrt haben, während du im Gebäude warst. Ich werde den Schaden deiner Klamotten und deiner Uhr selbstverständlich ersetzen und außerdem wirst du dafür von uns Schmerzensgeld erhalten." „Äh…Mr. Darkhoff, deswegen bin ich gar nicht hier", unterbrach ich ihn, bevor er mir noch eine Villa, ein Auto oder noch etwas anderes versprechen konnte. „Aber, wenn du deswegen nicht hier bist, warum willst du dich dann bei mir beschweren? Etwa doch nicht, weil ich den Heiler gerufen habe und er dich wiederbelebt hat?" Dies wäre zwar auch ein Grund zur Beschwerde gewesen, aber auf diese Diskussion hatte ich gerade keine besondere Lust. „Nein. Ich will mich beschweren, weil Sie mir nicht mitgeteilt haben, dass Sie mir eine Sozialpädagogin besorgt haben und dass Sie mich in der Schule angemeldet haben." „Das ist alles", fragte er mich erstaunt und zog dabei die Braue hoch. „Ja", erwiderte ich ruhig und fragte mich langsam ob er mich überhaupt ernst nahm. „Nun, es tut mir leid, dass ich dir nicht Bescheid gegeben habe." Obwohl ich deswegen noch immer ziemlich wütend war, nahm ich seine Entschuldigung an. „Sagen Sie mir das nächste Mal bitte vorher Bescheid." Er nickte: „Das werde ich. Ach, Vanessa", rief er, als ich bereits wieder an der Tür stand. „Warte, ich möchte dir noch eben das Schmerzensgeld und das für den Schadenersatz mitgeben."

Für den nächsten Nachmittag, hatten Isabell und Nazissa einen Mädchennachmittag geplant, an dem sie mit mir in Goslar shoppen gehen wollten. Isabell hatte mir dafür etwas von ihrem Make-up geliehen, um den roten Fleck um meinen Mund herum zu überdecken. Isabell und Nazissa hatten mir mehrfach versichern müssen, dass man die Farbe von dem Make-up von meiner natürlichen Hautfarbe nicht unterschied. Denn jedes Mal, wenn ich in den Spiegel sah, sah ich nämlich sehr wohl, dass es einen Unterschied gab und man somit auch sah, dass ich Make-up trug. Was entweder daran lag, dass meine Augen seid meiner Verwandlung stärker geworden waren, als die eines Menschen oder schlicht und einfach daran, dass dies das erste Mal war, dass ich so etwas trug. Obwohl ich es hasste makellos zu sein und deswegen eigentlich ganz froh war, dass auch ich mal etwas hatte, das mich nicht perfekt aussehen ließ, hatte ich mich dazu entschlossen diesen roten Fleck zu überdecken. Da ich sonst befürchtete, dass die Menschen auf falsche Gedanken kommen würden und ich es dann erklären müsste. Der Einkauf für die Schulsachen war schnell erledigt gewesen. In einem Laden hatte ich mich schnell für eine braune Tasche entschieden, die ich mir einfach nur um die Schulter hängen brauchte. Als mich die beiden zu den nächsten Läden zogen, musste ich immer wieder die größeren Pfützen umgehen, die vom Vortag noch geblieben waren. Im Laden zeigten sie mir immer wieder Teile, von denen sie ausgingen, dass ich sie tragen würde, was allerdings eher nicht der Fall war.

Ich stand gerade vor einer schwarzen Biker-Jacke, als Isabell an meiner Seite auftauchte, um mir einen Pullover zu zeigen, der meinem alten ein wenig ähnelte. Ihre Lippen verzogen sich zu einem Lächeln, als sie sah, was mich so in seinen Bann zog. „Probiere sie doch mal an." „Ich weiß nicht", sagte ich unschlüssig, da diese Jacke eigentlich so überhaupt nicht zu mir passte. „Ach komm Vanessa. Du sollst sie ja nur mal überziehen und nicht gleich kaufen." Ich seufzte und gab mich geschlagen: „Also gut." „Yes! Hier zieh den Pullover dazu an." Sie drückte mir den blauen Pullover in die Hand und schickte mich zu den Umkleidekabinen, während sie die passende Größe für mich heraussuchen wollte. „Hat sie etwas gefunden", hörte ich Nazissa fragen, als Isabell mit der Jacke an ihr vorbeiging, wo Nazissa noch immer nach etwas für mich zum Anziehen suchte. „Ja, aber so etwas von cooles." Isabell musste ihr die Jacke kurz gezeigt haben, denn Nazissa holte überrascht nach Luft.

Als ich mich im Spiegel betrachtete, fragte ich mich, ob das wirklich ich war, die da im Spiegel zusehen war. Zum Beweis fuhr ich mit der Hand über das Leder an meinem Arm. Das Mädchen im Spiegel machte meine Bewegung automatisch nach. „Vanessa alles in Ordnung bei dir?" Nazissas besorgte Stimme riss mich aus meinen Gedanken. Ich nahm meine Hand wieder runter und zog den Vorhang beiseite. Die Augen meiner Freunde begannen zu leuchten: „Wow", entfuhr es ihnen wie aus einem Mund. Selbst der Geschäftsmann, der zwei Sessel weiter saß und telefonierend auf jemanden zu warten schien, blickte neugierig zu uns herüber. Seine Augen weiteten sich ebenfalls und an seinem Mundwinkel lief ihm ein kleiner Tropfen seines Speichels hinab. „Du solltest dir die Jacke unbedingt kaufen."

Dieses Mal war es Isabell die mich aus meinen Gedanken geholt hatte. „Ich weiß nicht.", entgegnete ich und wandte meinen Blick von dem Geschäftsmann zurück auf meine Freunde. „Aber warum denn nicht", fragte Isabell. „Zum einen kostet diese Jacke eine ganze Menge und zum zweiten, das bin einfach nicht ich." Erneut fiel mein Blick auf mein Spiegelbild. Diese Jacke war cool, keine Frage. Aber sie strahlte aus, dass das Mädchen in ihr selbstbewusst sein musste und das war ich einfach nicht und ich fühlte mich so auch nicht wohl. Ich streckte meine Hand aus, als wollte ich nach der Hand des Mädchens im Spiegel greifen und sie hinausziehen. „Das bin ich einfach nicht", wiederholte ich erneut, ließ die Hand wieder sinken und zog die Jacke aus. Wortlos reichte ich sie Nazissa, damit sie die für mich zurückbrachte. Während ich mich umzog, versuchte Isabell mich davon zu überzeugen, dass ich mir doch noch die Biker-Jacke kaufe. „Aber gerade, weil du das nicht bist, würde dir diese Veränderung vielleicht ganz guttun. Und leisten kannst du dir die Jacke allemal.

Mr. Darkhoff hat dir doch das Geld für den Schadensersatz und das Schmerzensgeld gegeben." Genervt schob ich den Vorhang wieder beiseite und stapfte mit dem blauen Pullover über dem Arm an ihr vorbei in Richtung Kasse. „Zum dritten und letzten Mal, ich nehme diese Jacke nicht mit." Nazissa, die bei den Kassen gewartet hatte, warf Isabell einen fragenden Blick zu, als ich entnervt an ihr vorbeiging. „Nervst du sie schon wieder?" Isabell überging ihre Frage und kam gleich zu einer Antwort. „Wie kann sie nur so stur sein?" „Gegenfrage, wie kannst du nur so nervig sein", entgegnete Nazissa belustigt. Isabell nahm es mit Humor und lächelte ebenfalls, doch dann wurde ihre Stimme wieder ernst. „Aber jetzt mal im Ernst, warum will sie die Jacke, die ihr so gut steht und ihr sogar auch selbst gefällt, denn nicht mitnehmen?" Ich spürte wie die beiden zu mir rüber sahen, während ich noch an der Kasse stand und von der Verkäuferin gerade das Wechselgeld entgegennahm.

„Ich nehme an, dass Vanessa einfach noch nicht soweit ist, sich auf so eine Veränderung einzulassen", erklärte Nazissa ruhig und sie hatte recht. Eigentlich wollten mich die beiden noch in weitere Läden schleifen, aber ich hatte keine Lust mehr.

Ich wollte nur noch ein paar Flaschen Mundwasser kaufen und dann nur noch zurück zur Gemeinschaft. Seitdem ich mich von der Seele des Heilers genährt hatte, wurde ich seinen Geschmack einfach nicht los, als hätte er sich in meinem Mund eingebrannt. Und da ich mir nicht ständig die Zähne putzen konnte, kam ich auf die Idee, mir Mundwasser zu besorgen. Isabell, die gerade wieder eine Diskussion anfangen wollte, weil ich schon wieder zur Gemeinschaft zurück wollte, wurde von Nazissa mit einem mahnenden Blick gestoppt, während sie über Handy unseren Chauffeur anrief. Kaum, dass sie aufgelegt hatte, hörte ich in der Ferne die Sirene eines Krankenwagens aufheulen. Augenblicklich spürte ich, wie sich mein ganzer Körper anspannte und ich somit bewegungsunfähig wurde. Mein Herz pochte wie wild in meiner Brust. Die unsichtbare Hand drückte erneut meine Kehle zu. Isabell und Nazissa traten näher an mich heran, um mich von den vorbeigehenden Menschen abzuschirmen, die neugierig und besorgt zugleich zu uns herübersahen. „Er ist drei Straßen von uns entfernt und er wird auch nicht weiter hierher kommen", versuchte Nazissa mich zu beruhigen. Ich wusste, dass sie Recht hatte und dennoch war mir das zu nahe gewesen. Mit einem Mal verlangsamte sich mein Herzschlag. „Brauchst du unseren Biss", fragte Isabell und bemühte sich ihre Begierde dabei zu unterdrücken, was ihr aber allerdings nicht wirklich gelang.

Ich dachte darüber nach, aber als ich so stark zu zittern begann und sich mein Herzschlag noch weiter verlangsamte, dass ich schon drohte das Bewusstsein zu verlieren, nahmen sie mir die Entscheidung ab. Und brachten mich in die nächste leere Gasse.

Als wir am nächsten Morgen zur Schule fuhren, berichtete Isabell mir, was ich alles über meine neue Schule wissen musste. „Unser Schulzentrum ist in drei verschiedene Gebäude aufgeteilt, in denen du eine Förderschule, eine Real- und eine Hauptschule findest. Außerdem haben wir noch eine richtige Zicke an unsere Schule, auch bekannt als die Schulzicke. Sie macht alle fertig, die besser sind als sie." Isabell senkte ihre Stimme: „Aber ich glaube, wenn sie dich sieht, wird sie es dann nur noch auf dich absehen. Aber ich verspreche dir, dass ich nicht zulassen werde, dass sie dir auch nur im Geringsten etwas antut." Ich drehte mich vom Fenster weg und sah sie an. „Warum sollte sie es nur auf mich abgesehen haben?" „Hast du mal in den Spiegel gesehen", fragte Isabell belustigt „Ja, gestern, wieso?" Auf meine Frage hin, wurde ihr grinsen noch breiter. „Du bist wunderschön und noch dazu mit ihrem Schwarm zusammen, das wird ihr gar nicht gefallen." Jetzt war ich völlig irritiert. „Was?" „Die Schulzicke schwärmt für Fabian, sie waren nie zusammen, aber sie schwärmt für ihn und bezeichnete ihn in ihrer Clique als ihren Typen.", erklärte sie mit einem amüsierten Lächeln.

Unser Chauffeur hielt vor der Schule und wir stiegen aus. Isabell führt mich zu dem ersten Gebäude, in dem sich nicht nur unsere Klasse befand, sondern auch das Büro der Schulleiterin. Meine neue Schulleiterin war eine Frau Ende vierzig. sie hatte kurze Haare und eine Brille. Als Isabell und ich das Büro betraten, stand die Schulleiterin auf und kam mit freundlicher Miene und ausgestreckte Hand auf uns zu. Isabell die zu meiner Unterstützung mitgekommen war, schüttelte den Kopf, als sie die freundliche Geste bemerkte. „Bitte nehmt Platz", sagte die Direktorin und deutete auf zwei Stühle, die vor ihrem Schreibtisch standen. „Bitte nehmen Sie das nicht persönlich, aber ich gebe niemanden die Hand", entschuldigte ich mich sofort, kaum dass Isabell und ich auf den beiden Stühlen Platz genommen hatten.

Die Direktorin lächelte: „Keine Sorge, das tue ich nicht. Herr Darkhoff hatte mir bereits gegenüber erwähnt, dass du das nicht machen würdest. Ich habe es nur wieder vergessen." Langsam kehrte die Wut wieder zurück.

Was hatte er mir denn noch alles verschwiegen?

Doch dann breitete sich ein kurzes Lächeln auf meinen Lippen aus. Die Schulleiterin hatte Herr Darkhoff gesagt und nicht Mr.

In der Gemeinschaft war es Mr. Darkhoff lieber, wenn man die englische Anrede verwendete und nicht die deutsche. Aber unter den Menschen konnte er das nicht erwarten, auch wenn es ihm nicht gefiel, hatte er in diesem Fall keine andere Wahl, als es zu ertragen. „Darf ich fragen, wann er Ihnen das erzählt hat?" „Als er dich hier angemeldet hat", entgegnete sie etwas überrascht. Sie suchte aus einem Ordner, der auf ihrem Tisch lag einen Zettel heraus und legte ihn vor sich auf den Tisch. Als mein Blick kurz auf das Blatt fiel, erkannte ich, dass es sich dabei, um mein Abschlusszeugnis aus meiner damaligen Schule handelte. Isabell überflog es neugierig, ließ sich dabei aber nichts anmerken. Ich hatte in jedem Fach gute bis sehr gute Noten gehabt. Ein weiterer Grund, warum mich die Schulzicke hassen würde. Ich war intelligent und das schon seit meiner Geburt. „Bist du sicher, dass du in die 10 Klasse der Hauptschule möchtest und nicht doch lieber in die der Realschule", erkundigte sich die Schulleiterin, als sie erneut mein Zeugnis überflogen hatte. „Ja."

In diesem Moment öffnete sich die Bürotür und ein junger Mann betrat den Raum. Er war dünn und soweit ich das beurteilen konnte, sogar ziemlich sportlich. Ich schätzte ihn auf Mitte, vielleicht auch Ende zwanzig. Seine Harre waren kurz und hatten eine Mischung aus dunklem und hellem Braun. „Hallo, ich bin Herr Bergmann, dein neuer Klassenlehrer", er streckte seine Hand aus, ließ sie aber wieder sinken, als Isabell erneut den Kopf schüttelte. „Ach ja richtig, dass magst du ja nicht", antwortete er freundlich. Obwohl ich es mir nicht anmerken ließ, war ich noch immer fassungslos. Isabell hatte mir zwar bereits erklärt, dass mein neuer Klassenlehrer schwul war und daraus auch kein Geheimnis machte. Im Gegenteil, wie sie mir mehrfach versichert hatte, trotzdem fiel es mir schwer, das zu glauben. Auch wenn ich den Beweis dafür direkt vor mir hatte, da er nicht wie sonst die Männer auf mich reagierte, konnte ich es auf Grund seines Aussehens einfach nicht glauben.

103

Kurz vor Unterrichtsbeginn machten wir uns auf den Weg zum Klassenraum. Isabell hatte tröstend meine Hand genommen, um mir ein wenig Sicherheit zugeben. Mein Magen zog sich auf eine unangenehme Weise zusammen und an dieser Stelle war ich froh gewesen, dass ich trotz Isabels Drängen, nicht gefrühstückt hatte. Bevor Herr Bergmann die Tür zum Klassenraum öffnete, hörte man deutlich die Lautstärke, die aus dem Inneren des Raumes kam. Ein letztes Mal drückte Isabell meine Hand, bevor Herr Bergmann die Tür öffnete und sie meine Hand wieder losließ. Die gesamte Klasse verstummte, als wir den Raum betraten. Isabell ging an mir vorbei und setzte sich an einen Tisch, der in der dritten Reihe stand. „Ich möchte Euch eure neue Mitschülerin vorstellen, das ist Vanessa Hemstar." Schüchtern ob ich die Hand und hoffte, dass ich mich ganz schnell auf meinen Platz neben Isabell setzen durfte. Aus der letzten Reihe drang ein leises Kichern an mein Ohr. Mein Blick fiel auf das dunkelhaarige Mädchen, das alleine an einem Tisch saß. „Gibt es Fragen, die Ihr Vanessa stellen wollt bevor wir mit dem Unterricht beginnen?" Niemand meldete sich und ich war froh, dass ich mich endlich auf meinen Platz setzen konnte.

Kapitel 11

Die ersten beiden Stunden waren recht langweilig. Für mich war Mathe nicht besonders anstrengend, außer dass ich darauf achten musste, dass ich nicht vor lauter Langeweile einschlief. Auch Herrn Bergmann war dies nicht entgangen, denn jedes Mal, wenn er kurz an unserem Tisch hielt, um zu sehen, ob ich im Unterricht mitkam oder seine Hilfe bräuchte, war ich bereits schon fertig gewesen. „Ich kann dir, wenn du möchtest, das Material aus der Realklasse besorgen, wenn du nicht die Klasse wechseln möchtest", bot er mir an, als es bereits zur Pause geklingelt hatte und nur noch Isabell, Herr Bergmann und ich in der Klasse waren. „Ja gern. Wenn das möglich ist?"

Sonst würde er es ja nicht anbieten.

„Natürlich", er lächelte freundlich. „So, und jetzt wünsche ich dir eine schöne Pause." Fabian lehnte an der Wand vor unserer Klasse und wartete bereits auf uns. Meine Mitschüler die an ihm vorbeigingen, regierten unterschiedlich auf ihn. Die Mädchen, die an ihm vorbeiliefen, warfen ihm einen verträumten Blick zu, während die meisten Jungs ihn einfach ignorierten. Die es nicht taten, so glaubte ich, fragten sich wahrscheinlich: „Was hat er, was ich nicht habe?" Bei uns Mädchen war es dasselbe, nur dass es bei uns anderes herum verlief. „Das darf ja wohl nicht wahr sein! Diese Kuh ist gerade mal zwei Stunden hier und schon macht sie sich an meinen Typen heran."

Ich musste meinen Kopf gar nicht erst in ihre Richtung drehen, um zu wissen, dass dies die Schulzicke gesagt hatte. Sie stand einige Meter von uns entfernt, in der hintersten Ecke, zusammen mit ihrer Clique. „Wahrscheinlich treibt sie es später mit Ihm. Und dann wird sie ihn fallenlassen, wie eine heiße Kartoffel." Die Worte des Mädchens die neben der Schulzicke stand, trafen mich wie ein Schlag ins Gesicht.

Ich riss mich von Fabian los und ging in die andere Richtung davon. „Hey Vanessa, warte doch mal", rief Isabell die neben Fabian in menschlicher Geschwindigkeit hinter mir her joggte. Kaum das ich stehengeblieben war, nahm mich Isabell auf ihre überbesorgte Weise in die Arme. „Wenn du willst, schütte ich ihren Diätdrink über ihr aus, wenn wir wieder in der Klasse sind." „Ist ja ein toller Plan." Isabell die den ironischen Tonfall in Fabians Stimme herausgehört hatte maulte: „Wieso, der Plan ist doch genial." „Wenn du das machst", erklärte Fabian ruhig: „Dann wirst du Aufmerksamkeit auf dich ziehen und es werden Fragen gestellt. Wie zum Beispiel, warum hast du das gemacht? Wie konntest du auf Grund dieser Entfernung und der Lautstärke das alles mitbekommen?" „Na schön. Aber wenn die Zicke oder eine aus ihrer Clique noch einmal so etwas sagt und ich bin in menschlicher Hörweite, dann schwöre ich dir, ist sie dran."

Wir setzten uns wieder in Bewegung, doch als eine vertraute Stimme meinen Namen rief, blieb ich stehen. Meine Freunde bekamen erst mit, dass ich ihnen nicht mehr folgte, als sie bereits das Ende des Flures erreicht hatten und kehrten um. Ich wollte gerade weitergehen, weil ich glaubte die Stimme mir doch nur eingebildet zu haben, als sie erneut nach mir rief: „Vanessa!" Als ich mich umdrehte, sah ich eine freudestrahlende Luna auf mich zukommen, die sich in meine Arme warf. Fabian war mittlerweile wieder an meiner Seite, Isabell aber nicht. Ich entdeckte sie einige Meter von uns entfernt stehen. Meine sonst so freundliche und überbesorgte Freundin Isabell wollte nichts mit meiner alten Schulfreundin zu tun haben, wie ich später erfuhr. Nachdem Luna mich wieder losgelassen hatte, legte Fabian seinen Arm um meine Taille und reichte seine freie Hand Luna. Sie stellten sich einander kurz vor, dann ließ mich Fabian mit Luna alleine. Es kam mir vor wie früher, als Luna und ich nebeneinander den Flur entlang schlenderten. Nur, dass sich seit damals einiges geändert hatte. Veränderungen von denen Luna noch nicht einmal etwas wusste, wie z. B., dass nicht mehr sie die Stärkste von uns beiden war, sondern ich. Obwohl sie einen harmlosen Eindruck machte, mit ihren langen dunkelblonden Haaren, in denen zwei ihrer Strähnen türkis gefärbt waren, und ihrem zierlichen Aussehen, sollte man sie besser nicht unterschätzen. In der neunten Klasse hatte sie sich mal mit unserem Geschichtslehrer angelegt und ihn sogar aus reiner Verzweiflungstat angegriffen. Das sie damals deswegen nicht von der Schule verwiesen wurde, hatte sie nur zu verdanken, dass es nur noch drei Wochen bis zu unserem Abschluss gewesen waren. Ein anderes Mal musste sie 78,00 Euro Strafe zahlen, weil sie einen Polizisten ziemlich übel beschimpft hatte. „So, du und Fabian also", sagte sie mit einem breiten Grinsen, als wir uns auf eine große breite Treppe gesetzt hatten, die ins oberste Stockwerk führte. „Wie lange läuft da schon etwas zwischen euch, und wie seid ihr zusammengekommen? Los ich will alles hören." „Wir sind jetzt seit einer Woche zusammen, aber ich kann dir ehrlich gesagt nicht sagen, wie wir zusammengekommen sind." „Das ist doch ein Scherz oder? Wie kann man denn nicht mehr wissen wie man zusammengekommen ist? Wenn jemand Drogen nimmt oder zu viel Alkohol trinkt kann ich das ja noch nachvollziehen, aber da ich weiß, dass du weder Drogen zu dir nimmst noch Alkohol trinkst, frage ich mich, wie du das geschafft hast." Ich wusste es nicht. Alles woran ich mich erinnern konnte, seitdem Fabian mich zum ersten Mal geküsst hatte, waren seine Worte die er auf meine Frage: „Du liebst mich?", geantwortet hatte: „Ja. Bitte gib mir eine Chance dir zu beweisen, dass ich das ernst meine und dass das Leben auch schöne Seiten hat." Seitdem waren wir ein Paar. Hin und wieder fragte ich mich, ob er sich mit mir nicht die falsche Freundin ausgesucht hatte.

Eine suizidgefährdete, die sich jederzeit umbringen konnte. So eine Beziehung, wie unsere, musste doch zum Scheitern verurteilt sein. „Wow. Was ist das denn?" Lunas Worte rissen mich aus meinen Gedanken. Sie war total aufgeregt. Sofort suchte ich die ganze Halle für den Grund dafür ab, aber da war nichts.

Kein Promi der in die Schule gestürmt war, keine Schlägerei die plötzlich ausgebrochen war und auch keiner, wie ich erleichtert feststellte, der tot umgefallen war. Ich wollte sie gerade fragen, was sie denn gemeint hatte, als sie mir zuvorkam. „Wann wurdest du denn von Aliens entführt?"

„Wie kommst du denn darauf das ich…", mir blieb das Wort im Halse stecken. Es war doch offensichtlich was sie meinte. Doch ich wollte, dass sie es sagte. „Du hast lila Augen", platzte es schließlich aus ihr heraus. Kaum, dass sie es ausgesprochen hatte, ließ ich meine Haare ins Gesicht fallen, damit keiner meine Augen sehen konnte, bis ich meinen Durst wieder verdrängt hatte. „Aber ich bin kein Alien", erwiderte ich matt. Luna erstarrte neben mir. Es gab für sie nur eine logische Erklärung, was ich sein musste, wenn ich nicht von Aliens entführt wurde und eine von ihnen geworden war. Wortlos stand sie auf und zog mich hinter sich her. Zwar hätte ich mich ohne Schwierigkeiten aus Lunas Griff befreien können, aber sie war meine beste Freundin und sie verdiente es die Wahrheit zu erfahren. Sie führte mich in eine leere, offenstehende Klasse um mich zur Rede zur stellen. „Wie ist das passiert", in ihrer Stimme schwappte Neugier, aber auch Wut, von der ich nicht genau einschätzen konnte, ob diese mir galt.

„Ich bin gezwungen worden Vampirblut zu trinken. Dann habe ich versucht mich umzubringen, was auch funktioniert hätte, wenn ich nicht das Vampirblut in meinem Kreislauf gehabt hätte." Die Augen meiner Freundin füllten sich mit Tränen. Ich hatte erwartet, dass sie mich anschreien würde, mir die Freundschaft kündigt oder davonrannte. Vielleicht auch alles zusammen, aber ich hatte nicht erwartet, dass meine sonst so taffe Freundin, anfangen würde zu weinen. „Du hast es also wirklich getan", schluchzte sie. In diesem Moment öffnete sich die Klassentür und ein Lehrer kam herein. Ohne sich zu ihm umzudrehen fuhr sie ihn an: „Mädchen-Gespräch raus!"

„Nicht schon wieder" schoss es mir durch den Kopf.

Luna hatte sich meinetwegen damals mit unserem Geschichtslehrer angelegt, weil er für mich einen Krankenwagen rufen wollte, weil ich eine schwere Panikattacke gehabt hatte und deswegen auch keine Luft mehr bekam. Aber musste sie sich auch jetzt wieder mit einem Lehrer anlegen? Gerade als der Lehrer sie zu Recht weisen wollte, drehte sie sich um und er sah in ihr verheultes Gesicht. Er überlegte es sich anders und verließ uns schweigend wieder.

Nach Schulschluss trafen Luna und ich uns wieder. Wir standen vor einem Snackautomaten, von dem ich bisher angenommen hatte, dass nur amerikanische Schulen so etwas haben würden. „Die Schüler haben sich bei der Direktorin dafür eingesetzt, dass wir auch so welche bekommen.", erklärte Luna, während sie sich von den Leckereien etwas aussuchte. „Wie lange bist du schon auf dieser Schule", fragte ich neugierig. Luna überlegte kurz, ehe sie mir eine Antwort gab: „Ich bin nach unserem Abschluss auf diese Schule gewechselt. Du weißt ja sicherlich noch, dass ich bei meinem Bruder lebe." Luna drehte sich zu mir um, um sich zu vergewissern, dass ich ihr zustimmte. Ich nickte. Eine Geschichte, wie die ihre, konnte man nicht so schnell vergessen. Lunas Vater starb, als sie gerade mal ein Monat alt war. Woran er starb, wusste niemand.

Vor einigen Jahren lernte ihre Mutter einen reichen Chirurgen kennen. Lunas älterer Bruder Maik, war bereits früh ausgezogen, wodurch Luna schnell die Zielscheibe für Teresa, ihrer Stiefschwester wurde. Sie wollte mit niemandem ihren Vater teilen, außer mit Lunas Mutter. In der Schule hatte sie deshalb das Gerücht verbreitet, dass Luna eine Diebin sei, weshalb keiner etwas mit ihr zu tun haben wollte. Als ich auf die Schule kam und ich mich trotz der Gerüchte mit Luna anfreundete, hatte Teresa vergeblich versucht unsere Freundschaft zu sabotieren. Weil Teresa der Meinung war, dass sie mir eine bessere Freundin wäre. Um das Ganze zu entschärfen, nahm Maik seine Schwester bei sich zuhause auf. „Da Maiks Chef selbst keine Kinder hatte, dem er die Firma übertragen konnte und mein Bruder sein bester Angestellter war, hatte er ihm die Firma angeboten", fuhr Luna fort. Und weil Maik von überall aus arbeiten kann und er jetzt das Geld dazu hat, sind wir hierhergezogen, weil wir beide ja schon immer mal im Harz wohnen wollten. Oh man, das Mistding klemmt", fluchte Luna und trat gegen den Automaten. Entschuldigte sich aber auch sofort wieder bei ihm, weil der ja noch immer ihren Schokoriegel hatte. „Lass mich mal versuchen." Luna ging ein Schritt zur Seite, während ich nähertrat und mit der flachen Hand dagegen schlug. Es polterte und Lunas und ein weiterer Schokoriegel vielen zu Boden. Leider hatte ich es mit meiner Kraft aber auch geschafft eine kleine Delle in den Automaten zu hauen. „Ups!" „Wow. Früher bekamst du nicht einmal deine Getränkeflasche ohne meine Hilfe auf und jetzt schrottest du mit einem Schlag einen ganzen Automaten, Respekt."

Ich hatte das Gefühl, als würde mir der Boden unter den Füßen weggezogen werden und stützte mich automatisch an dem Automaten. „Vanessa alles in Ordnung", fragte Luna besorgt, als sie ihre Hand auf meine Schulte legte und spürte, dass ich zitterte. „Hol Fabian." Luna, die von mir alles über Halbvampire wusste, geriet in eine leichte Panik. „Aber Vanessa, die Schule ist riesig. Ich werde ihn nie rechtzeitig finden, geschweige denn das wir rechtzeitig wieder hier sein werden." Tränen der Angst bildeten sich in ihren Augen und rollten ihr über die Wangen. „Ruf nach ihm. Er wird dich hören." Luna blickte mir ein letztes Mal tief in die Augen, ehe sie meine Schulter losließ und so schnell sie konnte davonrannte. Sie war kaum verschwunden, als meine Beine nachgaben und ich wie ein Kartenhaus in mich zusammenfiel.

Kapitel 12

Immer wieder kehrten meine Gedanken zu meiner letzten Erinnerung zurück. Als ich meine Augen aufgeschlagen hatte, hatte Fabian meine Hand gehalten. Isabell, die wenige Meter mit verschränkten Armen und ausdrucksloser Miene dabeigestanden hatte, ignorierte die neben mir kniende Luna. Nervös rührte ich mit einem Strohhalm in meiner Cola herum. Mit einem Strohhalm zu trinken war für uns eine sichere Methode in der Öffentlichkeit Flüssigkeiten zu sich zu nehmen, ohne dass wir dabei mit dem Getränk in Berührung kamen. Der Chauffeur, der uns auch zu der Vampirbar gefahren hatte und seitdem mein persönlicher Fahrer war, hatte mich und Fabian nach der Schule direkt nach Delmenhorst gefahren.

Dort sollte ich mich in einem Café zum ersten Mal mit meiner Sozialpädagogin treffen, die allerdings schon bei unserem ersten Termin viel zu spät dran war. Allein die Menschen, die mit uns in dem Café saßen, machten mich nervös. Aber dass ich diese Frau überhaupt nicht kannte und ich gleich ein ganzes Gespräch mit ihr führen musste, machte mich noch nervöser. Fabian legte beruhigend seine Hand auf meine: „Ganz ruhig. Ich bin hier, ich beschütze dich." Ich hatte gerade meine dritte Cola bestellt, als eine Frau mit hellbraunen Haaren und einer Brille auf der Nase auf unseren Tisch gehetzt kam. „Tut mir Leid für die Verspätung. Ich stand im Stau", sie lächelte und setzte sich zu uns an den Tisch. Man musste ihr im Vorfeld bereits gesagt haben, dass ich ihr nicht die Hand geben würde, denn sie reichte sie mir nicht und selbst bei Fabian ließ sie es bleiben.

Die Sozialpädagogin stellte sich uns nicht nur als Sabine vor, sondern auch noch als eine Cousine von Mr. Darkhoff. „*Das darf doch wohl nicht wahr sein*", ging es mir durch den Kopf. Hilfesuchend blickte ich zu Fabian. Er küsste aufmunternd meine Hand, ehe wir uns wieder Sabine zuwandten, die sich gerade bei der Kellnerin, die meine Cola gebracht hatte, einen Kaffee bestellte. „Ich bin keine Therapeutin, das heißt, dass ich nichts therapiemäßiges mit dir machen werde. Meine Aufgabe ist es, mit dir Zeit zu verbringen damit du wieder zurück ins Leben findest." „Das versuchen meine Freunde auch schon ständig", antwortete ich genervt und bereute es aber auch gleich wieder. Ich bereute es zwar nicht, dass ich das gesagt hatte, ich bereute es viel mehr wie ich es gesagt hatte. „Tut mir leid", murmelte ich Fabian zu, der es nicht so aufgenommen hatte, wie ich es befürchtet hatte. Erneut strich er mir wieder beruhigend über die Hand: „Schon okay, ich weiß wie du das meinst." „Das weiß ich", schaltete sich Sabine wieder mit ein. „Und das ist auch gut so, aber soweit ich weiß, sind deine Freunde alle Vampire. Nicht persönlich nehmen", bat sie an meinen Freund gerichtet, der sie mit hochgezogener Braue musterte. „Tue ich nicht", sagte er ruhig.

Sabine atmete erleichtert auf. Ich konnte allerdings nicht ganz so ruhig bleiben: „Was soll der Mist? Was hat das damit zu tun was meine Freunde sind?" Sabine wollte mir gerade eine Antwort geben, als die Kellnerin mit ihrem Kaffee zurückkam. Erst als sie wieder verschwunden war, fuhr sie fort: „Ich wurde beauftragt mit dir Zeit zu verbringen, damit du dich wieder etwas menschlicher verhalten kannst." Ich unterdrückte ein Lachen.

Ja klar. Ich und menschlich. Ich war weit davon entfernt auch nur annähernd menschlich zu sein.

Kaum das ich diese Sätze in Gedanken ausgesprochen hatte, fragte ich mich, ob Sabine überhaupt wusste was ich war? Und wenn ja, wer hatte es ihr erzählt. Um uns wurde nämlich ein viel größeres Geheimnis gemacht, als um die Vampire. Seit damals eine unserer Schwestern in einem Labor gefangen gehalten wurde und an ihr Experimente ausgetestet wurden, hielten wir uns versteckt und sorgten dafür, dass wir nur ein Mythos blieben.

Nur wenige wie z.B. unser Bündnis und unsere engsten Vertrauten durften von unserer Existenz wissen. „Was wissen Sie über mich", fragte ich vorsichtig.

„Ich weiß, dass du nicht nur ein Halbvampir bist, sondern auch eine Meerjungfrau", antwortete Sabine leise. An der Art wie ich sie ansah, nämlich erstaunt und erschrocken zugleich, schien sie zu wissen, was in meinem Kopf vorging. „Deine Mutter hat Darkhoff erlaubt, mir das zu erzählen."

Die Zeit verging und der Winter war gekommen. Meine Mutter verbrachte wie jedes Jahr den Dezember bei meiner Oma in der Karibik. Normalerweise waren mein Vater und ich immer dabei gewesen, aber dieses Mal musste meine Mutter alleine zu ihr. Mum hatte nämlich darauf bestanden, dass ich zuhause bei Fabian bleibe. Obwohl Joe nicht so sehr von dem Gedanken begeistert war, dass ich am Wochenende lieber bei mir zuhause schlafen wollte, stimmte er dem dennoch zu. „Was soll denn schon passieren? Ich meine es ist doch im Grunde egal, ob ich nun hier schlafe oder in dem Haus meiner Eltern", hatte ich ihn gefragt, nachdem er erfahren hatte, dass meine Mutter den ganzen Dezember über nicht zuhause wäre. Denn das worüber sich die meisten Erwachsenen Gedanken oder gar Sorgen machen würden, wenn ein Mädchen mit ihrem ersten Freund alleine zuhause ist, war bei mir und Fabian total überflüssig. Es lag nicht daran, dass Fabian altmodisch war, sondern eher, weil ich es einfach nicht gewohnt war, jemanden so nah an mich heranzulassen.

Ich liebte ihn zwar abgöttisch und vertraute ihm, aber soweit war ich dann doch noch nicht. Fabian verstand es und gab mir die Zeit die ich brauchte. Das wir uns mittlerweile gegenseitig in den Hals bissen, wenn wir Durst verspürten und uns auch schon mal intensiver küssten, war ein großer Fortschritt. Aber Joes Sorge war eine ganz andere. Seine Sorge war, dass ich auf Grund der letzten

Vorkommnisse, die ich weiterhin verdrängte, auf dumme Gedanken kommen könnte. „Ich werde gut auf sie aufpassen", versprach Fabian.

Eines Nachmittags saßen Nina und ich alleine im Wohnzimmer, um die selten gemeinsame Zeit nachzuholen. Jessica war mit Fabian losgezogen, um ihm die Stadt zu zeigen und Joe war wie jeden Tag arbeiten. Wir hatten uns gerade über meine Schule und die Schulzicke unterhalten, die mich jedes Mal, wenn es ihr gerade passte mit dem Namen Hamster ansprach, als das Telefon im Flur klingelte. Ich wollte gerade den Hörer abnehmen, als Nina hinter mir auftauchte und mein Handgelenk umfasste: „Nicht rangehen", mahnte sie und ich spürte, dass irgendetwas nicht stimmte. Eine unsichtbare Gefahr ging plötzlich von dem Telefon aus. „Wer ist es?" „Ein Idiot." An der Art wie sie es aussprach hörte ich sofort heraus, dass es sich hierbei nicht um einen Jungen der ihr das Herz gebrochen hatte, sondern um einen Sanitäter handelte. Ich nannte sie so, weil mein Hass gegen sie kein anderes Wort zuließ. Aber auch, weil der Schmerz dadurch ein wenig gelindert wurde, wenn ich durch den Namen an die Vergangenheit erinnert wurde.

Das Wort richtig auszusprechen oder auch nur zu hören, bereitete mir Schmerzen, weshalb ich im Laufe der Jahre auf diesen Namen gekommen war. Und diese Bezeichnung ist noch nett ausgedrückt. Noch bevor meine Knie auf den Boden aufschlagen konnten, fing Nina meinen Sturz auf und setzte mich behutsam auf den Boden ab. „Warum ruft er hier an? Was will er von mir?" Nina die sich zu mir gesetzt hatte, antwortete so beherrscht sie konnte: „Er ruft nicht wegen dir an, sondern wegen mir." Der Groschen war gefallen. Nina hatte dieselbe Krankheit wie ich und denselben Schmerz wie ich durchgemacht. So wie sie das Telefon, das noch immer klingelte, mit einer Mischung aus Hass und Abscheu fixierte konnte es einfach nicht anders sein.

Deshalb wollte Joe, dass Nina und Jessica es mir nicht erzählten, damit wir uns nicht gegenseitig an dem Hass aufhängen konnten und das war wahrscheinlich auch der wahre Grund, warum ich in die Gemeinschaft ziehen musste. „Wie ist das passiert", wollte ich von ihr wissen, nachdem wir wieder im Wohnzimmer saßen und Nina uns einen Tee zubereitet hatte. „Auf dieselbe Weise wie bei dir, es war ein Autounfall mit unterlassener Hilfeleistung. Nina starrte ins Leere. Das Telefon war mittlerweile wieder verstummt. „Ich war 14 und mit meiner Klasse gerade auf einem Ausflug gewesen, als es passierte", sie brach ab. Nina wollte mir die genaueren Details des Unfalls und den weiteren Verlauf ersparen, da sie selbst wusste wie schmerzhaft es war, wenn man an so ein traumatisches Erlebnis erinnert wurde. Sie brauchte mir diese Geschichte aber auch nicht erzählen, da ich sie im Alter von dreizehn Jahren selbst erlebt hatte, nur dass ich damals auf einer Freizeit gewesen war. Nina die aus ihrer Starre zurückgekehrt war, nahm meine Hand. „Ich wollte es dir sagen, dass musst du mir glauben. Aber Joe hat es mir verboten." „Ich weiß.", antwortete ich und sah sie an. Ich verspürte eine gewisse Erleichterung. Zum ersten Mal hatte ich jemanden, mit dem ich offen über Dinge sprechen konnte, die ein anderer nur schwer nachvollziehen konnte. „Wie hast du dich umgebracht", fragte ich vorsichtig und stellte mich bereits darauf ein, dass sie mir keine Antwort gegeben würde. Da die meisten Vampire eher ungern darüber sprachen, wie sie unsterblich wurden. Doch ich bemerkte schnell, dass Nina damit keine Probleme hatte, es mir zu sagen.

„Ich bin von dem Dach eines Krankenhauses gesprungen, in das mich Joe mit Hilfe des Idioten eingeliefert hatte." „Aber was hat das alles mit dem Idioten zu tun?" Unsere Blicke schweiften wieder zu dem Telefon. Nina erzählte mir, dass sie in einem Buchladen, in dem sie mit einer Klassenkameradin gewesen war, eine schwere Panikattacke gehabt hatte. Weswegen die Angestellten auch einen Krankenwagen gerufen hatten.

Es hatte um sie eine lange Hetzjagd gegeben, weil Jessica, die von der Schulkameradin angerufen wurde und dazukam, sich geweigert hatte Nina herauszurücken. Jessica hatte alles getan, um Nina vor den Sanitätern zu beschützen, dass sie selbst vor körperlicher Gewalt nicht zurückgeschreckt war. Aber trotz ihren Bemühungen, war Nina dann doch irgendwann im Krankenhaus gelandet. Als auch Jessica im Krankenhaus eintraf, hatte sie versucht, Nina wieder da herauszuholen, aber dann hatte Jessica ihren Durst nicht mehr unter Kontrolle gehabt und hatte sich auf Nina gestürzt. „Nachdem Joe Jessica von mir weggezerrt hatte und die Ärzte mich in einen anderen Raum verfrachteten hatten, gab Joe mir sein Blut. Danach brachten mich er und der Idiot in ein anderes Krankenhaus. Der Idiot hat mich dann noch eine Woche lang besucht, in der Hoffnung, dass ich dadurch meine Ängste verlieren würde. Ich habe es einfach nicht mehr ausgehalten und bin aufs Dach gestiegen und hab mich umgebracht, nur leider habe ich vergessen, dass ich ja noch Joes Blut in meinem Kreislauf hatte. Der Idiot wusste durch den Einsatz, dass Joe und Jessica Vampire sind, da er sich nicht wie seine Kollegin von Joe, der es angeboten hatte, manipulieren lassen wollte. „Seitdem ruft er hier gelegentlich an und fragt nach mir.", Nina verstummte und starrte wieder in die Leere. „Wie lange ist das jetzt her", fragte ich leise. „Vier Jahre", antwortete sie matt.

Es war der 6. Dezember. Für die Menschen war dieser Tag etwas Besonderes, aber für mich als Meerjungfrau war dieser Freitag nur ein Tag wie jeder andere auch. Isabell war an diesem Morgen ganz schockiert gewesen, als ich ihr erzählte, dass ich weder Nikolaus noch Weihnachten feiern würde. Denn für Meerjungfrauen war das Wort Weihnachten ein Fremdwort. Wenn ich meinen Schwestern von Weihnachten erzählte, hielten sie dies für etwas Essbares. Mama und ich hatten nur meinem Vater und meinem Bruder zuliebe Weihnachten gefeiert. Da mein Bruder Trinus kein Meereswesen war, sondern ein Mensch mit ein paar magischen Genen, haben Mum und ich versucht so menschlich wie möglich für ihn und Papa zu leben und dazu gehörte auch dieses jährliche Weihnachtsritual. Aber seitdem mein Bruder Trinus mit seiner Freundin nach Florida ausgewandert war, und mein Vater nicht mehr darauf bestand, feierten wir Weihnachten auch nicht mehr. „Du feierst nicht einmal deinen Geburtstag. Willst du mich veräppeln", fragte Isabell entsetzt, als ich ihr erklärte, dass ich selbst nicht einmal den Tag feierte. „Nein. Weißt du für Meerjungfrauen sind nur der 9. und 18.Geburtstag etwas Besonderes und die feiern wir dann auch groß." Isabell, die neben mir herlief, blieb abrupt stehen. Wir waren gerade auf den Weg zum Parkplatz, wo wir uns mit meinem Chauffeur treffen wollten, der uns wie jeden Tag zur Schule fuhr. „Ihr feiert nur das 9. und das 18. Lebensjahr, was ist denn bei euch kaputt? Und wieso überhaupt?" „An unserem 9. Geburtstag, bekommen wir von unseren Müttern die Kristallkette, mit deren Hilfe wir dann das Wasser verlassen können. Und an unseren 18. Geburtstag wird die Kette gegen einen Ring eingetauscht."

Isabell starrte mich an, als hätte ich gerade verkündet, dass ich vor hätte zum Mars zu fliegen. „Na komm, lass uns weitergehen. Wir kommen sonst noch zu spät", sagte ich und ging weiter. Isabell folgte mir. „Ist das nicht im Grunde egal, ob du diesen Kristall am Hals oder als Ring an deinem Finger trägst?" Ich lächelte: „Nein. Wenn wir den Kristall am Finger tragen, verbindet sich das Licht des Mondes, das in dem Stein gespeichert ist, mit unserer Magie." „Ah ja." Isabells Gesichtsausdruck hellte sich augenblicklich auf und ich kannte Isabell mittlerweile zu gut, um zu wissen, dass das nichts Gutes für mich bedeuten konnte. „Du darfst nächstes Jahr groß Party machen. Oh ich verspreche dir, es wird eine Party geben, die du nie wieder vergessen wirst." „Das klingt ja toll." Meine eigene Freude hielt sich darüber in Grenzen. Ich war nie ein wirklicher Freund von Partys gewesen. Aber eine Diskussion zu starten, um ihr das wieder auszureden, wäre reine

Zeitverschwendung. „Außerdem werde ich dir das beste Weihnachtsfest bereiten, das du je erlebt hast", fügte sie gut gelaunt hinzu.

Am Abend saßen Fabian, meine Freunde und ich gemeinsam in unserem Wohnzimmer beisammen. Die frühe Dunkelheit hatte sich bereits wie eine Decke über die Stadt gelegt. „Hier, das ist für dich.", sagte Isabell freudestrahlend und reichte mir eine kleine Schatulle. Sie trug an diesem Abend dasselbe Kleid, das sie auch getragen hatte, als wir in dieser Bar gewesen waren. Als ich die Schatulle öffnete, lag dort eingebettet ein silbernes Armband, in dem unsere Namen eingraviert waren. Mir verschlug es die Sprache. Zum einen, weil es wunderschön war, aber zum größten Teil, weil ich eigentlich gar kein Geschenk haben wollte, worum ich meine Freunde auch ausdrücklich drum gebeten hatte. Isabell, die meine Sprachlosigkeit so deutete, dass ich mich sehr über das Geschenk freuen würde, freute sich nur noch mehr. „Seht Ihr, ich habe euch ja gesagt, dass sie sich darüber freuen wird." „Nazissa und ich haben leider nichts für dich, weil du ja gesagt hast, dass du nichts haben möchtest", entschuldigte sich Bastian, der ebenfalls gedeutet hatte, dass ich mich über Isabells Geschenk freuen würde. „Das macht doch nichts", erwiderte ich. Eigentlich wollte ich etwas anderes sagen, so was wie:

„Ganz genau, ich wollte kein Geschenk und dass ihr euch darangehalten habt, ist für mich das beste Geschenk, dass ihr mir machen konntet."

Aber das konnte ich nicht, schließlich hatte Isabell sich so viel Mühe gegeben, etwas für mich auszusuchen. Außerdem hätte es ihre Gefühle verletzt. Von jetzt auf gleich glitt mein Blick in eine Leere und ich spürte eine Angst, die nicht mir gehörte. Und dann sah ich einen dunkel gekleideten Mann, der auf dem Dach eines Hochhauses stand und mit einer Waffe auf mich zielte. Zuerst war ich verwirrt, doch dann begriff ich.

Ich sah durch Enricos Augen. Es war seine Angst, die ich spürte. Er selbst hatte ebenfalls eine Waffe in der Hand und zielte auf die dunkle Gestalt. Im Kopf rechnete ich, wie lange ich bis zum Hochhaus brauchen würde. Bei meiner Geschwindigkeit würde ich nicht länger als zwei Minuten brauchen, denn wenn ich rannte machte ich selbst einem Formel 1 Wagen Konkurrenz. Ich blinzelte mehrfach, dann sah ich wieder durch meine eigenen Augen. Meine Freunde hatten von meiner Abwesenheit nichts mitbekommen. Erst als ich an der Haustür stand, hörte ich Fabians Stimme hinter mir. „Wo willst du hin?" „Enrico ist in Schwierigkeiten", erklärte ich in knappen Sätzen und stürmte aus dem Haus. Ich erreichte das Hochhaus und sah nach oben. Auf dem Dach entdeckte ich Enrico, der neben einem Polizisten stand, der ebenfalls eine Waffe in der Hand hielt. Vor ihnen stand die dunkel gekleidete Gestalt, die unverändert die Waffe auf Enrico gerichtet hielt.

Meine Freunde, dir mir gefolgt waren, sahen ebenfalls nach oben. „Wartet hier", bat ich und rannte ins Innere des Gebäudes. Ich rannte die Treppe hoch und erreichte in Sekundenschnelle die Tür, die aufs Dach führte. Sie ließ sich geräuschlos öffnen und ich schlüpfte hindurch und verstecke mich in der Dunkelheit. „Legen Sie die Waffe weg und nehmen Sie die Hände hoch", befahl der Polizist. Ich erkannte den Mann sofort wieder, als dessen Mann, der mit auf dem Foto abgebildet war, dass in Enricos Haus stand. Ich kannte dieses Zitat. Ich hatte es unzählige Male im Fernsehen gehört und in Büchern gelesen, aber ich hätte niemals geglaubt, dass ich es jemals im wahren Leben hören würde. „Und was, wenn nicht? Rennst du dann heulend zu deiner Mami", entgegnete der Mann mit kalter Stimme.

Ich unterdrückte ein Lachen. Der Mann war gefährlich und bedrohte Enrico, aber er war lustig. Langsam setzte sich die Gestalt in Bewegung, wodurch Enrico gezwungen war sich ebenfalls in

Bewegung zu setzten. Als Enrico gefährlich nah an der Kante des Daches stand, drückte der Mann ab.

Kapitel 13

Ich hatte den Überraschungseffekt auf meiner Seite, so dass keiner der Beiden auf mich zielte, als ich an den beiden Männern vorbeilief und ohne auch nur eine Sekunde darüber nachzudenken, Enrico hinterher sprang. Hinter mir hörte ich noch den verzweifelten Ruf des Polizisten: „Spring nicht", aber da war es bereits zu spät. Noch während des Falls streckte ich meine Hand nach Enrico aus, der bereits das Bewusstsein verloren hatte, und bekam seinen Arm zufassen. Dass er seine Uniform trug, machte die ganze Sache nicht gerade leichter für mich. Durch die Berührung mit dem Stoff, breitete sich der Schmerz wie Feuer in meinem Körper aus und raubte mir fast den Verstand. Noch bevor sich mein Verstand verabschieden konnte, streckte ich meine freie Hand aus. Ich beschwor einen Wassertentakel herauf, der aus einem der Wasseranschlüsse geschlängelt kam und sich um den bewusstlosen Körper von Enrico schlang und somit seinen Sturz auffing.

Mein Sturz wurde nicht abgefangen, sodass ich hart auf den Boden aufschlug und hörte und spürte, wie meine Rippen brachen. Ich unterdrückte einen Schmerzensschrei. Die Tränen schossen mir in die Augen und machten mich fast blind. „Hast du dir was gebrochen", fragte Fabians leise Stimme besorgt, der neben mir aufgetaucht war. „Ein paar meiner Rippen", antwortete ich und schmiegte mich an seine Brust. „Möchtest du, dass ich dich heile?" Anstatt auf seine Frage zu antworten, flüsterte ich: „Mein Verstand stellt sich ab." Fabian der von Nina wusste, was das bedeutete, nämlich, dass ich sämtliche Kontrolle über mich verlieren würde und dass mein Wunsch, mich umzubringen an allererster Stelle trat. Wenn ich bei Verstand war, hatte ich diesen Wunsch zwar auch, aber dann begann ich keine Versuche, weil ich wusste, dass ich meinen Liebenden damit wehtat. Aber sobald sich mein Verstand abstellte, war mir dies egal.

Andere nennen es auch „nicht zurechnungsfähig" zu sein.
Ich spürte wie Fabian vorsichtig seine Umarmung verstärkte. „Ich passe auf dich auf. Ich beschütze dich. Ich bin hier", sagte er ruhig in der Hoffnung, dass diese Worte meinen Verstand davon abhielten, sich komplett abzustellen. „Wow, sie ist ganze 6 Stockwerke tief gefallen und ist gerade noch mit einem blauen Auge davongekommen. Das ist erstaunlich", sagte Bastian beeindruckt, als er sich zu uns gesellte. Isabell und Nazissa waren ebenfalls dazugekommen. Sie hockten neben dem bewusstlosen Enrico und musterten seine Schusswunde, die noch immer stark blutete. „Wir müssen uns beeilen, selbst sein Kollege wird nicht ewig für die Treppe brauchen", antwortete Isabell und ich spürte dabei ihren Blick auf mir ruhen. Eine Welle der Panik bereitet sich in mir aus.

Wollte sie etwa, dass ich Enrico heile? „Keine Sorge, du musst deinen Nachbarn nicht heilen", antwortete Nazissa ruhig und strich mir dabei beruhigend übers Bein. „Ich werde mal nachsehen, wie viel Zeit wir noch haben", schaltete sich Bastian mit ein. Ich spürte den vertrauten Windzug, als Bastian sich in Vampirgeschwindigkeit in Bewegung setzte, um ins Innere des Hochhauses zurückzukehren. Da das Hochhaus über keinen intakten Fahrstuhl mehr verfügte, musste der Polizist die ganzen sechs Stockwerke zu Fuß gehen. „Äh doch", entgegnete Isabell in einem leicht gereizten Ton. Ich vergrub mein Gesicht noch tiefer an Fabians Brust und hoffte inständig, dass das alles nur ein böser Traum war aus dem ich hoffentlich bald erwachen würde. „Nein Isabell, wir können ihn ebenfalls heilen. Nur weil Vanessa mit ihm verbunden ist, heißt das noch lange nicht, dass sie diejenige ist, die ihn heilen muss", entgegnete Nazissa ruhig.

Die beiden standen auf, um ein wenig abseits in Ruhe darüber zu diskutieren. „In diesen Fall schon. Wir wissen nicht wie schwer die Kugel ihn getroffen hat. Selbst wenn seine Wunden mithilfe unseres Blutes heilen, kann er immer noch an den Verletzungen sterben, falls die Kugel auch seine lebenswichtigen Organe verletzt hat. Aber mit Vanessas Blut kann ihm das nicht passieren. Ihr Blut ist noch magischer als unseres, das selbst innere Verletzungen heilen kann.

Und das weißt du genauso gut wie ich." Noch während ich der Diskussion meiner Freunde lauschte, traf ich eine Entscheidung. Ich dachte an seine Frau Christina und an seine Tochter Veronika. Daran, wie traurig sie wären, wenn Enrico nicht mehr nachhause zurückkäme. Ich wusste wie es war, wenn man keinen Vater mehr hatte, auch wenn meiner noch am Leben war. Aber vor allem dachte ich daran, auch wenn es egoistisch sein mag, dass wenn er doch das Blut von einem meiner Freunde bekam, er sich in einen Vampir verwandeln würde und wenn ich richtig Pech hatte dann auf ewig mit ihm verbunden wäre. Langsam löste ich mich aus Fabians Armen und streckte ihm mein Handgelenk entgegen. Er verstand mein Vorhaben ohne, dass ich es aussprechen musste. Ich zuckte kurz zusammen, als sich seine Zähne durch meine Haut bohrten.

„Schließ deine Augen, ich werde dich führen", flüsterte er. Ich schloss meine Augen und ließ mich von ihm führen. Fabian drückte sanft und vorsichtig mein Handgelenk auf Enricos Mund. Der Schmerz, der von der Berührung seiner Lippen auf meiner Haut herrührte, war stark und ich wollte instinktiv meine Hand zurückziehen, doch Fabian hielt sie fest. „Halte durch", hauchte er mir ins Ohr. Aber kaum das Enrico zu schlucken begonnen hatte, als sein Mund sich mit Flüssigkeit füllte, breitete sich das Feuer von Gift in mir aus. Der Schmerz von Enricos Berührungen und die von meinen gebrochenen Rippen waren gar nichts im Gegensatz zu dem Gift, das sich immer weiter durch meine Adern fraß. Das letzte, was ich wahrnahm bevor ich das Bewusstsein verlor und neben Enrico zur Seite fiel, waren die blauen Schatten, die an den Hauswänden tanzten und das Geräusch der Sirenen.

Eine Woche war vergangen, seitdem ich vom Dach des Hochhauses gesprungen war. Seit einer Woche war ich diejenige, die in den Nachrichten und Zeitungen erwähnt wurde, weil ich die Unbekannte war, die dem Polizisten aus Delmenhorst das Leben gerettet hatte. Auch wenn niemand wusste wie. Für mich war das ein Albtraum. Wie sollte man das denn bitte auch verdrängen, wenn man immer wieder an diesen Abend erinnert wurde? Meine gebrochenen Rippen waren nicht das Problem gewesen, die hatte mir Fabian noch am selben Abend wieder verheilen lassen. Das Problem waren die Nachrichten, die immer wieder diese Story brachten und mich damit immer wieder an diesen schmerzhaften Moment erinnerten.

Für diesen Nachmittag hatten Nina, Jessica und ich den Weihnachtseinkauf geplant. Denn wenn ich Isabell schon nicht die Weihnachtsfeier ausreden konnte, dann wollte ich wenigstens nicht diejenige sein, die keine Geschenke für ihre Freunde hatte. Da ich am selben Tag aber auch einen Termin mit Sabine hatte, hatte sie vorgeschlagen mitzukommen, wenn das für Jessica und Nina okay war. Um zu sehen, wie ich mich außerhalb meiner Komfortzone, auch zuhause genannt und auch ohne Fabian, verhielt. Wie wir später erfuhren, war es Joe gewesen, der Sabine diesen Floh ins Ohr gesetzt hatte, uns zu begleiten. Auf unserer Shoppingtour durch Bremen, fand ich mit einer „Best of CD" von seinem Lieblingssänger das perfekte Geschenk für Fabian. Für die anderen besorgte ich jeweils deren Lieblingsparfüm.

Das einzige, was jetzt nur noch auf meiner Liste stand, war eine neue Flasche Mundwasser, da meine jetzige schon wieder einmal leer war. Der Supermarkt in den wir wollten, hatte für diese Woche DVD's im Angebot, so dass ich mir vornahm, auf jeden Fall die Auswahl anzuschauen. Doch kaum das wir den Laden betreten hatten, stellten wir fest, dass dies ein Fehler gewesen war. Der Schmerz der sich in meinem Magen ausbreitete war kaum zu ertragen, als ich die Sanitäterin in ihrer Uniform bei den Kassen stehen sah. Nina knurrte neben mir, denn auch sie hatte die Frau entdeckt. „Die steht doch nur da, die macht doch nichts", sagte Sabine verständnislos und sah ununterbrochen zu der Frau herüber in der Hoffnung, so herauszubekommen warum Nina und ich uns so bedroht von ihr fühlten.

Jessica, die Sabine einfach ignorierte, lief wie ein Schutzschild vor mir her. Auch als wir bereits an den Kassen standen, war die Frau immer noch im Landen und bat um Spenden. „Das einzige was sie von mir bekommt, ist eine gratis Folter mit einem anschließenden Genickbruch." Erschrocken hielt ich inne.

Hatte ich das wirklich gerade gesagt? War mein Hass wirklich schon so weit, dass ich einen Menschen foltern und töten würde?

Jessica die meine Sorge bemerkt hatte, sagte: „Wenn du willst, kann auch ich das tun oder ich sie angreifen und beißen, solange bis sie um Gnade fleht." „Ich halte das für keine so gute Idee. Auch wenn ich das zu gern mit ansehen würde und sie es auch verdient hätte", ermahnte Nina.

Für die meisten, wäre dieser Zwischenfall ein Zufall, aber aus der Sicht mit einer psychisch Erkrankten, war dies von der Frau geplant und beabsichtigt.

Sabine erstarrte neben mir. Bis jetzt hatte sie Nina noch für die Normalste gehalten. Aber jetzt da sie erfahren hatte, dass auch Nina die Frau am liebsten verwundet sah, war ihr Bild von meiner Freundin völlig zerstört. „Oder muss ich dich erst daran erinnern, was passiert war, als du mir damals im Buchladen zur Hilfe kamst?" Jessica seufzte: „Nein, das musst du nicht. Ich muss mir heute noch von Dad die Geschichte anhören und seitdem sind vier Jahre vergangen." Da Nina mir ihre Geschichte erzählt hatte, wusste ich auch, was sie meinten. Damals hatte Jessica, um Nina zu beschützen, einen der Ladenmitarbeiter auf einen der Verkaufstische befördert. „Und was ist passiert", fragte Nina erneut. „Ich habe Ladenverbot, eine Anzeige gegen Unbekannt und noch

125

eine Strafpredigt von meinem Vater erhalten", antwortete Jessica grimmig. „Siehst du, du kannst dir das also gerade nicht leisten, weil Vanessa dich braucht.", fügte Nina liebevoll hinzu. „Du würdest diese Frau wirklich angreifen?", fragte Sabine Jessica, die gerade erst aus ihrer Starre zurückgekehrt war. Jessica, die wie ich wusste, zu gern etwas anderes geantwortet hätte, blieb gelassen. „Nein. Natürlich nicht, dass war nur ein Scherz." Die Augen meiner Sozialpädagogin weiteten sich. „Was ist das bitte für ein krasser Humor?" „Psychohumor", erklärte Jessica, die langsam kein Bock mehr auf Sabine hatte. Das Gespräch zwischen den beiden gelang nur als Durchzug an meinem Bewusstsein vorbei, wo es selbst keinen Halt fand. Alles was ich wahrnahm, war der unbeschreibliche Schmerz der Folter.

„Was geht dir durch den Kopf? Du bist so abweisend seitdem du aus Bremen zurück bist." Fabians Stimme riss mich aus meinen Gedanken. Erst jetzt nahm ich bewusst wahr, dass er mich streichelte. Wie lange er dies schon tat, wusste ich nicht. „Ich bin ein Monster." „Wie kommst du darauf", fragte er überrascht. „Ich wollte sie angreifen, sie verletzen." „Du meinst die Idiotin?" Ich nickte stumm. Fabian hatte bewusst das Wort gewählt, weil er wusste, dass mich die richtige Aussprache noch mehr stressen würde. „Aber das hast du nicht oder hast du Jessica darum gebeten?" Ich schüttelte den Kopf: „Nein." „Na siehst du warum solltest du dann ein Monster sein?"

Seine liebevollen Worte beruhigten mich allerdings nicht. „Aber was, wenn ich das nächste Mal die Kontrolle verliere?" „Das wirst du nicht. Ich passe auf dich auf", versprach er und küsste mich. Eine ganze Weile blieb es ganz still. Ich hatte die Augen geschlossen und versuchte die heutigen Bilder und die damaligen Geschehnisse, die aus der tiefsten, vergrabenen Ecke meiner Erinnerung gekrochen waren, wieder zu verbannen. Erfolglos. Und ich öffnete wieder die Augen. „Wir müssen heute nicht zum

Weihnachtsmarkt gehen", sagte Fabian ruhig. „Aber du hast dich doch so darauf gefreut." „Ja schon, aber ich möchte auch nicht, dass du dadurch noch mehr leidest." Ich richtete mich auf und sah ihm in die Augen. „Ich möchte es gerne versuchen."

Die verschiedensten Gerüche stiegen mir in die Nase. Eine Mischung aus Zucker, Glühwein und eine leichte Brise von der riesigen Tanne, die mitten auf dem kleinen, süßen Weihnachtsmarkt stand. Außer ein paar Buden und zwei Kinderkarussells, hatte unser Weihnachtsmarkt nicht wirklich was zu bieten. Und doch hatte ich das Gefühl, als wäre die ganze Stadt auf die Idee gekommen, den Weihnachtsmarkt zu besuchen.

Okay, ich übertreibe. Es war nicht die ganze Stadt, aber die Hälfte war es ganz sicher.

„Möchtest du etwas essen?" Fabian, der meine Hand hielt, war stehengeblieben und deutete auf eine der Imbissbuden. Während ich meine kleine Portion Pommes aß, wanderte Fabians Blick in regelmäßigen Abständen über den Markt, um nach einer Bedrohung Ausschau zu halten. Wir hatten gerade unsere fünfte Runde gedreht, als hinter uns jemand mit einem italienischen Akzent meinen Namen rief. „Oh nein", schoss es mir durch den Kopf und ein neuer Anflug von Panik machte sich in mir breit. Enrico kam langsam mit einem uniformierten Polizisten an seiner Seite auf uns zu. Er selbst trug Zivilkleidung. Fabian reagierte in Sekundenschnelle, er zog mich an sich heran und küsste mich. Er tat es nicht, weil er plötzlich das Verlangen danach verspürte, sondern um mich abzulenken und um meine weiter steigende Panik wieder herunterzufahren.

Als Fabian mich wieder freigab, legte er beruhigend seinen Arm um meine Taille. Der Polizist war in einem großen Abstand zu uns stehengeblieben, während Enrico noch immer langsam näherkam. Enrico blieb stehen, als er merkte, dass wenn er jetzt noch näherkäme, ich mich dadurch in die Ecke gedrängt fühlte. „Guten Abend. Was können wir für Sie tun", fragte Fabian freundlich. „Ich muss mit dir reden Vanessa. Können wir uns morgen vielleicht in einem Café treffen? Fabian kann auch gerne mitkommen. Wie ich sehe ist er ein guter Beschützer und du würdest dich vielleicht ein wenig wohler fühlen." Ich wusste nicht, ob es klug, geschweige denn richtig war, schließlich zählte er noch immer zu meinen persönlichen Feinden. Nickte aber zustimmend. „Danke. Ich weiß das sehr zu schätzen." Er nannte uns die Uhrzeit und das Café und verabschiedete sich.

In dieser Nacht fand ich kaum Schlaf. Wenn ich aber doch schlief, hatte ich die ganze Zeit über Alpträume. In meinen Träumen wurde der Unfall noch einmal wie ein Film abgespielt. Als das vorbei war, musste ich erneut erleben, wie ich Fabian am Bahnhof weglaufen war und mich mit Enrico verbunden hatte. Der nächste Traum war noch heftiger, als die vorherigen. Es war kein richtiger Film der sich abspielte, sondern mehr eine Szene. Ich lag in einem Krankenwagen und wurde ins nächste Krankenhaus gefahren. Das schlimmste für mich daran war, als ich aufwachte, dass ich wusste, dass das mal real gewesen war, wie all die anderen meiner Träume auch. Was mich ebenso verstörte, war die Tatsache, dass es eigentlich unmöglich war, so etwas zu träumen.

Ich war eine Meerjungfrau, außer Enrico konnte also eigentlich kein Mensch in meine Träume gelangen, aber genau das war in der Nacht passiert. Ich griff zum Telefon und hoffte, dass Mum in der Nähe des Bootes sein würde, so dass sie es hören würde, wenn man sie ans Telefon rief. Wie ich erwartet hatte, war es nicht meine Mutter, die ans Bordtelefon ging, sondern Onkel Martin, der mit meiner Tante ebenfalls den ganzen Dezember in der Karibik verbrachte. „Hallo Vanessa. Claire hat uns erzählt, was du für Enrico getan hast. Das tut mir leid." „Danke", antwortete ich matt. „Ich habe auch gehört, dass du dir bei dem Sturz einige Rippen gebrochen hast", er zögerte: „Musstest du ins

Krankenhaus?" „Nein, zum Glück nicht. Fabian hat mich mit seinem Vampirblut geheilt." Ich hörte, wie Martin erleichtert ausatmete. „Ich mag mir gar nicht ausmalen, was dann alles passiert wäre.", erwiderte er bedrückt. „Ich auch nicht", gestand ich. Doch dann wurde seine Stimme wieder fröhlicher: „Aber du möchtest sicher mit deiner Mutter sprechen." „Ja, ist sie da?" „Nein. Sie ist gerade schwimmen, aber ich rufe sie. Willst du solange in der Leitung warten oder soll sie dich gleich zurückrufen?" „Sie soll mich zurückrufen, dass ist billiger. Wer weiß, wo sie sich gerade herumtreibt." Martin lachte: „Ja, der Ozean ist groß, aber weit kann sie nicht sein." Auf meinen Lippen breitete sich ebenfalls ein Lächeln aus. „Du vergisst, dass sie eine Meerjungfrau ist und somit sehr schnell schwimmen kann." Martin lachte erneut. „Dann drück mir mal die Daumen, dass sie noch im Lande ist." Ich legte auf und ging hinunter zum Frühstück. Der Rückruf meiner Mutter kam erst, als ich gerade im Badezimmer fertig war. „Du hörst dich erschöpft an, was ist los", fragte Mum besorgt, als sie meine müde Stimme hörte. „Ich habe kaum geschlafen, ich hatte Alpträume." In allen Einzelheiten erzählte ich meiner Mutter von meinen Träumen. „Mum, was stimmt denn nicht mit mir?" „Mit dir ist alles in Ordnung", versicherte sie mir. Ich nahm die beruhigenden Worte meiner Mutter nicht wahr und fuhr fort: „Aber ich bin eine Meerjungfrau, wir können nicht von Menschen träumen, es sei denn sie sind mit uns verbunden."

„Du hast ein paar menschliche Gene von deinem Vater geerbt, da ist es durchaus normal, wenn man ein heftiges, traumatisches Erlebnis hatte, dass man dann Albträume kriegt." Mums Stimme zitterte leicht. Noch immer versetzte sie der Gedanke, dass ich vom Hochhaus gesprungen war, um Enrico zu retten, in Angst und Schrecken. Nachdem Gespräch fühlte ich mich zwar kein Stück besser, aber wenigstens kannte ich nun den Grund dafür, warum ich von meiner Vergangenheit träumte.

„Was für ein Déjà-vu", murmelte ich leise, als Fabian und ich dasselbe Café betraten, in dem wir uns auch das erste Mal mit Sabine getroffen hatten. Das gruselige an der Sache war, dass Enrico genau an dem Tisch auf uns wartete, an dem auch wir mit Sabine gesessen hatten. Enrico stand zur Begrüßung kurz auf, doch als er spürte, dass mir eh schon schlecht war und seine freundliche Geste nicht gerade zu einer Verbesserung beitrug, setzte er sich wieder hin. „Ich danke dir, dass du gekommen bist, obwohl du dich in meiner Gegenwart nicht wohl fühlst. Gerade das weiß ich sehr zu schätzen." Er lächelte, doch dann wurde er besorgt, als er sah, wie ich am ganzen Leib anfing zu zittern. Wobei ich mir immer wie so ein Wackelkopf vorkam, weil meistens auch mein ganzer Kopf mit zitterte. „Was hat man dir nur angetan, dass du solch eine Angst vor mir und meinen Kollegen und dem medizinischen Bereich hast?" Die Kellnerin, die uns auch schon beim letzten Mal bedient hatte, kam zu uns an den Tisch und brachte Enrico eine Tasse Kaffee. „Was darf ich Ihnen heute bringen", erkundigte sich die Kellnerin gut gelaunt. „Ihr könnt Euch bestellen was ihr wollt, ich lade euch ein", sagte Enrico.

„Alles in Ordnung mit dir", fragte die Kellnerin besorgt. Fabian der weder auf die Worte meines Nachbarn noch auf die besorgte Frage der Kellnerin einging, flüsterte mir ins Ohr: „Möchtest du einen Kakao?" Ich schüttelte stumm den Kopf. „Wir möchten nichts, danke", wandte sich Fabian mit freundlicher Stimme wieder der Kellnerin zu. Die Kellnerin nickte, wandte sich aber nicht von uns ab. „Meiner Freundin geht es gut. Sie hat nur Schwierigkeiten mit so vielen Menschen in einem Raum." Die Worte meines Freundes beruhigten die Kellnerin soweit, dass sie unseren Tisch wieder verlassen konnte. Es folgte eine längere Stille, bis Enrico sie schließlich brach. „Du warst es oder? Du hast mich gerettet." Fasziniert sah er mich an. „Woher wissen Sie das", fragte ich vorsichtig, denn es zu leugnen wäre sinnlos gewesen. Ich heftete meinen Blick vor mir auf die Tischplatte.

Ich kann und konnte es auch noch nie erklären, aber einen Poli-
zisten oder ein anderen meiner Feinde, konnte ich nicht direkt
ins Gesicht sehen. *Und wenn ich es doch schaffte, dann höchstens*
nur für ein paar Sekunden, denn dann setzt bei mir ein unerträg-
liches Gefühl ein.

Außerdem, war es anstrengend und kostete mich viel Kraft und
diese Kraft brauchte ich schließlich noch zum Reden. Auch wenn
ich eher zur Tischplatte sprach, als zu ihm. „Es hört sich verrückt
an, aber ich habe immer wieder von diesem Abend geträumt. Und
seitdem hatte ich das Gefühl, dass du mich gerettet hast." Es war
nicht verrückt, nicht für mich jedenfalls. Für einen Menschen
wäre es das, aber ich zählte ja schließlich nicht zu den Menschen.
„Die Ärzte im Krankenhaus meinten, dass man neben meinen
Blutspuren noch weitere gefunden hätte, aber keine weitere ver-
letzte Person. Und als mein Kollege mir sagte, dass ein junges
Mädchen aus dem Nichts aufgetaucht war, und sich vom Dach
gestürzt hatte, kurz nachdem ich angeschossen und selbst vom
Dach gefallen war, wurde mir bewusst, dass dieser Traum mir
gezeigt hatte, wer mein Schutzengel war." Bei dem Wort Schutzengel unterdrückte ich ein Würgen. Der Gedanke ihn zu beschützen gefiel mir immer noch nicht und dass ich ihm bereits das Leben gerettet hatte, gefiel mir erst Recht nicht. „Ich weiß nicht was
du bist, aber ein normales Mädchen bist du jedenfalls nicht. Anders könnte ich mir zumindest nicht erklären, warum wir beide
hier so unbeschadet sitzen." Enricos Worte lösten in mir Alarm
aus. Meine Stimme zitterte, als ich zu sprechen begann: „Was
haben Sie in ihrem Traum noch gesehen?" „Ich weiß, dass du
mich geheilt hast, aber ich weiß nicht wie. Zuerst hielt ich das
auch wieder nur für einen Traum. Aber als ich im Krankenhaus
aufgewacht bin und die Ärzte mir sagten, dass man mich unverletzt aufgefunden hatte, spürte ich bereits, dass der Traum kein
normaler gewesen war. Also danke, dass du mir das Leben gerettet hast."

Es folgte wieder eine Pause, ehe er hinzufügte: „Mir ist nicht wichtig, warum du dort gewesen bist oder wie du mich gerettet hast. Ich hoffe nur, dass du mir eines Tages soweit vertraust, dass du mir dein Geheimnis anvertrauen magst." Es schien für ihn selbstverständlich zu sein, dass er seinen Kaffee in aller Eile austrank und sich von uns verabschiedete, damit ich nicht länger dem Stress ausgeliefert war. Wäre er nicht mit mir verbunden, wäre ich ihm, wie alle anderen auch egal. Ich wäre für ihn nur jemand, der es nicht Wert war, dass man ihm half. Er wäre wahrscheinlich sogar dann erst recht bei uns sitzengeblieben, nur um mit anzusehen, wie sehr ich unter seiner Anwesenheit litt.

Das ist übrigens die Denkart einer psychisch Erkrankten.

So war es immer und so wird es auch immer bleiben. Aber er ging, auch wenn es ihm schwer fiel sich von mir zu trennen, weil es mir noch immer schlecht ging. Auch wenn ich es vor niemanden zugeben würde, war ich Enrico sehr dankbar dafür. Meine Augen füllten sich mit Tränen bei dem Gedanken, dass ich ihm auf Grund unserer Verbindung etwas bedeutete und ich den anderen Menschen im Gegensatz total wertlos zu sein schien. Fabian nahm meine noch immer zitternde Hand in seine und begann sie beruhigend zu massieren, während er übers Handy Joe anrief, damit er uns abholen kam. Als wir auf den Parkplatz des Cafés traten, fiel mein Blick auf den silbernen Wagen, in dem Enrico saß und Radio hörte. Er hatte es nicht geschafft den Parkplatz zu verlassen. Er wollte mir so nah wie möglich bleiben. Erst als Fabian und ich zu Joe in den Wagen stiegen, startete auch Enrico seinen Wagen und fuhr davon.

Kapitel 14

Seit der Woche, in der ich mich mit Enrico getroffen hatte, stand ich unter Beobachtung. Ich konnte dem Verlangen nach dem Tod nicht mehr standhalten und hatte deshalb innerhalb von drei Tagen drei Suizidversuche begannen. Bei meinem ersten Versuch, probierte ich es mit Ersticken. Doch Fabian kam hinzu und unterbrach meinen Versuch damit, in dem er einfach nur dastand und mich ruhig anschaute. Beim zweiten Versuch wollte ich mir die Pulsadern aufschneiden. Ich hatte das Messer schon in meiner Hand und hielt es bereits dicht an meinem Handgelenk, doch auch dieses Mal unterbrach mich Fabian, indem er einfach nur ruhig dastand und mich ansah. Ich konnte es einfach nicht durchführen, wenn jemand mit im Raum war. Denn das würde bedeuten, dass ich demjenigen im schlimmsten Fall ein Trauma verpasste und so egoistisch war ich nicht.

Für meinen dritten Versuch war ich ziemlich kreativ geworden. In einem Moment, in dem ich kurz in meinem Zimmer alleine war, sprang ich aus dem Fenster und rannte zum Bahnhof. Ich wusste, dass Fabian mir folgte, aber ich hatte einen winzigen Vorsprung, so dass ich in letzter Sekunde in den Zug sprang, der zur Abfahrt bereitstand. Fabian der in einem menschlichen Tempo die Treppen hoch geeilt kam, sah mich gerade noch auf der anderen Seite der Tür stehen. „Es tut mir leid", murmelte ich, als sich der Zug in Bewegung setze. Der Zug fuhr nach Bremen und genau dorthin wollte ich auch, um mein Vorhaben in die Tat umzusetzen. Kaum dass der Zug in Bremen hielt, sprang ich heraus und raste die Treppen hinunter. Die Menschenmenge um mich herum nahm ich überhaupt nicht wahr. Genauso wenig wie ich die Menschen im Zug wahrgenommen hatte, die wie ich vermutete, mich angesprochen hatten, weil ich immer wieder Stimmen gehörte hatte, die an mein Bewusstsein vorbei gerauscht waren. Der kalte Morgenwind wehte mir ins Gesicht, als ich aus dem Bahnhof trat und sofort wieder zu rennen begann. Ich hatte nur ein Ziel. Ich wollte zur Schlachte, um dort ins Wasser zu springen. Heute war ich noch nicht gebissen worden und wenn ich erstmal unter Wasser war, konnte mir niemand mehr folgen. Ich würde einfach solange schwimmen, bis meine Zeit abgelaufen war. Wie ich erwartet hatte, war um diese Uhrzeit keine Menschenseele am Wasser und auch kein Boot, das gerade übers Wasser schipperte.

Für mich war dies der perfekte Augenblick ins Wasser einzutauchen und mich von meiner Existenz zu verabschieden. Ich hatte mich gerade zum Sprung bereitgemacht, als sich zwei Arme um meinen Körper schlangen. Fabian war hinter mir erschienen und hielt mich liebevoll, aber mit einem festen Griff in seinen Armen. Er sagte nichts, sondern blieb wie bei den letzten beiden Malen auch, einfach nur ganz ruhig.

Niemand war aufgrund meiner neuen Versuche mich umzubringen, wütend auf mich, nicht einmal Joe. Die einzige, die es war und von der ich mir immer wieder einen Vortrag darüber anhören musste, war Isabell. Die anderen waren nur besorgt, weil die psychischen Schmerzen und die Erinnerungen von dem Nikolausabend mir so dermaßen zu setzten, dass ich immer wieder drohte den Verstand zu verlieren. Der einzige Grund, warum Joe mich deswegen nicht auf der Stelle einweisen ließ war der, dass meine Überlebenschancen an der Seite von Fabian viel höher waren, als die in irgendeiner Psychiatrie. Die Erinnerung und die Schmerzen ließen kaum nach, aber ich hatte es mittlerweile so weit unter Kontrolle, dass ich nicht ständig das Bedürfnis verspürte, mich umzubringen. Wann immer mir die Tageszeitung in die Hände fiel, verbrannte ich sie. Obwohl bereits einige Wochen vergangen waren, machte noch immer die Geschichte von der Unbekannten, die für einen Polizisten vom Dach gesprungen war, Schlagzeile. Dass die Polizei immer noch nach mir suchte und sogar eine Belohnung in Höhe von 2.500,00 Euro nach mir ausgesetzt hatte, musste bedeuten, dass Enrico sein Wort gehalten hatte. Denn als er sich im Café von uns verabschiedet hatte, gab er mir sein Wort, dass er niemanden erzählen würde, dass ich diejenige war, nach der alle so verzweifelt suchten. Nicht einmal seiner Frau hatte er was davon gesagt und wenn doch, dann hielt auch sie stillschweigen darüber. Aus der Zeitung erfuhr ich ebenfalls, dass Enricos Kollege, der mit angesehen hatte, wie ich mich vom Dach gestürzt war, glaubte, dass er sich das nur ein gebildet hatte, weil es keine weitere Person am Tatort gab und ich auch aus dem Nichts aufgetaucht war. Und weil er das glaubte und deswegen nicht mehr arbeitsfähig war, wurde er beurlaubt.

Am Morgen des 24. Dezembers hatte es angefangen zu schneien. Ein leichter, sanfter Schneefall, der sich nicht länger als ein paar Stunden halten würde. Über Nacht waren auch Isabell, Nazissa und Bastian bei Joe zuhause eingetroffen, um gemeinsam mit uns Weihnachten zu feiern. Ich hatte darauf absolut keine Lust, und wäre viel lieber mit Fabian alleine gewesen. Da Joe keine direkten Nachbarn hatte, konnten Isabell und Nazissa am Nachmittag ungehindert ihren kindischen Spielereien freien Lauf lassen. Sie sprangen immer wieder in die Luft und fingen die Schneeflocken auf, bevor sie auf der Erde landen konnten. Bastian stand etwas abseits und filmte oder fotografierte das Ganze mit seinem Handy. Obwohl Fabian und ich auf der anderen Seite der Glastür standen, hörte ich deutlich Isabells und Nazissas Gelächter. Ein kurzer, leichter Schmerz durchzuckte meinen Körper. Leicht deshalb, weil ich es mittlerweile gewohnt war, wenn sich die Zähne eines Vampirs durch meine Haut bohrten. Während Fabian trank, weckte eine Gestalt meine Aufmerksamkeit. Sie hockte auf einem Hausdach hinter einem Schornstein und blickte direkt zu uns herüber. Ich war die einzige, die sie bemerkte.

Fabian war viel zu sehr an meinem Hals beschäftigt und meine Freunde viel zu sehr mit dem Fangen der Schneeflocken.

Beim nächsten Wimpernschlag, war sie auch schon wieder verschwunden.

Der Weihnachtsbaum füllte am Abend die gesamte Ecke des Wohnzimmers. Joe hatte darauf bestanden, dass wir gemeinsam in die Kirche gingen. Verrückt, wenn man bedachte, dass sie Vampire waren. Aber ebenso wenig, wie die Sonne, machten Kreuze, Silber oder geweihter Boden ihnen nichts aus. Für den Abend hatte ich mir von Nina eine weiße Bluse geliehen. Sie hatte einen ganzen Kleiderschrank voller weißer Sachen. Warum sie nur diese Farbe trug oder in einer Kombination auch mal mit einer anderen Farbe, wusste niemand von uns. Nina saß neben mir auf dem Sofa und lauschte der Unterhaltung, die Joe mit Isabell führte, in der es wie so oft um mich und Enrico ging. Worum es ging, konnte ich nur vermuten, da sich das Thema ständig wiederholte. Ich machte mir schon gar nicht mehr die Mühe genauer zuzuhören, eher im Gegenteil. Denn seitdem ich für Enrico vom Dach gesprungen war, um ihm das Leben zu retten und ich mich freiwillig mit ihm getroffen hatte, gab es für die beiden kein anderes Thema mehr. Ich war halb eingeschlafen, weswegen ich sowieso kaum etwas von dem Gespräch mitbekam und träumte. In meinem Traum war ich zusammen mit meiner Mutter und meiner Oma in der Karibik. Wir saßen in der warmen Sonne auf den Felsen, die aus dem Wasser ragten und lauschten Omas Geschichten, die sie uns erzählte.

Wir waren gerade zurück im Wasser, um gemeinsam zu einer Tour aufzubrechen, als ich unsanft von Isabell aus dem Schlaf gerissen wurde: „Hey du Schlafmütze! Du willst doch nicht etwa die Bescherung verschlafen?" „Doch ja, das hatte ich eigentlich vor", murmelte ich verschlafen. „Ich tue mal so, als ich das nicht gehört." „Mach doch", erwiderte ich und gähnte. Der Platz neben mir war leer. Automatisch suchte ich den ganzen Raum nach Nina ab. Mein Blick streifte Jessica, die heute Abend äußerst gut gelaunt war und gerade mit Joe zusammen den Esstisch deckte. Nina stand an der Terrassentür und schaute nach draußen in die Dunkelheit. Ich wandte meinen Blick wieder von ihr ab und ließ ihn zu Nazissa und Bastian rüber schweifen. Sie wussten, das Weihnachten für mich keine Bedeutung hatte und respektierten es. Allerdings musste Isabell ihnen ziemlich die Hölle heiß gemacht haben, wenn sie zu dem Weihnachtsfest ohne ein Geschenk für mich auftauchten. Sie standen gemeinsam am Weihnachtsbaum und tauschten unschlüssig miteinander Blicke aus. Während sie zusammen eine Tüte hielten. Ich war noch gar nicht richtig wach, als ich ein Paket von Isabell in den Händen hielt. „Fröhliche Weihnachten", verkündigte sie vergnügt und grinste breit. Ich hielt die eine Hälfte schon in der Hand, während die andere noch eingepackt war. Unablässig starrte ich auf die Biker-Jacke, die ich im Landen einst anprobiert hatte, aber nicht kaufen wollte, weil sie einfach nicht vom Typ her zu mir passte. „Ich wusste gar nicht, dass du so etwas trägst", entgegnete Fabian überrascht.

„Tut sie auch nicht. Vanessa hat sie im Laden nur aus Spaß mal anprobiert", erwiderte Nazissa. „Die Jacke steht ihr total, du hättest sie mal sehen sollen", fuhr Isabell fort, als hätte sie Nazissa überhaupt nicht zugehört. „Isabell, ich habe es dir doch erklärt, Vanessa ist einfach noch nicht bereit für so eine Veränderung."
Noch immer fassungslos überlegte ich, was ich jetzt mit meinem ungewollten Geschenk machen sollte. Dann fiel es mir ein, ich würde die Jacke einfach in einen Karton stecken und ihn in meinen Kleiderschrank packen. Isabell freute sich mal wieder übertrieben, als hätte ich ihr gerade verkündet, dass ich im Lotto gewonnen hätte, als ich mich bei ihr für das Geschenk bedankte. „Das ist von uns beiden", erklärte Bastian, als er mir seine Tüte reichte. Mit großer Skepsis betrachtete Isabell die XXL-Mundwasserflasche, die ich aus der Tüte gezogen hatte und die mit einer einfachen roten Schleife verziert worden war. „Mundwasser? Ist das Euer Ernst", fragte Isabell entsetzt. „Ja, hast du ein Problem damit", antwortete Nazissa und machte sich bereit für eine

längere Diskussion. Noch bevor die Diskussion ausbrechen konnte, die wahrscheinlich auch bis in die Nacht reingehen würde, stoppte ich die beiden. „Das ist genau das, was ich mir gewünscht habe. Danke Euch beiden." Isabell sah mich entsetzt an, blieb aber still. Nina war die nächste, die mir ihr Geschenk überreichte. Es war eine silberne Dose, die ebenfalls nur mit einer einfachen Schleife verziert war. Im inneren der Dose, lagen zwei Kinokarten und eine Tafel Schokolade.

Isabell, Bastian und Nazissa fuhren noch in derselben Nacht zurück zur Gemeinschaft. Nazissa wollte über die Weihnachtstage ihren Freund besuchen. Isabell fuhr nur unter großem Protest wieder mit. Viel lieber wäre sie bei uns geblieben, weil sie noch immer fürchtete, dass ich erneut auf die Idee kommen würde einen erneuten Suizidversuch zu starten. Ich stand am Zimmerfenster und suchte die Gegend ab. Obwohl ich nichts entdecken konnte, hatte ich ständig das Gefühl, von draußen aus beobachtet zu werden. Ich zuckte zusammen, als plötzlich Fabians Stimme hinter mir erklang: „Wo nach hältst du Ausschau?" Er war auf der Hut. Fabian wusste, wenn ich mich so dermaßen erschreckte, dann musste irgendetwas passiert sein. „Was ist los, Süße", fragte er erneut und stellte sich zu mir, ohne mich dabei zu berühren, aus Sorge, dass ich mich erneut erschrecken könnte.

„Jemand hat mich oder uns gestern beobachtet", erklärte ich und ließ meinen Blick erneut über die Häuser schweifen. „Warum hast du gestern nichts gesagt?" Fabian war beunruhigt und ließ ebenfalls seinen Blick wandern. Ich drehte mich vom Fenster weg, damit ich ihn ansehen konnte. Er erwiderte meinen Blick und strich mir vorsichtig über die Wange. „Weil ich es nicht als wichtig empfand, außerdem wollte ich Isabell damit nicht das Weihnachtsfest verderben. Aber jetzt lässt mich der Gedanke, dass ich oder wir beobachtet wurden einfach keine Ruhe."
„Kannst du mir die Gestalt beschreiben?" Obwohl ich die Gestalt nicht einmal für eine halbe Sekunde gesehen hatte, hatte ich sie

dennoch klar und deutlich sehen können. „Ja, sie hatte rote Haare und sah aus, als wäre sie gerade einem Horrorfilm entsprungen." Fabian nahm die Hand von meiner Wange und schlang seine Arme ganz um meinen Körper.

Nun war ich es, die besorgt war. Alle seine Muskeln waren angespannt und auf Verteidigung eingestellt. Er wollte mich, seinen Schatz, um jeden Preis beschützen. „Was ist los?" „Vicky", murmelte er ohne auf meine Frage genauer einzugehen. Ich leistete keinen Widerstand, als er mich vom Fenster weg zu meinem Bett zog. „Wieso habe ich das Gefühl, dass es nichts Gutes bedeutet, wenn du sie mit Namen kennst?" „Sie ist meine Ex." „Ah deswegen." Meine Stimme war nur noch ein leises Flüstern. Die bloße Vorstellung ihn an der Seite einer anderen zusehen, noch dazu an der Seite derjenigen, die uns beobachtet hatte, und es möglicherweise noch immer tat, beunruhigte mich. Und dann erfuhr ich, warum Fabian durch das Auftauchen seiner Ex-Freundin so besorgt war. „Als ich mich damals in Vicky verliebt hatte und sie sich in mich, wusste ich bereits, dass sie ein Vampir war." Er kam mir zuvor und beantwortete meine unausgesprochene Frage. „Anders als heute, waren Vampiren damals kein Geheimnis. Die Menschen wussten damals, dass es sie gibt. Und sie waren sich auch der Gefahr bewusst in der sie schwebten, wenn sie sich mit einem Vampir einließen." „Wusstest du das auch? Von dieser Gefahr meine ich." Er schüttelte den Kopf: „Nein. Ich hatte keine Eltern oder Verwandte mehr gehabt, die mich vor ihr hätten warnen können." „Das tut mir leid", murmelte ich. „Ist schon okay", antwortete er ruhig und strich mir gedankenverloren durchs Haar. Er war mit seinen Gedanken wieder ganz im 18. Jahrhundert. „Meine Freunde hatten mich immer wegen ihr bewundert, da ich der einzige war, der mit einem Vampir ausging. Vicky hat sich auch anfangs gut mit ihnen verstanden, aber dann kam ihr wahres Wesen zum Vorschein. Sie wollte mich nicht mehr mit meinen Freunden teilen. Sie wollte mich ganz für sich alleine." „Aber das hast du doch nicht zugelassen, oder", unterbrach ich ihn. „Nein, natürlich nicht. Ich habe ihr erklärt, dass ich sie sehr lieben würde, aber auch, dass sie nicht von mir verlangen konnte, dass ich meine Freunde aufgebe.

Ich dachte, dass sie es verstanden hätte, weil sie mich um Vergebung angefleht hatte, aber ich hatte mich geirrt. Noch in derselben Nacht in der wir uns zum ersten Mal geliebt hatten, erstickte sie mich mit einem Kissen, während ich schlief und machte mich somit zu einem Vampir. Zuvor hatte sie mir immer wieder heimlich etwas von ihrem Blut ins Getränk gemischt." Ich schluckte und eine längere Pause trat ein. „Du stehst auf Psychos kann das sein? Erst sie und jetzt ich." Fabian lächelte: „Sie ziehen mich eben magisch an, aber du hast mich eben ganz besonders in deinen Bann gezogen und ich meine damit nicht, weil du eine Meerjungfrau bist." „Was zieht dich so an uns an", fragte ich neugierig. „Psychisch Erkrankte nehmen vieles anders wahr. Was für viele Menschen selbstverständlich ist, ist bei ihnen nicht so. Für mich zum Beispiel, ist es selbstverständlich dir zu helfen, aber für dich ist das eben nicht so."

Kapitel 15

Immer mehr geriet Fabians Ex in Vergessenheit. Niemand von uns hatte sie seit Weihnachten mehr gesehen. Das Jahr 2014 hatte bereits begonnen. Noch viele Tage danach, kehrte ich zu der Straße zurück, wo die Erinnerungen an die besondere Silvesternacht am stärksten waren. Noch immer konnte ich Fabians Worte in meinem Kopf hören, als hätte er sie gerade erst ausgesprochen: „Bist du bereit für ein neues Jahr?"

„Nein!"

„Dann mach dich bereit für eine neue Erfahrung." Er nahm meinen neuen Mantel vom Haken, den ich von Joe geschenkt bekommen hatte und half mir hinein. „Wo bleibt ihr beiden denn? Wenn ihr nicht vorhabt den Neujahrstanz zu verpassen, dann solltet ihr euch mal beeilen", drängelte Isabell, die im Flur aufgetaucht war und ungeduldig mit dem Fuß trippelte. Ich seufzte. Zwar wusste ich nicht, was mit dem Neujahrstanz gemeint war, aber wenn I-sabell schon darauf bestanden hatte, dass ich mir für diesen Abend ein Kleid anzog, dann konnte das nichts Gutes bedeuten. Bastian, der draußen auf uns gewartet hatte, trug ein graues Hemd und lächelte: „Du siehst toll aus. Das Kleid steht dir."

„Danke, du siehst aber auch gut aus", antwortete ich und erwiderte sein Lächeln. „Kommt ihr dann jetzt", drängte Isabell erneut. Langsam aber sicher ging mir Isabells Ungeduld ziemlich auf die Nerven. Ich konnte ja verstehen, dass der Jahreswechsel etwas Besonderes war, aber musste sie es gleich so übertreiben?

Wir folgten ihr zur Hauptstraße, wo sie schließlich stehenblieb. „So und was jetzt", fragte ich. „Jetzt sei doch nicht so ungeduldig, Vanessa." „Das musst du gerade sagen", entgegnete ich. Bastian und Fabian lachten, nur Isabell schien den Wink nicht ganz verstanden zu haben. Und dann war es soweit, die Raketen wurden gestartet und das neue Jahr wurde gefeiert.

Es war für uns alle das erste Mal, dass Isabell ausnahmsweise mal das tat, worum sie gebeten wurde. Denn wie bei so vielen anderen Dingen auch, hatte ich auch dieses Mal wieder meine ganz eigene Vorstellung. Dieses Mal wollte ich nicht, dass man mir ein frohes, neues Jahr wünscht. Ich hatte meinen Freunden erklärt, dass ich das Gefühl hatte, dass diese nett gemeinten Worte mir irgendwie Unglück brachten, da sich meine Krankheit mit jedem Jahr verschlimmerte. Isabell hatte sich auf meine Bitte nur eingelassen, weil meine Freunde es als eine Art Experiment sahen. „Darf ich um diesen Tanz bitten", erkundigte sich Fabian und streckte seine Hand nach mir aus. „Du willst mit mir tanzen", wiederholte ich verblüfft und sah abwechselnd zu ihm und auf seine ausgestreckte Hand. „Ja." „Ich kann aber nicht tanzen?" „Das macht nichts, lass dich einfach wieder von mir führen." Es ist unmöglich, ein magisches Wesen mit Magie zu überraschen, wenn auch nicht für diese Nacht. Es war einfach nur magisch. Über uns war das bunte Feuerwerk und wir tanzten mitten auf der leeren Hauptstraße zu den sanften Klängen zu „*Stop and Stare von One Republic"*, das aus Fabians Handy erklang. Zum ersten Mal bedauerte ich es, das Nazissa diesen Moment nicht mit uns teilte. Da sie noch immer bei ihrem Freund in Großbritannien war, und auch erst einen Tag vor Schulbeginn zurückkommen würde. Aus dem Augenwickel beobachtete ich Isabell und Bastian, die ebenfalls tanzten. Isabell hatte Bastian keine Chance gelassen, sie um einen Tanz zu bitten, denn sie hatte ihn einfach hinter sich her auf die Straße gezogen. „Das ist verrückt und zu gleich auch wunderschön", flüsterte ich. Fabian lächelte: „Und daran wirst du dich auch lange erinnern. Schlimme und verrückte Erlebnisse, bleiben am längsten in unserem Gedächtnis, wo sie sich dann festigen", erklärte er und drehte mich erneut. „Das war eine schöne Idee von Isabell, findest du das nicht auch?" Bastian, der meine Worte belauscht hatte, kicherte. „Warum lachst du?" Die Antwort auf meine Frage, kam von Fabian. „Ich enttäusche dich ja nur ungern, aber ich war es, der auf diesen Neujahrstanz bestand. Isabell hatte zwar auch etwas geplant, aber ich konnte es ihr wieder ausreden, da ich wusste, dass es für dich nicht das richtige wäre." „Was wollte sie denn", hakte ich vorsichtig nach. „Sie wollte mit uns zur Brocken-Party gehen", erklärte Fabian ruhig. Bei dem Gedanken von der Masse an Vampiren oder Menschen wurde mir unwohl zumute. „Danke, dass du mich davor bewahrt hast." „Ich habe doch versprochen, dass ich auf dich aufpassen werde", erinnerte er mich. „Hey, es wäre lustig geworden und Vanessa hätte bestimmt auch ihren Spaß gehabt", mischte sich Isabell in unser Gespräch mit ein. „Eine Masse an Menschen, zusammen mit der Bergwacht. Du hast recht, Vanessa hätte großen Spaß gehabt", warf Bastian sarkastisch mit ein. Isabell seufzte: „Ihr habt gewonnen."

Wenn man einmal von der Schönheit des Lebens gekostet hat, ist es umso schmerzvoller, wenn man von jetzt auf gleich zurück in die Schattenwelt katapultiert wird. Ich war gerade auf dem Heimweg, nach dem ich an dieser Straße in Erinnerung geschwelgt hatte, als ich ohne Vorwarnung vom Druck einer Explosion erfasst und Meter weit durch die Luft geschleudert wurde, bis ich schließlich gegen eine Mauer prallte und hart auf den Boden aufschlug. Der Schmerz war intensiv, als ich versuchte den Kopf zu heben, um zu sehen, wer mir das angetan hatte und was überhaupt passiert war. Schemenhaft erkannte ich, wie zwei Gestalten davonliefen und ich wusste, dass sie es waren, die für diese Explosion verantwortlich waren. Meine Augen schlossen sich und ich verschwand in einem tiefen, schwarzen Loch der Bewusstlosigkeit.

Ein fremder, aber gleichzeitig auch ein vertrauter Geruch stieg mir in die Nase. Außer dem Schmerz, der mich fast wieder ohnmächtig werden ließ, war dies das Erste, was ich wieder bewusst wahrnahm. Aber da war noch etwas, der Untergrund auf dem ich lag, war weich. „Süße, kannst du mich hören?" Ich folgte dem Klang seiner Stimme und öffnete die Augen. Ich erschrak. Fabian saß zwar neben mir auf der Matratze, aber ich befand mich nicht in meinem Zimmer. „Wo bin ich?" „Du bist in unserem Schlafzimmer." Erschrocken zuckte ich zusammen, wobei mir ein entsetzlicher Schmerz durch die Glieder fuhr, als ich Enricos Stimme wiedererkannte. Er saß auf einem Stuhl, und legte den Krimi beiseite, in dem er eben noch gelesen hatte. „Wie heiße ich", fragte Fabian an mich gerichtet. „Fabian", antwortete ich verwirrt. Aber dann begriff ich, dass er nur testen wollte, ob mein Gehirn irgendein Schaden davongetragen hatte. „Und weißt du noch wer ich bin?" „Bedauerlicherweise ja." „Und", hakte Enrico noch immer besorgt nach. „Enrico, Italiener, Polizist", erwiderte ich knapp. „Wie fühlst du dich", fragte Fabian erneut. „Als würde jemand eine Autobahn durch meinen Kopf bauen und dabei ein Rockkonzert veranstalten." „Kannst du dich noch daran erinnern, was passiert ist?" Fabians ruhige Stimme bekam Risse. Seine Besorgnis um mich war so stark, dass er gar nicht erst versuchte, sie wieder unter Kontrolle zu bekommen. Ich schloss meine Augen, um mich besser konzentrieren zu können. „Ich weiß nur noch, dass ich zur Hauptstraße gegangen bin.

Die beiden nickten sich zu, dann fuhr Enrico fort: „Zwei Jugendliche haben mit einem Böller, einen Gully gesprengt. Unglücklicherweise wurdest du von der Explosion erfasst und Meter weit durch die Luft geschleudert und bist gegen eine Mauer gekracht. Ich konnte das alles durch unser Fenster mit ansehen und bin dann sofort zu dir gelaufen. Aber als ich bei dir war, warst du schon bewusstlos." Betroffen sah er mich an. „Es tut mir leid, aber ich musste dich tragen um dich ins Haus zu bringen. Ich wusste nicht wie ich reagieren oder was ich sagen sollte. Für mich war es das erste Mal, dass sich jemand bei mir entschuldigte, weil er mich berührt hatte. „Wo warst du", fragte ich und wandte mich an Fabian. „Bei dir zuhause", erinnerte er mich. „Als ich aber den Knall gehört habe, bin ich sofort losgerannt, um dich zu suchen." Die aufgebrachte Stimme von Christina

144

drang zu uns nach oben. Sie musste etwas sehr Wichtiges verloren haben, denn sie sprach die ganze Zeit italienisch und zwischendurch klang es so, als ob sie fluchen würde. Meine Theorie bestätigte sich, als sich Enricos Miene unglücklich verzerrte. „Vielleicht sollten Sie noch einmal mit ihrer Frau reden", schlug Fabian vor. „Ja, du hast recht, das wird denke ich das Beste sein." Enrico stand auf und ging zur Tür. Er hatte bereits die Hand auf die Klinke gelegt, drückte sie aber nicht herunter, sondern drehte sich wieder um und setzte sich wieder hin. „Das ist verrückt, aber meine Angst um Vanessa ist so groß, dass ich es einfach nicht schaffe, das Zimmer zu verlassen." Es klopfte und kurz darauf betrat Li das Schlafzimmer. „Ich sehe sie wach. Das wird ihre Frau erleichtern." Maya drängte sich an ihr vorbei und kam schwanzwedelnd zu mir, um sich von mir streicheln zu lassen. Sie saß auf ihren Hinterbeinen und hatte ihre Vorderpfoten auf die Bettkante gelegt. *„Und sie sucht Telefon, damit sie Hilfe rufen kann für arme Mädchen"*, fügte Li hinzu. So wie sie mich ansah, so voller Sorge und Kummer, musste ich genauso schlimm aussehen, wie ich mich fühlte. Als ihre Worte in meinem Kopf die Bedeutung fanden, nämlich dass Christina einen Krankenwagen für mich rufen wollte, fing mein Herz an zu rasen. Der Schmerz meines Körpers verstärkte sich und wieder drohte mir die Dunkelheit.

„Hey Süße, bleib wach. Du musst bei mir bleiben, hörst du." Fabians flehende Stimme klang so weit weg. Mayas feuchte Schnauze nahm ich schon gar nicht mehr wahr. Sie war nur noch ein brauner Fleck, der meine Aufmerksamkeit wollte. „Du musst trinken", flehte Fabian, dessen Stimme so leise geworden war, dass ich sie schon fast nicht mehr verstehen konnte. Etwas Weiches kam an meine Lippen. So weich, dass ich es kaum noch wahrnehmen konnte. Die Flüssigkeit die mir eingeflößt wurde war warm und der Schmerz wurde ein klein wenig milder. Als ich meine Augen wieder öffnete, war Li verschwunden. Und das, was ich für weich gehalten hatte, war in Wirklichkeit ein Glas gewesen. Maya stupste mich an damit ich sie weiter kraulte. Nur die Stelle, an der sie mich berührte, nahm ihre Anwesenheit überhaupt wahr. Doch ich selbst war viel zu abgelenkt um ihr Aufmerksamkeit zu schenken. Enricos Berührung brannte sich bereits in meine Haut ein und hinterließ rote Flecke, die frühestens in ein paar Wochen oder spätestens in einem Monat wieder verschwinden würden. Er löste seine Arme von meinem Oberkörper, den er eben noch gestützt hatte, damit ich trinken konnte und stand wieder auf. „Enrico!" Die aufgebrachte Stimme von Christina hallte zu uns herauf. Sie musste auf der Treppe stehen, denn ihre Stimme war nah, aber auch nicht zu nah. „Gehen Sie", hauchte ich. Als wären meine Worte der erlösende Zauberspruch gewesen, der den Bann von der Tür nahm, ging Enrico widerwillig zur Tür und öffnete sie. Bevor er uns verließ, drehte er sich ein letztes Mal zu mir um. „Maya und du passt gut auf Vanessa auf." Sie bellte gehorsam und legte sich an meiner Seite nieder. Ich hörte wie Enrico eilig nach unten lief und eine Auseinandersetzung mit seiner Frau folgte. Sie führten eine Diskussion darüber, dass Christina einen Krankenwagen rufen wollte und Enrico sich aber weigerte.

Sein gesunder Menschenverstand, der derselben Meinung war, weil es auf Grund meines Zustands das Richtige wäre, kämpfte gegen unsere Verbindung. Unsere Verbindung gewann den Kampf. Zwar gefiel es ihm nicht, mich ohne ärztliche Hilfe zulassen, aber er wusste, wenn er mich den Sanitätern auslieferte, dass er mir damit auch Schmerz zufügte und das ließ unsere Verbindung nicht zu. Die Diskussion zog sich und bis sie zu einem Ergebnis kamen, konnte ich meine Zeit auch mit meinen Fragen füllen. „Wie lange war ich bewusstlos?" „Du warst einige Stunden ohne Bewusstsein. Ich muss gestehen, dass ich schon Sorge hatte ob du überhaupt wieder aufwachen würdest." „Was hättest du gemacht, wenn ich nicht mehr aufgewacht wäre?" Eine Welle der Panik durchrollte meinen Körper.

Hätte er mich dann doch den Sanitätern ausgeliefert?
Er schien meinen Gedanken erraten zu haben, denn er kam auf die andere Seite des Bettes, setzte sich zu mir und nahm meine Hände. „Du bist wach und nur das zählt." „Erzählst du mir, was ich alles verpasst habe.", fragte ich, um mich von meiner Panik abzulenken, die mich immer noch gepackt hielt. „Enrico weiß, dass ich ein Vampir bin und dass du ein Halbvampir bist. Aber er weiß nicht, was deine wahre Natur ist." „Was", rief ich aufgebracht und war im nächsten Moment wieder total schwach. Mir fehlte die Kraft mit ihm darüber zu diskutieren, aber nicht um das nicht zu hinterfragen. „Wieso?" „Es ging nicht anders", erklärte er ruhig. „Ich musste dich beißen, weil du sonst gestorben wärst. Und, weil er dich nicht verlassen wollte und ich ihn nicht manipulieren kann, musste ich ihm eben die Wahrheit sagen." „Moment, du kannst ihn nicht manipulieren?" „Nein. Er hat dein Blut in seinem Kreislauf und genauso wenig wie wir euch Meerjungfrauen nicht manipulieren können, kann man auch ihn nicht mehr manipulieren." „Dass er über uns Bescheid weiß, erklärt zumindest, warum er so ruhig geblieben ist, als ich vorhin dein Blut getrunken habe." Eine Weile dachte ich darüber nach und lauschte der Diskussion, die unten immer noch im Gange war. Mit einem Mal tauchte Jessicas Kopf vor dem Fenster auf. Fabian stand auf und öffnete ihr. Jessica sprang elegant vom Fensterbrett und landete sanft auf dem Boden des Zimmers. Ihr rotes, glänzendes Haar hatte sie, zu einem einfachen Pferdeschwanz zusammengebunden. Maya stand auf und kam neugierig auf sie zu, um an ihr zu schnuppern. „Geh zur Seite Köter, ich habe jetzt keine Zeit für so etwas", fuhr Jessica Maya an. Maya knurrte und ihr Fell sträubte sich, als sie sich wieder an meine Seite setzte, dabei ließ sie Jessica aber nicht aus den Augen. „Was ist passiert?", erkundigte sich Fabian, der wieder bei mir saß. „Wir haben ein Problem. Die Polizei ist informiert worden und ist jetzt auf dem Weg hierher, um nach Zeugen zu suchen." „Woher weißt du

das", fragte Fabian erneut. „Ich habe den Polizeifunk abgehört", antwortete sie mit einem Lächeln.

„Du hast ein Funkgerät geklaut", wiederholte ich beeindruckt und fragte mich, ob es wohl Enricos gewesen war. „Nein. Das musste ich nicht, weil ich in der Nähe eines Streifenwagens gewesen war. Ist schon praktisch, wenn man ein Vampir ist." Jessica kam zu mir auf die Seite, wo auch Maya noch immer saß und sie beobachtete.

„Sie sieht wirklich furchtbar aus. Ich mag mir gar nicht vorstellen, wie es unter ihrem Verband aussieht." Ich war verwirrt: „Was für ein Verband?" „Na der, der um deinen Kopf gewickelt ist." Irritiert sah Jessica erst Fabian, dann wieder mich an. Mit zitternder Hand fasste ich mir an den Kopf und ertastete tatsächlich einen weichen Verband, der mehrfach um meinen Kopf gewickelt war. „Enrico hat dich notdürftig versorgt", erklärte Fabian. „Fabian, warum weiß sie nichts von dem Verband?" „Die Schmerzen die Vanessa hat, müssen das betäubt haben." „Und warum hast du sie dann noch nicht geheilt?" „Weil ich noch keine Gelegenheit dazu hatte." „Dann solltest du die jetzige Gelegenheit dazu nutzen.

Nina hat mich vorhin angerufen. Joe weiß von dem Vorfall und ist jetzt auf dem Weg hierher." Eine Panik durchfuhr meinen Körper. Wenn Joe hier aufkreuzte, dann hatte ich ein ernsthaftes Problem, weil Joe auf derselben Seite wie Christina stand. „Fabian bitte, Joe wird mich den Sanitätern ausliefern." Fabian nahm meine Hand. „Das wird er nicht, weil ich ihm nämlich keinen Grund dazugegeben werde." Jessica holte ihr Handy hervor und nahm das Gespräch an. Ich hatte nicht einmal mitbekommen, dass es überhaupt geklingelt hatte. Nach einem sehr kurzen Gespräch, packte sie es wieder weg und wandte sich mit ernster Miene an uns. „Das war Isabell, die Polizei ist gerade eingetroffen. Es sind mehrere. Sie werden sich also aufteilen." „Isabell ist auch hier", fragte ich verwirrt. Meine Freunde waren nach Silvester bei Joe geblieben, damit unserer Fahrer nicht ständig zwischen Bad Harzburg und Delmenhorst hin und her pendeln musste. „Ich habe sie angerufen und sie um Hilfe gebeten. Ich wusste, dass Christina versuchen würde übers Telefon Hilfe zu holen, auch wenn sie dafür zum Nachbarn muss, weil Enrico das Haustelefon an sich genommen hat." „Aber Fabian, sie hat ein Handy", erinnerte ich ihn und konnte absolut nicht verstehen, wie Fabian trotz dieses Wissens so ruhig bleiben konnte. Ein leichtes Lächeln zeigte sich auf seinen Lippen. „Das stimmt, nur wird es ihr nicht viel nützen, weil ich nämlich vorsorglich den Akku und die SIM-Karte herausgenommen habe. Das einzige Handy in diesem Haus, das funktionstüchtig ist, ist Enricos und das liegt in der Schublade hier oben." „Die Polizei hat das Grundstück betreten", bemerkte Jessica. Es klingelte und die Diskussion unten brach ab. „Ich muss los, dieser Enrico kommt zurück." Jessica sauste zurück zum Fenster und sprang hinaus. Die Stimmen der beiden Polizisten, drangen zu uns in den Raum, als Enrico wieder den Raum betrat und eilig die Tür hinter sich verschloss. Krampfhaft versuchte ich mich zu konzentrieren, um wach zu bleiben. Mein Herz raste wieder vor Angst. Die unsichtbare Hand hatte sich wieder um meine Kehle gelegt und drückte unbarmherzig zu. Obwohl die Schmerzen unglaublich intensiv waren, spürte ich das unsichtbare Messer, das sich in meine Brust gebohrt hatte. Wie eine CD, die kaputt war und an einer Stelle hängte und sich deshalb immer und immer wiederholte, hörte ich die Stimme des Polizisten in meinem Kopf.

Der Mann hatte seine Kollegin angewiesen, alleine nach mir zu sehen, während er unten bei Christina bleiben würde, um über das Funkgerät einen Krankenwagen her zu befördern. Noch bevor die Polizistin anklopfen konnte, war Fabian bereits aufgestanden und hatte die Tür geöffnet. Maya fing an zu winseln, weil meine Angst sie verunsicherte. „Hallo Enrico", begrüßte die Frau meinen Nachbarn höflich. „Hallo Karin." „Christina sagt, dass du dich weigerst einen Krankenwagen zu rufen." Ihre Stimme war ernst. Die Frau, die den Namen Karin hatte, stand noch immer in der Tür, weil Fabian ihr den Weg blockierte. „Könntest du mir mal bitte aus dem Weg gehen", sagte die Polizistin freundlich und dennoch auffordernd. „Sie haben sie jetzt gesehen und auch, dass sie bei Enrico in guten Händen ist." „Sie ist bei Enrico in guten Händen", wiederholte die Frau wie in Trance. „Sie können bis ärztliche Hilfe eintrifft ganz beruhigt wieder nach unten gehen." „Ja, das werde ich.", antwortete die Polizistin, drehte sich um und ging wieder nach unten.

Sowohl gierig, als auch hastig trank ich Fabians Blut. Enrico war nicht einmal angewidert, als er mir stumm dabei zusah, wie ich aus Fabians Handgelenk trank, sondern eher fasziniert. Mit meiner Heilung kehrten auch meine Erinnerungen zurück. Nachdem Fabian meinen Verband entfernt hatte, stellte sich mir nur noch eine Frage. Aber noch bevor ich die Frage aussprechen konnte, war es Enrico, der sie stellte. „Aber was machen wir jetzt? Der Krankenwagen ist bereits auf dem Weg hierher." „Na und. Wir werden sie manipulieren und sie den Einsatz vergessen lassen", antwortete Jessica, die plötzlich wieder auf dem Fensterbrett saß. Enrico fuhr zusammen, als er sie bemerkte. „Das ist eine gute Idee, aber bitte tu mir den Gefallen und lass sie bitte ganz", bat Fabian und half mir aus dem Bett. „Von mir aus." Ich wusste, dass Jessica sich insgeheim schon darauf gefreut hatte, mit den Idioten sonst etwas zu machen. Denn sie liebte es, sich mit ihnen anzulegen, auch wenn sie persönlich nichts gegen sie hatte. Im Gegenteil.

Ihr Onkel war früher im Mittelalter sogar Hofarzt gewesen. In der Ferne heulte die Sirene, die die Ankunft des Krankenwagens verkündete. „Mein Zeichen, ich muss gehen, um Isabell und Bastian zu holen." „Wird meine Frau eigentlich auch manipuliert", fragte Enrico leise. Noch ehe mein Freund ihm eine Antwort geben konnte, war es Jessica die es sagte. „Ja, alle bis auf Sie." Enrico seufzte: „Ich weiß nicht ob ich das so gut finde." „Es hat Sie auch niemand nach Ihrer Meinung gefragt", erwiderte Jessica kühl und sprang erneut vom Fensterbrett. „Es wird für uns auch Zeit zu verschwinden." Fabian hatte Recht, sie waren bereits da und knallten mit voller Wucht die Autotüren zu. Es kam mir unheimlich laut vor, als ich hörte wie sie mit schnellen Schritten zur Haustür eilten und die Klingel betätigten. „Wo ist sie", fragte eine Frauenstimme. „Sie ist oben im Schlafzimmer, mein Mann ist bei ihr." „Alles klar, danke", erwiderte die Frau erneut.

Wir hörten, wie die beiden eilig die Treppe nach oben gestürmt kamen. Mein Herz raste, ich zitterte am ganzen Leib und konnte mich kaum noch auf den Beinen halten. Das unsichtbare Messer stach mir erbarmungslos in den Bauch und schnitt mir sogar in den Arm. „Milch!!!", hauchte ich und Fabian verstand sofort. „Milch, was bedeutet das?" „Das bedeutet wir müssen jetzt gehen." Obwohl Enrico die Bedeutung nicht kannte, war er dennoch besorgt. Wenn er es wüsste, wäre das alles noch viel komplizierter geworden, denn Milch war ein Codewort und bedeutete nichts anderes als Suizidgefahr. Kaum, dass ich hörte, dass die Frau und ihr Begleiter oben angekommen waren, streckte ich meine Hand aus und sofort gefror die Türklinke samt Schlüsselloch. Jetzt hatten wir genug Zeit zu verschwinden. Verdutzt blickte Enrico auf die Tür, riss sich aber auch genauso schnell wieder davon los und folgte uns zum Fenster. „Danke", flüsterte ich leise in seine Richtung und noch bevor die Tür hinter uns nachgegeben konnte, weil sie jetzt mit Gewalt geöffnet wurde, waren wir auch schon abgesprungen.

Kapitel 16

Den ganzen Nachmittag, hatte ich mir den Kopf darüber zerbrochen, ob ich Enrico in das Meerjungfrauengeheimnis einweihen sollte. Nach langem Hin und Her, entschied ich mich schließlich dafür. Nicht, weil ich angefangen hatte ihm zu vertrauen, nein das nicht, sondern viel mehr, weil es dann leichter wäre ihn zu beschützen. Und nach dem heutigen Tag, wäre es sowieso viel leichter, wenn ich ihm nichts mehr verschweigen müsste, da ich direkt vor seinen Augen meine magischen Fähigkeiten eingesetzt hatte. Und solange er mit mir verbunden war, würde er mich auch nicht verraten, da er mich sonst in Gefahr brachte. Außerdem waren meine Chancen größer, dass ich diejenige war, die von uns beiden zuerst starb. Und dann war es sowieso egal, ob er mich verriet, denn tot nützte ich den Wissenschaftlern nicht viel. Was meine Mutter betraf, machte ich mir keine großen Sorgen. Denn Enrico würde sie niemals verraten, da er und meine Mutter für mich aus unerklärlichen Gründen beste Freunde geworden waren.

Noch am selben Abend kehrte ich wieder zu Enricos Haus zurück. Ich sah hinauf zu dem Fenster, aus dem Fabian und ich in allerletzter Sekunde noch gesprungen waren. Jetzt, da ich meine Entscheidung getroffen hatte und es sich nur noch um eine Frage von Minuten handeln konnte, bis einer der beiden ans Fenster trat, um das Rollo herunterzulassen und man dabei auch uns bemerken würde, war ich mir auf einmal nicht mehr ganz so sicher, ob das wirklich so eine gute Idee war. Mein und Enricos Blick trafen sich, als er am Fenster erschien. Er drehte sich vom Fenster weg und ich hörte, wie er zu seiner Frau sagte: „Ich geh noch mal eben nach draußen." „Okay, viel Spaß", Christina musste ganz in ein Buch vertieft gewesen sein, denn sie stellte keine weiteren Fragen, warum er nach draußen wollte oder warum er das Rollo noch nicht heruntergelassen hatte. Reflexartig schloss ich die Augen, als sich die Terrassenbeleuchtung anschaltete und Enrico langsam zu uns herüberkam. Viel schneller als ich erwartet hatte, gewöhnten sich meine Augen an das Licht. Enrico trug einen grauweißen Schlafanzug und darüber seine Jacke. Seine Augen waren vor Müdigkeit ganz klein, aber sie strahlten, als sie mich erblickten. Am Gartentor blieb er stehen. Zwischen uns lagen einige Meter Abstand, die es mir ermöglichten, dass ich mich konzentrieren konnte. „Ich hätte nicht gedacht, dass ich dich heute noch einmal sehen würde." „Ich von mir auch nicht", murmelte ich leise in mich hinein. „Also was verschafft mir die Ehre deines Besuchs?" „Ich bin gekommen, um Ihnen zu zeigen was ich wirklich bin." Seine Augen weiteten sich. Was immer er vermutet hatte, was mein Anlass für diesen späten Besuch war, dieser Grund war nicht dabei gewesen. Ich atmete mehrfach ganz tief durch, jetzt gab es kein Zurück mehr. Es sei denn ich würde weglaufen, aber nicht mal das würde viel nützen.

Enrico wartete geduldig, während ich mich suchend umsah. Ich fand seinen Wasseranschluss, der an seinem Geräteschuppen montiert war und streckte meine Hand aus. Ganz von allein drehte sich der Wasserhahn auf. Der Wasserstrahl bewegte sich in meine Richtung. Als er nah genug an mich herangekommen war, wandelte ich den Strahl in einen leichten Regen um. Der Regen rieselte über mir nieder und ich fing einen der Tropfen mit der Hand auf, mit der ich eben noch den Strahl und den Regen heraufbeschworen hatte. Bevor die zehn Sekunden verstreichen konnten, in der mir meine Schwanzflosse wuchs, legte ich mich auf den Boden, damit ich nicht wieder blaue Flecke bekam. Davon aber bekam Enrico nichts mit, denn der sah noch immer fassungslos zu seinem Wasseranschluss, der inzwischen ohne nachzutropfen wieder versiegt war. Überrascht zuckte er zusammen, als er sich wieder mir zuwandte. Aber zu meinem Bedauern blieb das die einzige Reaktion. Er fiel weder in Ohnmacht, noch hatte er Angst vor mir. Zwar war ich mit ihm verbunden und ich hatte auch ständig das Gefühl, ihn vor alles und jeden zu beschützen, aber all dies hielt mich nicht davon ab, hin und wieder Witze auf seine Kosten zu machen. Noch immer starrte Enrico mich an, und auch Fabian konnte seinen fesselnden Blick nicht von mir abwenden. *Macht ein Foto, da habt ihr länger was von.* Ich hatte ganz vergessen, dass Fabian mich ja auch noch nie in dieser Gestalt gesehen hatte. Als ich mich zurückverwandelt hatte, fror ich noch immer. Das Meerjungfrauenoutfit war definitiv nicht für den Winter geeignet. „Danke", war das erste, was Enrico herausbrachte. „Wofür?" Ich war verwirrt. *Was hatte ich getan, dass Enrico sich bei mir bedanken musste?* „Danke, dass du mir vertraust." „Was", sofort machte ich ein paar Schritte zurück. „Das hat nichts mit Vertrauen zu tun. Ich habe das nur gemacht, damit ich Sie leichter beschützen kann." „Wenn du meinst", er lächelte belustigt. Er fand das Ganze also auch noch witzig. Er wollte weitersprechen, doch wenn er nicht gerade vor hatte das Thema zu wechseln, dann sollte er besser den Mund halten, wie ihn Fabian mit einem mahnenden Blick zu verstehen gab.

Eine längere Pause trat ein, in der Enrico ein paar Mal kräftig gähnen musste. Insgeheim beneidete ich ihn. Er konnte gleich in Ruhe schlafen, während ich es nicht konnte. Weil ich solche Angst vorm Einschlafen hatte und vor den Albträumen, in denen ich das erlebte wiederholen müsste, hatte ich so viel Cola getrunken, dass an Schlaf für mich in den nächsten Stunden erst mal nicht zu denken war. „Deine Freundin, wie hieß sie noch?", fragte Enrico und riss mich damit aus meinen Gedanken. „Welche", entgegnete ich. Schließlich hatte ich viele Freunde und hellsehen, ob er noch andere von meinen Freunden kennengelernt hatte, konnte ich schließlich nicht. „Die rothaarige." „Jessica", sagte ich. Er nickte: „Ja, genau. Sie ist ganz schön angsteinflößend." Bei dem Wort angsteinflößend suchte er die Dunkelheit nach ihr ab, als erwartete er, dass sie wieder aus dem Nichts auftauchen würde um sich auf ihn zu stürzen. „Sie ist nicht hier", versuchte ich ihn zu beruhigen.

Tatsächlich entspannte er sich wieder und fuhr fort: „Abgesehen von dir Vanessa, habe ich noch nie so viel Wut und Hass bei jemanden gesehen, wie bei ihr." „Sie sehen in meinen Augen Wut und Hass", fragte ich verdutzt. Fabian und ich sahen ihn an. „Ja, jedes Mal, wenn du meine Kollegen siehst, bildet sich in deinen Augen richtige Wut und Hass." Seine Stimme wurde etwas weicher: „Aber, wenn du mich ansiehst, dann wirkst du eher verwirrt. Ist dir das noch nie aufgefallen?", fragte er nun gezielt an Fabian gewandt, der während unserer Unterhaltung nur stumm neben mir gestanden hatte. „Nein, bis jetzt noch nicht." Enrico gähnte wieder und wieder. „Gehen Sie ins Bett", wies ich ihn an. „Eine gute Idee. Dann sehen wir uns vielleicht mal in den nächsten Tagen." „Nein, das glaube ich nicht." „Wieso", fragte er und ich glaubte so etwas wie Enttäuschung in seinem müden Blick gesehen zu haben. „Weil Fabian und ich morgen früh in den Harz zurückfahren."

„Ach ja. Claire hatte Mal erwähnt, dass du in den Harz gezogen bist, um in einer Art Wohngruppe zu leben. Naja, dann sieht man sich bestimmt mal am Wochenende." „Na hoffentlich nicht", murmelte ich leise in mich hinein, nach dem ich mich von Enrico verabschiedet hatte und schon mal ein Stück vorausgegangen war. Ich dachte, dass Fabian mir hinterherkommen würde, doch als ich mich zu ihm umdrehte, stand er noch immer unverändert bei Enrico und schien ihm etwas zu erklären. Ich erstarrte, als ich hörte um was es ging. „Sie ist suizidgefährdet und ihr habt sie noch nicht eingewiesen", brach es aus Enrico heraus. Seine Stimme klang aufgebracht und verzweifelt. Unfähig mich zu bewegen, musste ich mit anhören, wie sein Herz ein Schlag übersprang und ich konnte mir bildhaft vorstellen, wie seine Beine ihn nicht mehr länger tragen wollten. Zu gern wäre ich zu ihm zurückgegangen, um ihn zu beruhigen, aber das konnte ich nicht. Ich konnte ihm nicht das Versprechen geben, dass ich nicht mehr versuchen würde mich umzubringen, damit ich frei sein konnte. Wenn ich ihm doch dieses Versprechen geben müsste, dann wäre es eine Lüge und sein Bündnis zu belügen, war schier unmöglich. „Ich kann verstehen, dass Sie jetzt aufgebracht sind und dass Sie sich sorgen um Vanessa machen. Aber Sie müssen mir glauben, dass ich Vanessa davor bewahren kann, dass sie sich irgendetwas antut. Wenn ich es nicht könnte, hätte Joe sie schon längst eingewiesen. Außerdem kann ich Ihnen noch versichern, dass Vanessa ganz tief in sich drin einen klitzekleinen Teil hat, der weiterleben möchte", Fabian hielt inne. Ihm war selbst aufgefallen, was er gerade gesagt hatte und korrigierte sich. „Ich muss mich korrigieren, in Vanessa ist immer noch ein klitzekleiner Teil, der weiter existieren möchte. Deshalb hat sie auch das Codewort Milch erfunden, damit sie mir mitteilen kann, wann diese Gedanken oder der Wunsch an sich, wieder am stärksten ist. Und solange wie sie bei Verstand ist oder wie Sie es nennen würden, zurechnungsfähig, passiert auch nichts. Sie müssen nur vorsichtig sein, wenn sie Milch sagt, so wie heute, dann kann sie es nicht mehr kontrollieren.

Aber auch dann muss es nicht unbedingt bedeuten, dass sie einen Suizidversuch macht, denn solange jemand bei ihr ist, begeht sie keinen Versuch." Fabians Worte schienen Enrico tatsächlich etwas zu beruhigen, denn er fasste sich wieder. „Ist das wahr Vanessa?" Enrico wusste, dass ich ihn gehört hatte. Langsam drehte ich mich zu ihm um und noch viel langsamer kehrte ich zu ihnen zurück. Er war noch immer müde, das zeigten mir seine Augen, aber seine Mine zeigte mir etwas völlig anderes. Er war besorgt und dies konnte ich nicht nur sehen, sondern ich konnte es auch fühlen. Seine Angst um mich war so stark, dass meine eigene Angst vor ihm zum ersten Mal keinen Platz in meinem Körper fand. „Ja. Joe wollte mich einweisen, aber dann ist ihm klargeworden, dass meine Überlebenschancen an Fabians Seite viel höher sind, als in einer Psychiatrie." „Joe, ist das der komische Kerl der heute hier war und auch an jenen Tag, als ich dich auf der Straße gefunden habe?" „Ja.", bestätigte ich und erschauderte bei der Erinnerung, die mir noch immer ziemlich zu schaffen machte. Ich sah Enrico an, dass er mir noch gerne weitere Fragen stellen wollte und ich hätte am liebsten noch gewusst, was passiert war, nachdem Fabian und ich das Haus verlassen hatten. Aber er war zu müde und solange er noch die Möglichkeit hatte einzuschlafen ohne dabei Albträume zu bekommen, sollte er sie auch nutzen. Also schnitt ich ihm das Wort ab, bevor er überhaupt einen Satz formulieren konnte. „Ich weiß, dass das ganz schön viel ist für einen Abend...", ich hielt inne. „Ich korrigiere. Ich weiß, dass das eine ganze Menge neues für einen Tag ist, aber Sie müssen jetzt wirklich mal ins Bett gehen. Die Fragen, die Sie noch haben, auch über uns Meerjungfrauen, können Sie genauso gut auch meiner Mutter stellen, wenn sie wieder da ist." Mit einem Mal wirkte er überrascht. „Du sagtest gerade über uns. Heißt das, dass Claire auch eine Meerjungfrau ist?" Jetzt war ich es, die irritiert war.

Ist es denn nicht logisch, dass wenn ich eine Meerjungfrau war, dass dann meine Mutter die gleichen Gene hatte?

„Ja, aber bitte sagen Sie mir jetzt bloß nicht, dass wir das Thema vertiefen müssen und dass ich es sein muss, die Sie in Sache wie entstehen Meerjungfrauen aufklären muss." *Oh bitte nicht!* Enrico lächelte. Nein, viel mehr lachte er: „Nein. Ich habe heute erfahren, dass sowohl Vampire, als auch Meerjungfrauen existieren. Ich denke, da reicht mir das Wissen, das du, deine Mutter und wahrscheinlich noch andere aus deiner Familie Meereswesen seid", seiner Antwort folgte ein Gähnen und er verabschiedete sich, um endlich ins Bett zu gehen.

Als ich meine Mutter am nächsten Tag erneut anrief, um ihr zu berichten, dass ich Enrico gezeigt hatte, was wir wirklich waren, blieb sie erstaunlich ruhig. Joe hatte, kaum dass er selbst von der Explosion und meinen Verletzungen erfahren hatte mit ihr telefoniert, wie mir Jessica berichtet hatte. Als wir bei Joe zuhause angekommen waren, hatte ich auch sogleich meine Mutter zurückgerufen. Trotz der Kosten hatten wir mehrere Stunden telefoniert. Über Lautsprecher hatte Fabian ihr alle Einzelheiten erzählt, die Joe nicht kannte und konnte sie somit beruhigen. Mum reagierte ähnlich wie Enrico, als ich ihr den Grund für meinen weiteren Anruf nannte. Sie war überrascht und auch stolz, weil ich von mir aus beschlossen hatte, Enrico in unser großes Geheimnis einzuweihen. Sie sagte es nur nicht. Auch wenn sie es gerne getan hätte, aber sie wusste auch, dass mir ein Lob in diesem Moment ein Dorn im Auge wäre.

Kapitel 17

Ich überließ es meiner Mutter, ob sie auch Christina und Veronika in unser Geheimnis einweihte. Denn in Moment hatte ich ganz andere Probleme, als mich auch noch mit diesem Thema zu beschäftigen. In den Nachrichten war wieder einmal die Unbekannte aufgetaucht. Aber dieses Mal war es irgendwie anders. Dieses Mal war es irgendwie schlimmer. Zwar wusste ich nicht genau, was in der Zeitung über mich geschrieben stand, weil ich den Nachrichten immer aus dem Weg ging. Wenn es mir möglich war, verbrannte ich sogar die Zeitung. Und jedes Mal, wenn im Radio oder im Fernsehen die Nachrichten angekündigt wurden, stellte ich es ab.

Ich wollte an all das nicht erinnert werden, wie ich in allerletzter Sekunde aus dem Fenster sprang bevor die Sanitäter das Schlafzimmer betraten. Alles was ich darüber wusste war, dass die Polizei mittlerweile herausgefunden hatte, dass es die Unbekannte war, die von der Explosion getroffen worden war und dass sie trotz der schweren Verletzungen nie in ein Krankenhaus eingeliefert wurde. All dies hatte die Spurensicherung herausgefunden, weil das Blut mit dem Hochhaus Fall übereinstimmte. Für die Polizei war dies Grund genug gewesen, den Lohn für brauchbare Hinweise auf 3.000,00 Euro zu erhöhen. Auch in meiner Schule war die Unbekannte das Top-Thema. Der Grund dafür war, dass die Polizei die Suche nach der Unbekannten auf ganz Niedersachsen ausgebreitet hatte. Auch wenn die Polizei nicht daran glaubte, dass die Unbekannte so weit gekommen war. Meinen Mitschülern war das egal, sie glaubten alle daran, dass sie eine Chance hatten die 3.000,00 Euro zu kassieren. Meinen Lehrern erging es nicht anders. Auch sie wollten die Unbekannte finden, wenn auch zwischen den Lehrern und meinen Mitschülern ein gewisser Unterschied lag.

Das Interesse meiner Lehrer bestand mehr darin, das Rätsel um das ominöse Mädchen zu lösen, während meine Mitschüler einfach nur scharf auf die Kohle waren. „Aber was ist, wenn jemand herausfindet, dass Vanessa die Unbekannte ist", fragte Luna Fabian besorgt, als wir gerade zusammen in der Mittagspause in der Mensa saßen. „Luna, ganz ehrlich, warum sollte jemand auf die Idee kommen, dass Vanessa diejenige ist, die gesucht wird? Schließlich sucht die Polizei nach einem Mädchen mit einer schlimmen Kopfverletzung und Vanessa hat äußerlich gesehen nicht einen Kratzer." Ich spürte wie Lunas Blick kurz auf mir ruhte. „Ja, ich weiß. Aber ist dir denn noch gar nicht in den Sinn gekommen, dass jemand unser Gespräch mitgehört haben könnte? In dem wir so offen darüber gesprochen haben, dass Vanessa diejenige ist die gesucht wird." Fabian seufzte leise: „Okay, nehmen wir mal an, dass jemand unser Gespräch mitgehört hat. Dann wird es demjenigen aber auch nicht viel bringen, weil es ihm keiner glauben wird. Da Vanessa ja keine Verletzungen hat, die darauf schließen lässt, dass sie irgendwo heruntergefallen ist oder sich vor kurzem eine Verbrennung zugezogen hat.

Und ich glaube ehrlich gesagt auch nicht daran, dass diese Aussage für die Polizei Grund genug ist, Vanessa eine Blutprobe zu entnehmen, der den einzigen Beweis liefert, dass sie wirklich das unbekannte Mädchen ist." „Ja, aber was ist, wenn doch." Fabian seufzte erneut. Ich sah kurz zu ihm und sah wie er amüsiert den Kopf ein wenig schräg legte und Luna angrinste. „Du weißt genauso gut wie ich, dass Vanessa dem niemals zustimmen würde und überhaupt niemanden an sich heranlassen würde. Und den weiteren Aufwand mit ruhigstellen oder sie von mehreren Personen festhalten zulassen, nur damit sie ihr etwas von ihrem Blut entnehmen können. Ich bitte dich Luna, den werden sie bestimmt nicht betreiben." Luna war noch immer nicht überzeugt, aber noch bevor sie etwas sagen konnte, sprach Fabian auch schon weiter. „Außerdem, sollte es wirklich soweit kommen, dass jemand unser Gespräch mitgehört hat und die Polizei es demjenigen wirklich glaubt, dass eine Blutprobe von Vanessa verlangt wird, kann ich sie immer noch manipulieren." Lunas Herz beschleunigte sich vor Begeisterung. „Das kannst du? Vanessa hat mir zwar gesagt, dass ihr das könnt, aber ich habe es trotzdem nicht für möglich gehalten, weil sie es mir einfach nicht vorführen wollte." Ich seufzte. Ich hatte dem Gespräch meiner beiden Freunde nur mit einem Ohr zugehört, mit dem anderen hatte ich den Unterhaltungen meiner Mitschüler verfolgt, um mich von meinen Erinnerungen abzulenken. *Macht man zwar eigentlich nicht, aber ich hätte es bestimmt auch gemacht, wenn mein Gehör so gut wäre.* Die meisten machten sich mit ihren Freunden Gedanken darüber, was sie sich von dem ganzen Geld kaufen würden. Andere wiederum sprachen noch immer über das Gerücht, dass die Schulzicke am Morgen über mich verbreitet hatte. Die Zicke hatte nämlich behauptet, dass sie mich am Morgen auf dem Klo dabei erwischt hätte, wie ich Fabian betrügen würde.

Ihr Plan hätte auch funktioniert, wenn sie auch den Typen mit dem ich Fabian angeblich betrogen haben sollte, in ihren Plan eingeweiht hätte. Aber so flog bereits in der ersten Pause auf, dass das ganze nur ein verzweifelter Versuch gewesen war, mich und Fabian auseinanderzubringen. „Ich würde mir von dem Geld neue Klamotten kaufen und dazu passende Schuhe", sagte die Zicke, die mit ihrer Clique an einem Tisch ganz in unserer Nähe saß. Von dem Platz an dem sie saß, konnte sie einen freien Blick auf meinen Freund werfen. „Mit denen werde ich Fabian bestimmt beeindrucken und dann wird er sich auch von Hamster trennen, dieser Mist-Kuh", fügte sie siegessicher hinzu. Ihre Worte trafen mich nicht im Geringsten. In meiner alten Schule hatte man ganze andere Wörter und Beschimpfungen gegen mich verwendet. Die meisten Mädchen hatten es getan, weil sie eifersüchtig waren, weil die Jungs auf Grund meines Aussehens scharf auf mich waren. Dabei wollte ich selbst nie etwas von ihnen. Und ganz egal, was sich die Zicke noch für Beschimpfungen für mich ausdachte, Fabian gehörte mir und solange ich noch existierte, würde es auch so bleiben. „Ich weiß sowieso nicht, was er an ihr findet", fügte sie hinzu und warf einen erneuten Blick auf meinen Freund, der immer noch mit Luna quatschte. „Naja, sie ist hübsch, hat die perfekte Figur und..." „Louise, halt einfach die Klappe", unterbrach die Zicke sie. Es war das erste Mal, dass ich bewusst einen Namen der beiden Mitläufer mitbekam. Jetzt wusste ich auch, dass es Louise gewesen war, die an meinem ersten Tag gesagt hatte, dass ich es nur mit Fabian treiben würde, um ihn danach einfach wieder fallenzulassen. Bis jetzt hatte ich die beiden Mitläufer nur mit meinen eigenen, ausgedachten Namen auseinandergehalten. Da war die Kommentierende, die wie ich jetzt erfahren hatte, Louise hieß. Und dann war da noch das Mädchen, dessen Name ich noch immer nicht kannte und für mich weiterhin die Stille heißen würde. Auf sie passte der Name Mitläufer wortwörtlich, weil sie sich aus allem heraushielt und einfach nur mitlief. Die anderen Mädchen, die noch an meinem ersten Schultag zur Clique gezählt haben, gehören schon lange nicht mehr dazu.

Die Zicke hatte sie aus ihrer Gruppe geworfen, weil sie etwas Positives über mich gesagt hatten. „Hey Vanessa, hast du uns überhaupt zugehört", fragte Luna plötzlich und ich wandte mich ihr zu. „Natürlich." Allerdings schienen meine Worte sie nicht wirklich zu überzeugen. „Muss ich jetzt etwa alles wortgetreu wiederholen?" Luna grinste breit: „Ja bitte." Ich wollte gerade damit beginnen, das ganze Gespräch zu wiederholen, als sie eine SMS von Ben erhielt, die mich auch gleichzeitig davor bewahrte. Luna hatte seit den Ferien nicht nur eine neue Frisur, sondern auch einen Freund. Die Haare meiner Freundin waren jetzt nicht mehr glatt, sondern hatten leichte Locken bekommen. Nur ihre türkise Strähne war unverändert geblieben. Luna hatte mir so viel von Ben erzählt, dass ich glaubte, ihn bereits persönlich kennengelernt zu haben. Was mich an ihrer Beziehung besonders amüsierte, war die Tatsache, dass Ben das genaue Gegenteil von der Sorte Typ war, auf die Luna normalerweise stand. Luna hatte mir früher immer wieder vorgehalten, dass sie sich niemals in einen Typen verlieben würde, der ein Softie war und auch noch Musik von einem Mädchenschwarm anhören würde.

Aber genau das war bei Ben der Fall. Er war ein Softie und noch dazu ein riesen Fan von einem Sänger, der tausende Mädchenherzen erobert hatte. Und genau von diesem Sänger, hing ein riesiges Poster in seinem Zimmer. Was aber, wie sie mir mehrfach versichert hatte, auf das Konto seiner drei Schwestern ging. Die hatten nämlich jedes Mal, wenn er das Poster abgenommen hatte, in seiner Abwesenheit wieder ein neues hingehangen. In seiner Freizeit ging Ben gerne ins Fitnessstudio und am Wochenende auch gerne auf Partys, wo er gerne auch mal etwas Alkohol trank. Als Luna mir am Morgen das erste Mal erzählt hatte, in was für einen Typ Jungen sie sich verknallt hatte, konnte ich mir ein Grinsen und ein Spruch nicht verkneifen. „Tja, Gegensätze ziehen sich eben an." Sie lachte ebenfalls. „Ja, ich weiß. Ich hätte nur nicht gedacht, dass ich auch zu dieser Sorte Mädchen gehören würde." „Glaub mir Luna, ich auch nicht." Danach hatte sie sich bemüht, sich ganz auf mich zu konzentrieren.

Denn natürlich hatte auch sie in den Nachrichten von dem neuesten Vorfall mit der Unbekannten gehört und da ich ihr damals erzählt hatte, dass ich es war die dem Polizisten hinterher gesprungen war, wusste sie Bescheid. Aber so sehr sie sich auch bemühte, Luna konnte einfach an nichts anderes denken, als an Ben. Und da ich ja eh nicht darüber reden wollte, hatte ich auch kein Problem damit. „Und letztens haben Ben und ich den ersten Teil von *Twilight* gesehen und seine erste Reaktion war, als *Edward Bella* in den Wald führte. Warte ich zitiere: „Oh mein Gott, *Edward* ist ein Drogendealer." Sein nächster Spruch kam dann, als *Edward* in der Sonne anfing zu glitzern und *Bella* bereits wusste, dass er Gedankenlesen konnte: „Oh mein Gott, *Edward* ist eine Elfe, ich wusste es!" Ich lachte und fügte noch hinzu: „Vielleicht solltest du Ben lieber nicht erzählen, dass Fabian mich am Anfang auch in den Wald geführt hat. Sonst denkt er am Ende noch, dass Fabian auch ein Drogendealer ist." Luna lachte ebenfalls: „Das wäre möglich." Erst in der Pause wechselte Luna das Thema.

Christian, ein dunkelhaariger Junge aus meiner Parallelklasse, kam zu uns an den Tisch geschlendert. „Hey Leute!" „Hi Chris", grüßte Fabian freundlich und bot seinem Kumpel den leeren Stuhl neben mir und Luna an. Kaum, dass Christian sich gesetzt hatte, hörte ich, wie die Zicke leise fluchte, weil Christian ihr jetzt die Sicht auf meinem Freund nahm. „Ah, Luna ist mal wieder auf ihrer Liebeswolke", stellte Chris mit einem spöttischen Grinsen fest, als er neugierig auf Lunas Display spähte, um zu sehen, mit wem sie schrieb. Die alte Luna hätte ihn für diesen Kommentar einen Schlag verpasst, aber diese hier hatte weder mitbekommen, dass Chris neben ihr saß, noch dass er sie gerade freundschaftlich geneckt hatte. Als Luna kurz aufsah, schien sie etwas überrascht zu sein, dass Chris auf einmal bei uns saß. „Hey Luna, na bist du endlich von deiner Liebeswolke runtergekommen?" „Ha ha, sehr witzig Chris." Sie schob mir ihr Handy zu, um mir zu zeigen, warum sie vorhin so gelacht hatte. Auf dem Display war ein einziges Bild zusehen. Auf dem *Edward Cullen* abgebildet war, darunter stand ein einziges Wort geschrieben. *„Der Drogendealer/Elfe"*. Ich lachte ebenfalls und gab ihr das Handy zurück. „Und was gibt es", erkundigte sich Fabian bei seinem Freund. Seitdem ich an der Schule war, hatte Fabian auch ein paar neue Freunde gefunden. Luna und Chris gingen mit Fabian in dieselbe Klasse.

„Findet ihr das nicht auch bescheuert, dass sich hier alle die Hoffnung machen, dass sie eine Chance hätten die 3.000,00 Euro zu kassieren? Ich meine die einzigen, die wirklich eine Chance haben, sind die Delmenhorster und du Vanessa." „Wie kommst du darauf, dass ausgerechnet ich eine Chance hätte", fragte ich verblüfft. „Naja, du kommst doch von dort und soweit ich weiß, fährst du da auch jedes Wochenende wieder hin." „Ja schon, aber wie kommst du darauf das nur ich eine Chance hätte", wiederholte ich noch immer völlig verwirrt. *Wusste er etwa nicht, dass Fabian und ich in derselben Gemeinschaft lebten und dass er mich auch deshalb jedes Wochenende begleitete, wenn ich zu meiner Mutter nach Hause fuhr?*

„Ganz einfach, weil es ziemlich unwahrscheinlich ist, dass sich ein schwerverletztes Mädchen bis hierher durchkämpft und das Ganze auch noch ohne Aufsehen zu erregen." „Schade, ich habe mir schon solche Hoffnung gemacht diese 3.000,00 Euro zu kassieren.", scherzte Fabian. Chris wusste es also wirklich nicht. „Naja, bestimmt teilt Vanessa mit dir, wenn sie wirklich dieses Mädchen findet oder der Polizei einen brauchbaren Hinweis geben kann." „Warum sollte ich denn mit ihm teilen", scherzte ich ebenfalls, was mir allerdings nicht so gut gelungen war. „Du magst vielleicht verdammt hübsch sein, aber egoistisch bist du nicht. Sorry." „Chris, wenn ich nicht wüsste, dass du auf Isabell stehst, wäre ich jetzt vielleicht eifersüchtig." „Du stehst auf Isabell", wiederholte ich verblüfft. „Ja", gestand er und wirkte dabei etwas verlegen. „Aber ich glaube kaum, dass ich bei ihr eine Chance haben werde. Da sie zu jedem ziemlich abweisend ist." Ich nahm mir vor, mal mit Isabell darüber zu sprechen und sie zu fragen, ob sie bemerkt hatte, dass Chris Gefühle für sie hatte. Wir führten noch eine Weile lockeren Smalltalk.

Luna hatte sich schon längst wieder ihrem Handy und damit ihrem Freund zu gewandt. „Also ich muss dann los", sagte Chris und stand auf. „Wir sehen uns gleich in der Klasse", antwortetet Fabian zum Abschied. „Ach Vanessa, bevor ich es vergesse, ich habe die ganze Zeit gewusst, dass du mein Kumpel hier nicht betrogen hast." „Danke, dass ist nett", erwiderte ich verwirrt. Kaum das Chris verschwunden war, kehrte auch Luna in die Realität zurück. „Wir müssen uns unbedingt mal wieder treffen. Hast du morgen Zeit", fragte Luna und ich sah kurz zu Fabian herüber, der zustimmend nickte. „Morgen klingt gut", antwortete ich und Luna strahlte. „Cool, dass wird genau wie damals!"

Kapitel 18

Als ich unser Zimmer betrat, begrüßte mich *Avril Lavine mit* ihrem Song Smile. Isabell drückte auf Pause, als ich das Zimmer betrat. „Hey, du bist ja schon da. Ich habe dich vorhin in der Schule gar nicht mehr gesehen. Wie bist du denn so schnell hierhergekommen?", fragte ich und warf meine Tasche aufs Bett. „Ich bin gerannt. Ich dachte ich tue dir und Fabian damit einen Gefallen, damit ihr ein wenig Zeit für euch habt." „Danke", erwiderte ich verwirrt. Denn normalerweise wich mir Isabell nie von der Seite, wenn ich nicht gerade mit Luna unterwegs war. Weshalb ich auch nicht verstand, warum Isabell mir auf einmal so viel Freiraum ließ. Ich traute mich aber auch nicht, sie nach dem Grund dafür zu fragen, weil ich fürchtete, ihre Gefühle dadurch zu verletzen. Sie stand auf und ich sah ihr dabei zu, wie sie die Raumerfrischer auswechselte und die Kerzen mit demselben Zitronengeruch anzündete. Seitdem ich mich in diesem Zimmer erbrochen hatte, konnten zwar alle Spuren von einer menschlichen Putzfirma beseitigt werden, da es für uns Vampire absolut nicht mehr betretbar war, aber ein kleiner Rest des Geruchs war eben doch geblieben.

Da Isabell und ich uns aber auch geweigert hatten, dass Zimmer zu wechseln, hatten wir von Mr. Darkhoff Raumerfrischer bekommen, die den Geruch erträglicher machten. „Wo ist eigentlich das Buch über Halbvampire? Ich muss es heute noch zu meinem Nachbarn schicken." „Das Buch ist da in dem Schrank." Isabell deutete mit einem Lächeln auf denselben dunklen Schrank, den ich auch auf meiner Seite stehen hatte. Mir war zwar noch immer ziemlich unbehaglich bei dem Gedanken, dass Enrico jetzt mein Geheimnis kannte, weil ich ihm noch immer nicht vertraute, aber ich hatte letztendlich keine Wahl gehabt. Und, dass er nun ein Buch über Halbvampire bekommen sollte, welches noch dazu unglaublich alt und selten war, verstärkte mein Unbehagen nur noch mehr. Aber auch hier hatte ich keine andere Wahl gehabt, weil meine Mutter selbst auch nicht viel über das wusste, was ich jetzt war. Und ich hatte auch keine besondere Lust, Enricos Fragen zu beantworten, die er zweifelsohne noch über mich hatte. Fabian sah das wiederum ein wenig anders. Er hatte Enrico noch vor unserer Abreise seine Handynummer gegeben, für den Fall, dass er noch Fragen an ihn hatte. Ich selbst wollte Enrico meine Handynummer nicht geben, was ich zum Glück, aber auch nicht musste. Isabell mochte Enrico, was ich allerdings nicht verstand, weil er ein Mensch war und sie Menschen genauso wenig leiden konnte wie ich, wenn auch aus völlig anderen Gründen.

Viele Menschen hatten Isabell damals darum gebeten, sie ebenfalls in Vampire zu verwandeln, weil sie für immer jung und schön bleiben wollten. Aber Isabell hatte das nicht gewollt. Meine Freunde hatten mir mal erklärt, dass es auch nicht zu viele Vampire geben durfte, da sonst das Gleichgewicht gestört wäre. Es würde zu wenig Menschen geben, von deren Spender Blut wir lebten. „Wieso magst du ihn eigentlich?" „Wen meinst du?" „Du weißt genau, wenn ich meine." „Ich weiß, aber ich will, dass du seinen Namen aussprichst", antwortete Isabell belustigt. Ich seufzte: „Wieso magst du Enrico?" Ihr Grinsen wurde breiter. „Weil er dir guttut, deswegen." Ich verzog das Gesicht. „Luna tut mir gut. Ihr tut mir gut, aber er ganz bestimmt nicht!" „Oh doch! Und versuch jetzt bloß nicht dich daraus zu reden, denn du weißt ganz genau das ich recht habe." Ich wollte einen erneuten Widerspruch einlegen, aber dieses Mal fiel mir nichts weiter dazu ein. Als Isabell merkte, dass mir die Worte für eine weitere Entgegnung fehlten, wurde ihre Freude nur noch größer. Um diesen Gedanken wieder aus dem Kopf zu bekommen, ging ich zu dem Schrank herüber, um das Buch herauszuholen. Ich wusste zwar selbst nicht, was ich erwartet hatte, aber das ganz bestimmt nicht. Der ganze Schrank war voller Bücher. In den Borten lagen und standen hunderte von Büchern. „Hast du die allemal gelesen",

fragte ich und war erstaunt. Ich hatte Isabell nie für eine Bücher-
ratte gehalten, warum auch? Schließlich war sie immer mit uns
zusammen. „Ja. Das heißt die meisten davon", antwortete sie und
griff über meine Schulter hinweg in eins der Regale und zog das
Halbvampirbuch hervor. „Wow. Ich wusste gar nicht, dass du
gerne liest. Die meiste Zeit bist du doch mit mir und Fabian zusammen." Sie lächelte: „Irgendetwas muss ich doch machen,
wenn ich deinen Schlaf überwache." Ich nickte nur. Meine
Freunde hatten es sich zur Aufgabe gemacht, meinen Schlaf zu
überwachen, da mich noch immer Alpträume plagten und ich
deswegen Angst hatte zu schlafen. Sie hatten mir den Vorschlag
gemacht, dass einer von ihnen jeweils eine Nacht bei mir verbringen könnte, damit sie schneller für mich da sein konnten, wenn
ich aus meinem Schlaf hochschreckte. Ich zitterte jedes Mal,
wenn ich aus einem meiner Alpträume erwachte und Tränen liefen mir übers Gesicht. Meine Freunde waren dann immer sofort
zur Stelle. Manchmal lasen sie mir etwas vor, damit ich wieder
einschlief, oder sie erzählten mir Geschichten aus ihrer damaligen Zeit. Es klopfte und kurz darauf betrat Fabian das Zimmer.
„Bist du soweit?" „Ja", antwortete ich und nahm Isabell das Buch
aus der Hand. „Na dann viel Spaß bei der Post, Vanessa", rief sie
uns nach und ich fragte mich, was sie wusste, was ich noch nicht
wusste.

„Hättest du eigentlich das Gerücht geglaubt, dass die Schulzicke
heute über mich verbreitet hatte, wenn du nicht gewusst hättest,
dass ich zur der Zeit mit Luna zusammen gewesen wäre", fragte
ich vorsichtig, während wir nebeneinander im Fahrstuhl standen
und nach unten fuhren. „Nein. Warum auch? Du gibst einem
Fremden nicht einmal die Hand, warum sollte ich dann glauben,
dass du mich betrügst?" Aber dann verhärtete sich seine Miene
und seine Stimme wurde fester. „Das einzige, was mir völlig gegen den Strich geht, ist das der Heiler dich immer wieder geküsst
hat. Auch wenn er dir damit das Leben gerettet hat. Heißt das
nicht, dass mir das gefällt." Die Erinnerung brannte, als ich daran

dachte, wie mich das Vampirmädchen angegriffen, gebissen und fast leer getrunken hatte. Und dann war da noch die Erinnerung, wie mich der Heiler geküsst hatte, damit ich mich von seiner Seele nähren konnte, um zu überleben.

Kaum das die Erinnerung in meinen Kopf gelangt war, hatte ich auch schon das Bedürfnis mir den Mund mit meiner Mundspülung zu reinigen.

Der Nachmittag passte vom Wetter her zu meiner Laune. Es war bedeckt und grau, aber es regnete nicht. Und ich war mies drauf, hatte meinen Kummer aber so gut im Griff, dass ich nicht weinen musste. Wir gingen über den Hof, aber als ich sah, wohin mich Fabian führte, nämlich zum Hauptgebäude blieb ich stehen. „Was ist los", fragte er, als er bemerkte, dass ich ihm nicht mehr folgte. „Wir müssen doch zur Post. Das bedeutet, dass wir in die andere Richtung müssen", erklärte ich und deutete auf das Eingangstor. Fabian grinste: „Wir haben ebenfalls eine Poststelle und die ist auch wesentlich schneller."

Gibt es auch etwas, das die nicht haben?

Eine Weile stand ich einfach nur fassungslos da und starrte ihm hinterher. Er war schon ein ganzes Stück vorgegangen, als er sich wieder zu mir umdrehte: „Kommst du?" Ich setzte mich in Bewegung und er wartete, bis ich wieder neben ihm stand.

Die Post lag im Erdgeschoss und erinnerte mich mehr an ein gewöhnliches Büro, als an eine Poststelle. Ich hätte es auch wahrscheinlich für ein normales Büro gehalten, wenn nicht das Wort Post in die einzelnen hellen Schreibtische gebrannt gewesen wäre. Unter den Tischen standen jeweils drei Kisten mit den unterschiedlichsten Postleitzahlen. Und auch in den offenen Regalen befanden sich Ordner, in denen die verschiedensten Adressen abgeheftet waren. Ein hochgewachsener Vampir, gekleidet mit einem dunkelblauen Hemd, trat freundlich lächelnd auf uns zu.

„Wie kann ich Ihnen behilflich sein?" „Ich möchte das hier ver-
schicken", murmelte ich so leise, dass ein normaler Mitarbeiter
mich niemals verstanden hätte und mich sicher um eine Wieder-
holung gebeten hätte. Ich zeigte ihm kurz das Buch, dass ich noch
immer fest umklammert hielt. „Dann folgen Sie mir bitte." Er
führte uns zu seinem Schreibtisch und bedeutete uns, auf zwei
Hockern Platz zu nehmen, die unter den Tisch geschoben waren.
Anfangs hatte ich die Hocker gar nicht registriert, aber jetzt bemerkte ich, dass auch bei den anderen Tischen jeweils zwei von
ihnen für ihre Kunden bereitstanden. Auf seinem Schreibtisch
stand ein metallisches Namensschild, auf dem stand Rick Post-
bote. „Darf ich", bat er und deutete auf das Buch. „Oh klar", murmelte ich mit derselben leisen Stimme wie zuvor auch. Ich legte
es auf den Tisch und er nahm es sich, ohne dabei auf den Titel zu
achten und verpackte es. „Nennen Sie mir bitte den Namen und
die Adresse." Ich nannte ihm unsere Adresse, weil ich zwar Enricos Hausnummer kannte, aber nicht wusste wie er mit Nachna-
men hieß. Innerhalb von Sekunden gab Rick die genannte Adresse in seinen Computer ein. Dann betätigte er einen Knopf und
sprach in ein kleines Mikrofon, das ebenfalls an seinem Schreibtisch montiert war. „Mamber, würdest du bitte an meinen
Schreibtisch kommen. Ich habe noch ein Paket für dich." Eine
Frau mit braunen Haaren, so hell wie Schokolade, kam zu uns an
den Tisch. Ihre Haut war trotz ihrer Blässe von einem „sonnen-
gebrannten" braun, was mich vermuten ließ, dass sie bevor sie
zum Vampir wurde, sehr viel Zeit in der Sonne verbracht haben
musste. Aber gleichzeitig fragte ich mich auch, wie man sie gerufen hatte, da sie jetzt so einen ungewöhnlichen Namen hatte.
Oder hieß sie schon damals so? „Hier, das gehört noch zu deiner
Tour." Mamber nahm das Paket an sich und schaute auf den Kle-
ber, auf dem die Adresse stand. „Ah, Delmenhorst, was für eine
reizende, kleine Stadt", murmelte sie und verschwand. Nach einigen Minuten, kehrte sie zu uns zurück. Sie trug jetzt, wie ihre
Kollegen, eine dunkelblaue Mütze, auf der das Wort Post gestickt

war. Die Tasche mit den Paketen hing ihr lässig über der Schulter. „Können wir sonst noch etwas für Sie tun", erkundigte sich Rick freundlich bei mir. „Nein", erwiderte ich und er nickte Mamber zum Abschied zu, die sich auch sogleich auf den Weg machte.

„Worüber hat sich Isabell jetzt eigentlich so amüsiert? Ich meine, ja gut, eure Post sieht aus wie ein ganz normales Büro, aber das ist doch noch lange kein Grund, sich so darüber zu amüsieren." Fabian lächelte und wieder einmal fragte ich mich, was sie wussten, was ich nicht wusste. Wir standen wieder draußen auf dem Hof. „Es ist nicht die Art wie unsere Post eingerichtet ist, was es zu etwas Besonderem macht, sondern die Art, wie sie ausgeliefert wird." Meine Augen weiteten sich, als ich begriff, was er damit meinte. „Sie rennt jetzt allen Ernstes ganz nach Delmenhorst?" „Ja. Für eine Strecke, wird sie maximal eine Stunde brauchen." Fabians Handy vibrierte in seine Jackentasche und er zog es hervor. „Wie geht es dir", fragte er und sah mir dabei in die Augen. Ich musste ihn nicht fragen, von wem diese Frage stammte, denn ich wusste es. Seitdem Enrico Fabians Handynummer hatte, war die SMS sich nach mir zu erkundigen, Routine geworden. Ausgelöst von dem Wissen, das meine Existenz gefährdet war. „Wie soll's mir schon gehen", antwortete ich und Fabian tippte meine Antwort in sein Handy ein.

Danach reichte er es mir, damit ich seine Worte korrigieren konnte, falls etwas an seiner Formulierung falsch wäre.

„Wie es einem ebenso geht, wenn man von der Polizei gesucht und in den Nachrichten, dass Thema Nr. 1 ist. Aber ich kann Ihnen versichern, dass zurzeit keine Suizidgefahr besteht.

Ich nickte zur Bestätigung und er drückte auf „Senden".

Kapitel 19

Auf der ganzen Fahrt zu Luna, war es totenstill im Auto. Ich sah gedankenverloren aus dem Fenster, während meine Umgebung an mir vorbeizog. Als wir endlich das Hochhaus erreicht hatten, in dem Luna mit ihrem Bruder wohnte, lenkte mein Chauffeur den Wagen auf den freien Parkplatz. „Möchtest du, dass wir eine feste Zeit ausmachen oder willst du dich bei mir melden, wenn du abgeholt werden möchtest?" „Könnten Sie mich um 19:00 Uhr abholen?" Er nickte. „Aber falls du früher oder doch noch länger bleiben möchtest, kannst du dich gerne bei mir melden." So nett sein Angebot auch war, würde ich es doch nicht annehmen. Er war zwar mein persönlicher Fahrer, seit meiner ersten Autofahrt, aber ich kannte ihn noch nicht gut genug, dass ich es schaffen würde auch mit ihm zu telefonieren. Ich wollte gerade aus dem Auto steigen, als ihm noch etwas einfiel. „Mir fällt gerade ein, dass du dich wahrscheinlich gar nicht bei mir melden würdest, weil du noch immer Schwierigkeiten hast, mit mir zu telefonieren, ist das richtig?" „Ja", erwiderte ich kleinlaut. „Ach, kein Problem. Das wird schon, du brauchst eben deine Zeit und bis dahin benutzt du eben diese Nummer", sagte er aufmunternd und griff in die Innentasche seines Jacketts und reichte mir eine Karte, auf dem eine andere, sehr viel längere Nummer stand.

„Was ist das", fragte ich und sah unablässig auf die Visitenkarte in meiner Hand. „Das ist die Nummer für mein Diensthandy. Jetzt kannst du mir auch eine SMS schreiben, was du mit der anderen Nummer nicht kannst." Ich bedankte und verabschiedete mich. Als ich ausstieg und zum Haus herüberging, lehnte ein Motorrad an Lunas Garagenwand, das mir zuvor, als wir hier angekommen waren, gar nicht aufgefallen war.

Luna erwartete mich mit einem breiten Grinsen an ihrer Wohnungstür. Sie und Maik bewohnten eine drei Zimmerwohnung im dritten Stock, wie mir Luna bereits am Morgen stolz verkündet hatte. Zu Mal die Wohnungen in der Gegend von Goslar, in der sie lebten nicht ganz billig waren. Nachdem wir uns kurz begrüßt hatten, führte sie mich durch ihre Wohnung zu einer kleinen Durchreiche, die an eine kleine Küche grenzte. In der Durchreiche stand bereits ein Tablett mit einer Schüssel Süßigkeiten, zwei Gläsern und einer Flasche Cola. „Ich wusste gar nicht, dass Maik jetzt Motorrad fährt." „Tut er auch nicht. Das gehört Ben, er war gestern auf einer Party eingeladen und da hat er mich gefragt, ob er es hierlassen könnte, weil er gerne dort etwas trinken wollte. Er kommt später aber noch vorbei, um es abzuholen und Carol wollte auch noch kommen."Carol war Maiks Verlobte. Die beiden waren schon seit einer gefühlten Ewigkeit miteinander verlobt. „Gibt es mittlerweile einen Termin für die Hochzeit", fragte ich, während wir zu ihrem Zimmer gingen. „Nein. Auch wenn sie es geschafft haben sich vor einer Ewigkeit zu verloben, kriegen die beiden, sobald sie etwas sehen was mit einer Hochzeit zu tun hat, Schweißausbrüche. Echt, das ist zum aus der Haut fahren", fuhr Luna gefrustet fort. „Ich überlege schon, ob ich ihnen nicht eine Schnell-Hochzeit in Las Vegas vorschlagen soll."

Lunas Zimmer war jetzt zweimal so groß, wie ihr altes. Überhaupt lebten die beiden jetzt, da Maik die Firma übernommen hatte, viel luxuriöser. Sie hatte zwar, als sie noch bei ihrer Mutter, ihrer Stiefschwester und dessen Vater gelebt hatte, auch nicht gerade arm gehaust, aber es war doch noch ein gewisser Unterschied. Hier hatte sie die Möglichkeit, ihre Faszination für das Übernatürliche voll auszuleben, was sie auf Grund von Teresa, bei sich zu Hause nicht konnte. An ihren Wänden hingen, die verschiedensten Poster von Serien und Filmen, die es über Fantasie überhaupt gab. Selbst in ihren Holzmöbeln hatte sie mit viel Mühe und mit Hilfe eines Lötkolbens, die verschiedensten Symbole eingebrannt. Und in all diesem Zeug von Fantasybüchern, Figuren, CD's und anderen Sachen stach mir ein kleiner grauer Elefant in Form eines Schlüsselanhängers sofort ins Auge. Er passte so überhaupt nicht in dieses Zimmer, wie er da auf dem kleinen Holztisch saß. „Du kannst froh sein, dass dir mit Fabian das Aufklärungsgespräch erspart bleibt." „Wie kommst du da jetzt drauf", fragte ich und nippte an meiner Cola. „Weil Maik gestern das Gespräch mit mir geführt hat. Jetzt da ich einen Freund habe, hielt er es für angebracht, mich noch einmal aufklären zu müssen." "Obwohl Lunas Stimme ruhig blieb, hörte man doch, wie unglaublich unangenehm dieses Thema für sie war.

Wir waren gerade mit dem Film *Fluch der Karibik Teil 4* durch, als ich draußen auf dem Flur Schritte hörte und den Kopf automatisch Richtung Tür drehte. „Was ist?" „Maik kommt gerade." „Tatsächlich? Ich höre Ihn gar nicht." „Er ist noch im Treppenhaus", erklärte ich. „Das kannst du hören", erwiderte Luna erstaunt, und lauschte auf das Geräusch, das sie nicht wahrnehmen konnte. Es dauerte noch eine ganze Weile, in der Luna bis zum Zerreißen gespannt neben mir auf dem Sofa hockte, bis Maik so weit war und an ihre Zimmertür klopfte. Maiks Kopf tauchte in der Tür auf. Er war 23 Jahre und somit ganze fünf Jahre älter als Luna. „Ich bin jetzt wieder da und fahre…" Erst jetzt bemerkte er, dass seine Schwester nicht alleine war und trat ganz in den Raum, um mich zu begrüßen. „Hey Vanessa, lange nicht mehr gesehen." Es machte mir nichts aus, als Maik mich in seine Arme schloss und mich liebevoll an sich heran drückte, im Gegenteil. Für mich war Maik so etwas wie ein zweiter Bruder und ich war für ihn, wie eine zweite Schwester. *Wohl eher dritte Schwester. Wir wollen ja mal nicht die Stiefschwester vergessen.*

Ich wusste zwar nicht woran es lag, aber ich mochte Maik besonders dafür, dass er sich mir gegenüber normal verhielt und sich nicht von mir angezogen fühlte. „Ich bestelle zum Abendessen etwas vom Chinesen, was wollt ihr?" „Das übliche", antwortete Luna ohne weiter darüber nachzudenken." „Ente süßsauer. Wieso frag ich eigentlich?" „Das weiß ich auch nicht", entgegnete Luna und grinste. „Und was möchtest du Vanessa", fragte

Maik und wandte sich nun an mich. Man sah es Luna nicht an, aber ich kannte sie gut und vor allem lange genug, um zu wissen, dass sie es mir ziemlich übelnehmen würde, wenn ich die Einladung zum Essen nicht annahm. „Ich nehme das Selbe", erwiderte ich und sehnte mich insgeheim schon nach der chinesischen Köstlichkeit. „Okay, zweimal Ente süßsauer ist abgespeichert und wird bestellt. Maik legte ein letztes Mal seine Hand auf unsere Schulter, ehe er uns wieder verließ. In der Küche hörte ich, wie er übers Telefon unsere Bestellung in Auftrag gab. Dann schritt er durch die Wohnung und die Haustür fiel ins Schloss. Er eilte die Treppen nach unten und dann hörte ich, wie er unten noch jemanden grüßte, ehe er das Haus verließ. Mein Handy vibrierte. Und während Luna damit beschäftigt war, einen neuen Film oder eine Serie für uns auszusuchen, holte ich mein Handy aus meiner Tasche, um zu sehen, wer mir geschrieben hatte. Es war Jessica. Sie und Nina waren für einige Zeit aufs Land gezogen, weil Jessica noch immer wegen der Geschichte mit der Explosion, Ärger mit Joe hatte. Jessica hatte ihren Vater nicht angerufen, nachdem sie von der Explosion erfahren hatte und wusste, dass ich schwere Verletzungen erlitten hatte.

Sie hatte gewusst, dass Joe mich den Beamten ausgeliefert hätte, weil er glaubte, dass er mir damit helfen würde, aber das hätte es nicht. Im Gegenteil. Es hätte alles nur noch viel schlimmer gemacht. Mir machte Joe deswegen keinen Vorwurf, warum auch? Ich war das Opfer gewesen, ich war diejenige, die weder bei Sinnen noch bei Verstand gewesen war. Ich öffnete die SMS und lächelte. Jessica hatte mir ein Bild geschickt, auf dem die beiden den Arm um einander gelegt hatten und in die Kamera grinsten. Die beiden waren wirklich unzertrennlich. Es gab nur wenige Orte, an denen Nina Jessica nicht begleitete. Mit einem Mal fiel mir wieder ein, warum Jessica und Nina auf dem Land waren und auch die Erinnerung an die Explosion machte sich wieder in meinem Kopf breit. Ich schüttelte den Kopf, um die grauenhaften Erinnerungen los zu werden und nahm einen großen Schluck von meiner Cola. „Willst du darüber reden", fragte Luna besorgt. „Nein." „Okay." Sie setzte sich wieder zu mir und zog mich in ihre Arme. Als sie mich wieder losließ, weiteten sich ihre Augen vor Entsetzen. Ihr Blick war auf meinen Arm gefestigt, der nicht mehr von meinem Pullover verdeckt war. Meine Ärmel hatten sich völlig verschoben. Und nun starrte sie auf die unzähligen, roten Flecken, die nicht von Fabians Vampirblut geheilt werden konnten. Ihr Entsetzen stieg ins Unermessliche je weiter sie den Ärmel meines Pullovers nach oben schob. „Wer hat dich berührt", brach sie schließlich hervor und ihre Stimme zitterte leicht. „Enrico. Er hat mich, nachdem ich das Bewusstsein verloren hatte, in sein Haus getragen." „Hat dich sonst noch jemand berührt? Von den Idioten meine ich." „Nein. Fabian und ich konnten aus dem Fenster springen bevor sie überhaupt das Schlafzimmer betreten konnten." „Halt Stopp", rief sie und ich nutzte die Unterbrechung, um das Glas zu leeren und um mir einen der Schokoriegel zu nehmen. Dies war genau das Thema, über das ich eigentlich nicht sprechen wollte und zwar mit niemandem. Denn ich wollte diese Sache am liebsten vergessen und genau aus diesem Grund, gehörte dieses Thema auch ganz weit nach unten in meine Verdrängungskiste.

„Was? Wieso hat er dich ausgerechnet ins Schlafzimmer gebracht und nicht ins Wohnzimmer", hakte Luna nach, die ihre Sprache wiedergefunden hatte. „Um mich vor seiner Tochter abzuschirmen. Er wollte nicht, dass Veronika mich so sieht", erklärte ich. „Und Luna, nimm es mir bitte nicht übel, aber ich möchte nicht weiter darüber reden." „Aber meinst du nicht, dass du mal mit jemanden darüber reden solltest? Und nicht zu vergessen über den Abend an Nikolaus." „Das werde ich", versprach ich. „Aber momentan kann ich das noch nicht." Es klopfte wieder und Maik brachte uns das bestellte Essen. „Kann ich bitte meine DVD wiederhaben?" Luna stand auf und ging zu ihrem Schreibtisch herüber. Unter einem Stapel von Zetteln und Zeitschriften holte sie eine DVD hervor. Ich erhaschte einen kurzen Blick und bemerkte gleichzeitig wie Maik breit grinste, als er den Film entgegennahm. „Wann wirst du endlich aufhören, dich darüber lustig zu machen", fuhr Luna ihren Bruder plötzlich an. „Wenn es nicht mehr witzig ist. Was aber nicht so schnell geschehen wird.", erwiderte er amüsiert und verließ wieder das Zimmer.

„Was meint er?" Ihre Miene verfinsterte sich, während sie damit beschäftigt war unser Essen auszupacken. „Maik macht sich noch immer darüber lustig, weil Ben und ich gestern *Die Frau in Schwarz* geguckt haben. Ich hatte mein ganzes Zimmer verdunkelt, um ein wenig für gruselige Stimmung zu sorgen. Und dann kam Maik nach Hause." Ich ahnte bereits, was sie als nächstes sagen würde und musste mir schon jetzt ein Grinsen verkneifen. „Es hat ja gestern Abend stark geregnet und auf Grund dessen hatte Maik seine dunkle Regenjacke angehabt. Und als er dann in mein dunkles Zimmer kam, hat Ben ihn für *Die Frau in Schwarz* gehalten und war ins Badezimmer geflüchtet und hat sich dort eingeschlossen." Ich konnte es nicht mehr länger aufhalten und prustete los vor Lachen.

„Was machst du am Wochenende", fragte Luna, als wir draußen vor ihrem Haus standen, um uns voneinander zu verabschieden. „Ich fahre morgen, also am Samstag nach Hause und treffe mich noch mit Sabine." „Ich dachte Sozialarbeiter arbeiten nicht am Wochenende?" „Das ist richtig", bestätigte ich. „Aber für mich macht sie da eine Ausnahme, weil ich ja nur am Wochenende zu Hause bin." „Man, hast du es gut. Du hast nicht nur eine Sozialpädagogin, die sich deinen Zeiten anpasst, sondern auch deinen persönlichen Chauffeur." Neidisch sah Luna zu meinem Fahrer, der geduldig im Wagen auf mich wartete. Und ich schenkte ihm ein Lächeln, für diese freundliche Geste. „Luna, es war wirklich schön mit dir, aber ich muss jetzt wirklich los." Sie nahm mich wieder in ihre Arme. „Okay, dann wünsche ich dir ein schönes Wochenende." „Danke, das wünsche ich dir auch", antwortete ich und ließ sie los.

Fabian erwartete mich bereits mit seinem strahlenden Lächeln. Er stand auf dem Hof und hielt mit uns Schritt, bis mein Chauffeur den Wagen auf dem nächsten leeren Parkplatz eingepackt hatte. „Hey!" Meiner Begrüßung folgte ein Kuss. Dann löste ich mich wieder von ihm und sah ihn erwartungsvoll an. „Also, was verschafft mir das Vergnügen, dass du hier mitten in der Kälte stehst und auf mich wartest?" „Wieso? Darf ich nicht hier draußen stehen und erwartungsvoll auf die Rückkehr meiner Freundin warten?" „Fabian, wir sind zwar schon ein sehr kitschiges Paar, aber so kitschig sind wir dann doch noch nicht. „Er schenkte mir ein erneutes Lächeln. Meine Worte hatten ihn also nicht verletzt, wie ich befürchtet hatte. Im Gegenteil, es schien ihn sogar zu amüsieren. „Du hast Recht, es gibt einen Grund warum ich ausgerechnet hier auf dich warte." „Und der wäre", hakte ich nach, sowohl neugierig, als auch ein klein wenig misstrauisch. „Wir haben gleich noch einen Termin bei unserer Psychologin", fuhr er behutsam fort. Meine bis eben noch gute Laune zerbrach wie eine Seifenblase. Diese Anordnung konnte nur von Mr. Darkhoff stammen und ich fragte mich zum wiederholten Mal, warum er es einfach nicht schaffte, mir solch wichtige Informationen zukommen zu lassen.

Warum erfuhr ich immer so kurz davor, dass irgendetwas mit mir geplant war? Und warum musste ich so etwas immer von jemand anderem erfahren?

Ich fragte mich dies immer wieder, während Fabian und ich zu dem gesicherten Wohntrakt herübergingen, in dem die Vampire lebten, die ihren Durst noch nicht unter Kontrolle hatten. Aber auf keine meiner unausgesprochenen Fragen fand ich eine Antwort. Bevor wir das Gebäude betraten, sah ich ängstlich zu dem Fenster hoch, an dem ich Carly zum ersten Mal gesehen hatte. „Hallo Vanessa, schön zu sehen, dass es dir wieder gut geht", begrüßte mich der Wachmann, der hinter seinem Schreibtisch saß. Ich war verwirrt. Ich kannte diesen breitschultrigen Vampir nicht einmal. „Woher kennen Sie meine Freundin", erkundigte sich Fabian, der genauso verwirrt war wie ich. Er wusste also auch nicht, woher mich dieser Mann kannte. „Ach entschuldige, ich habe völlig vergessen, dass ich für dich bei unserem letzten Treffen, wenn überhaupt nur ein schwarzer Fleck gewesen sein muss." Er sah mich entschuldigend an und stand dann auf. Aber als ich den Kopf schüttelte, weil er nur aufgestanden war, um mir die Hand zu geben, setzte er sich wieder hin. „Ich bin Daron. Ich habe dich damals vor Carly gerettet und dich in Sicherheit gebracht." „Danke", erwiderte ich. Obwohl ich ihm gerade zum ersten Mal begegnet war, war er mir sofort sympathisch. Aber trotzdem würde ich ihn, wie alle anderen auch, erst Mal auf Abstand halten. Wie alle Sicherheitsbeamten, die ich bis jetzt gesehen und auch persönlich kennengelernt hatte, trug Daron dieselbe Uniform. Er trug ein schwarzes Jackett, eine schwarze Hose und dazu schwarze, polierte Lederschuhe. „Ich sag dann mal Maria Bescheid, dass ihr da seid." Er griff zum Telefon und wählte eine Nummer. Nach dem er ein kurzes Gespräch mit ihr geführt hatte, legte er wieder auf. „Also sie ist noch in einer Sitzung, aber sie sagt, dass sie in ungefähr 10 Minuten fertig ist." Fabian bedankte sich und führte mich zu einer Ecke und wir ließen uns auf dem Boden nieder, da es keine Stühle gab, auf denen wir uns hätten setzen können. „Möchtest du gleich noch etwas essen?" „Nein, ich habe bereits bei Luna gegessen." „Oh, was gab´s denn?" „Chinesisch." Seine Augen begannen zu leuchten. „Wenn du gerne chinesisch isst, dann könnten wir doch in ein chinesisches Restaurant gehen?" „Ja, das wäre schön", flüsterte ich und legte mein Kopf auf seine Schulter. Zu Weihnachten hatte ich von Fabian einen Gutschein für ein Essen in einem Restaurant meiner Wahl bekommen. „Was hast du heute gemacht, während ich bei Luna war?" „Ich war mit den andern auf dem Brocken. Du musst uns unbedingt mal begleiten." „Wenn da mal nicht so viele Menschen sind, vielleicht. Aber ich muss zugeben, dass mich der Brocken jetzt nicht unbedingt reizt." Fabian lächelte: „Wir hätten auch nicht vorgehabt, mit dir das normale Touristenprogramm durchzuziehen." Ich stutzte und überlegte, was Fabian wohl damit gemeint haben könnte. „Und wie war euer Tag", fragte Fabian, nachdem eine kurze Stille zwischen uns geherrscht hatte. Ich berichtete ihm von meinem gemeinsamen Tag mit Luna und er hörte mir interessiert und aufmerksam zu. Es vergingen zwanzig Minuten, bis sich schließlich die Glastür zur Seite schob und Maria zum Vorschein kam.

„Tut mir leid für die Verspätung, aber es gab da leider einige Komplikationen. Ähm, ich schlage vor, dass wir am besten rüber ins Hauptgebäude gehen. Daron, könnten wir vielleicht dein Büro benutzen?" „Klar und bedient euch ruhig dort." Er warf ihr einen Schlüssel zu, an dem ein kleiner, silberner Teddy hing, den Maria mit Leichtigkeit auffing.

Das Büro von Daron lag im zweiten Stock. Es war gemütlich eingerichtet. An einer Wand standen ein Sofa und daneben die dazugehörigen Sessel. Hinter dem riesigen Fenster stand ein großer Schreibtisch, auf dem ein Computer stand. Auf der linken Seite des Zimmers befand sich ein Wandschrank, mit einem integrierten kleinen Kühlschrank. „Ich habe in den Nachrichten von dem erneuten Vorfall gehört. Willst du darüber reden", erkundigte sich Maria, nachdem Fabian und ich nebeneinander auf dem Sofa saßen und sie selbst in einem der Sessel Platz genommen hatte. „Nein." Sie nickte nur, dann fuhr sie fort: „Ich hörte auch, dass du schlimme Alpträume hast und deswegen viel Cola trinkst, damit du nicht schlafen musst, ist das richtig?" „Ja, aber woher wissen Sie das?" Fabian räusperte sich. „Von mir. Ich bin nach der Schule zu ihr gegangen. Es tut mir so leid, dass ich dir das nicht gesagt habe, aber ich konnte ja nicht wissen, dass sie dir noch heute ein Termin geben würde." Er legte seine Hand auf meine Wange und mit der anderen hielt er meine Hand fest. „Es tut mir wirklich ehrlich leid, aber ich mache mir solche Sorgen um dich. Das tun wir alle, weil du uns so viel bedeutest. Aber das ist keine

Entschuldigung." Wäre es jemand anderes gewesen, hätte ich seine Tat und seine dazugehörige Entschuldigung nicht angenommen, sondern hätte mich von meiner Wut leiten lassen. Aber Fabian war nicht irgendjemand, er war mein Freund. Von Anfang an, seit meinem Einzug in die Gemeinschaft, war er für mich da gewesen. Er hatte mich nie verurteilt, egal wie krass oder unfair sich meine Gedanken, meine Denkweise anderen gegenüber auch anhörten. Und auch, als ich die Suizidversuche gestartet hatte, hatte er sich für mich eingesetzt und war für mich da gewesen. Ich spürte, wie die Wut in mir hochkochen wollte, aber ich unterdrückte sie. Diese Wut hatte kein Recht, sich gegen Fabian zu richten. Ich küsste Fabians Hand, die meine noch immer festhielt. „Schon gut, schick mir nur das nächste Mal vorher eine SMS. Dafür gibt es nämlich dieses Gerät Namens Handy." Fabian wirkte erleichtert und lächelte: „Vielleicht sollte ich darüber nachdenken, mir auch so ein Gerät anzuschaffen.", scherzte er. Ich erwiderte sein Lächeln: „Ja, dass solltest du." „Vanessa?", unterbrach uns Maria und ich zuckte kurz zusammen und löste mich gleichzeitig von Fabian. Für einen Moment hatte ich meine Umgebung völlig vergessen und auch, dass wir ja nicht alleine waren. „Ja", fragte ich leise und spürte wie die Hitze durch meine Wangen schoss. Und ich war froh, als keiner der beiden darauf einging. „Möchtest du denn schlafen?" „Ja, mehr als alles andere", antwortete ich und gähnte, als hätte mein Körper nur auf diese eine Frage gewartet. „Aber ich will keine Medikamente nehmen." „Wie kommst du darauf, dass ich dir Medikamente verschreiben würde", entgegnete Maria überrascht. „Naja, weil alle meine damaligen Psychologen mir ein Medikament aufschwatzen wollten, nachdem ich ihnen gestanden habe, dass ich nicht schlafen könnte oder Angst davor hätte." „Also hattest du damals schon Schlafprobleme gehabt", hakte Maria nach. „Ja." „Und wie wurde das damals gelöst?" „Gar nicht. Entweder habe ich wie jetzt auch immer Cola getrunken oder ich habe gewartet bis ich aus Erschöpfung einschlief." „Das muss sehr anstrengend sein", erwiderte Maria mitfühlend. „Das ist es auch", gab ich zu und gähnte erneut.

„Ich kann dir helfen, wenn du willst. Und dir etwas geben, das kein Medikament ist und doch ist es das perfekte Schlafmittel." Während Maria das sagte, holte sie etwas aus ihrer Tasche, die ich überhaupt nicht an ihr registriert hatte und überreichte mir eine DVD. „Eine Dokumentation über den Regenwald", fragte ich und sah noch immer völlig verdutzt auf den Titel. „Ja. Das Experiment, das wir mal gemacht haben, hat ergeben, dass dies eine perfekte Methode ist, um jemanden zum Einschlafen zu kriegen." Mich hätte zwar interessiert, was genau Maria damit gemeint hatte und worum es in diesem Experiment genauer gegangen war, aber zu mehr war ich an diesen Tag nicht aufnahmefähig gewesen.

Kapitel 20

Maria hatte recht gehabt. Die Dokumentation war so langweilig gewesen, dass ich bereits nach der ersten halben Stunde friedlich eingeschlafen war. Normalerweise hatte ich selbst am Wochenende nie lange schlafen können, obwohl mein Körper noch so erschöpft von der vorherigen Woche war. Doch dieses Mal war es anders. Dieses Mal schlief ich so gut und so tief, dass ich nicht einmal mitbekam, wie Fabian mich am nächsten Morgen ins Auto trug und mich in Delmenhorst in mein eigenes Bett brachte.

Es regnete den ganzen Tag und ich war froh, dass es aufhörte, als Fabian und ich uns auf den Weg in die Stadt machten, wo ich mich in einem Café mit Sabine treffen sollte. „Bist du sicher, dass ich nicht mit dir zusammen warten soll?" „Ja, diese fünf Minuten schaffe ich auch alleine." Fabian musterte mich beunruhigt. Es waren noch fünf Minuten, bis zu dem eigentlichen Treffen. Und dass ich vor hatte, diese Zeit alleine auf Sabine zu warten, bereitete ihm Sorgen, weil er bereits damit rechnete, dass sie sich auch heute wieder, also eigentlich wie immer, verspäten würde. „Bist du wirklich sicher", fragte er erneut. „Ja, das bin ich", entgegnete ich ruhig und strich mit meinen Fingern über seine Wange. „Ich habe nur Angst, wenn ich dich jetzt alleine lasse und es doch länger dauert und du die Nerven verlierst, dass du dir dann etwas antust." „Wenn ich merke, dass ich die Nerven verliere, dann werde ich dich anrufen. Du hast ja jetzt so ein Teil, womit ich dich jederzeit erreichen kann." Fabian lächelte nicht, wie ich es erwartet hatte, sondern blieb ernst. „Versprich es." „Ich verspreche es." Er sah mir lange in die Augen, ehe er mich küsste und schließlich verschwand.

Nervös sah ich auf die Uhr. Je länger ich auf Sabine wartete, desto nervöser wurde ich.

Fabian hatte Recht. Wie konnte ich nur so dumm sein und glauben, dass Sabine auch mal pünktlich sein würde. Das tat sie nie, also was hatte mich glauben lassen, dass es heute mal anders sein würde? Wie konnte ich nur so dumm sein und glauben, dass ich es schaffen würde, auch alleine auf sie zu warten? Wie konnte ich nur so dumm sein?

Ich wollte gerade aufstehen, um das Café wieder zu verlassen, als Sabine es betrat. „Möchtest du auch einen Kakao", fragte Sabine, als wir uns begrüßt und sie mir den Grund für ihr heutiges Zuspätkommen genannt hatte. Der heutige Grund für ihr Zuspätkommen war ihre Nichte, die mit dem Fahrrad zu einer Freundin wollte, aber unterwegs einen Platten gehabt hatte. Ihre Nichte hatte sie dann angerufen und sie darum gebeten, sich und ihr Fahrrad mit dem Auto abzuholen. „Nein danke", erwiderte ich freundlich. „Dann nicht", murmelte sie leise vor sich hin und ging zu dem Verkaufstresen, um sich einen Kakao zum Mitnehmen zu bestellen.

„Wieso willst du eigentlich nie einen Kakao mit mir trinken?"
„Weil mir nie danach ist, wenn sie einen trinken wollen", versuchte ich ihr zu erklären, als wir gemeinsam durch die Stadt gingen. Und ich wurde das Gefühl nicht los, dass hier irgendwo eine Gefahr auf mich lauerte. Automatisch ließ ich meine Sinne wandern. Ich suchte nach einer Gestalt, einem Gegenstand, einem Geräusch, vielleicht auch nach einem Geruch. Doch da war nichts. Und dann geschah es. „Vanessa!" Ich kannte die Stimme nicht, die in einem scharfen Ton nach mir rief und doch glaubte ich sie unbewusst zu kennen. Als die junge Frau plötzlich wie aus dem nichts vor mir aufgetaucht war und wie beim letzten Mal, als ich sie zum ersten Mal gesehen hatte, sah sie auch jetzt wieder aus, als wäre sie gerade einem Horrorfilm entsprungen. Ihr dunkles, rotes Haar war völlig zerzaust und an manchen Stellen sogar verknotet. Sie trug ein dunkles, graues Kleid, das total zerrissen

war. Außer dem Kleid, trug sie kein weiteres Kleidungsstück, denn ihre Füße waren nackt.

Doch das schien ihr nichts auszumachen. „Va…Va….", hörte ich Sabines ängstliche Stimme hinter mir. Mein Instinkt sagte mir: *„Dreh dich nicht um, lauf weg!"*

Doch ich drehte mich um und erstarrte. Der Lauf einer Waffe zielte genau auf Sabines panisches Herz, das wie wild in ihrer Brust pochte. Mit einem breiten Lächeln, stellte sich Vicky an die Seite des Mannes, den ich nur allzu gut kannte und von dem ich gehofft hatte, ihn nie wiederzusehen. Es war derjenige, der Enrico angeschossen hatte. Diese auffallenden buschigen Augenbrauen und seine kalten blauen Augen, sowie seine markante Kappe, die er trug, konnte ich einfach nicht vergessen. Wenn ich nicht durch die gestohlene Polizeijacke, die er trug, bewegungsunfähig gewesen wäre, hätte ich in Bruchteilen von Sekunden Sabine aus der Schusslinie bringen können. Aber ich war wie gelähmt. Mir blieb nichts anderes übrig als dazustehen, und den unvermeidlichen Dingen ihren Lauf zu lassen. Ich wusste, dass er die Jacke gestohlen hatte, weil sein Geruch und der, der von der Jacke ausging, nicht übereinstimmten. „Wie ich sehe, hat Fabian deine Wunden geheilt", sagte Vicky und sie trat wieder an mich heran. Ich zuckte zusammen, als ihr kalter Finger über die Stelle an meiner Stirn fuhr, an dem sich einst der Verband befunden hatte. In meinem Kopf setzten sich die Teile wie ein Puzzle zu einem fertigen Bild zusammen. Die ganze Zeit über hatte ich mich schon gefragt, warum die beiden Jugendlichen so dumm sein sollten und einen Gully in die Luft sprengen?

Doch jetzt ergab das alles einen Sinn. „Du warst das, oder? Du hast die beiden Jungs manipuliert und ihnen gesagt, dass sie den nächstgelegenen Gully in meiner Nähe sprengen sollen." Sie lächelte und nickte anerkennend. „Ja, das war ich." „Aber wieso", fragte ich und meine Stimme zitterte dabei. „Zum einen, weil ich dich loswerden wollte. Aber auch, weil ich wissen wollte, was du und dein Nachbar für eine Beziehung habt. Du hasst Polizisten und trotzdem rettest du einem das Leben, wieso? Du hättest deinen Nachbarn genauso gut sterben lassen können." Ihre Stimme wurde noch süßer, was sie noch bedrohlicher werden ließ. „Und ich hätte es auch fast herausbekommen, aber dann kamen deine Freunde und ich musste verschwinden, weil sie mich sonst entdeckt hätten." Ich musste keine Gedankenleserin sein, um zu wissen, dass Sabine überrascht war. Sie hatte von Anfang an gewusst, dass nur ein Vampir Enrico gerettet haben konnte, aber auf mich war sie nie gekommen, weil das Profil aus logischer Sicht nicht zu mir passte. „Du willst mich loswerden. Dann töte mich. Hier und jetzt." Vicky ließ ihren kalten Finger über meine Ader fahren. „Ich werde dich töten, vielleicht. Aber im Moment sehe ich es noch als eine Verschwendung an, etwas so unwiderstehliches wie dich zu töten und damit auch zu vergeuden." Sie atmete meinen Geruch tief ein, ehe sie fortfuhr. „Jetzt verstehe ich, warum Fabian seine Zähne nicht von dir lassen konnte. Du riechst einfach köstlich."

Es dauerte eine Weile, bis ich begriff, was Vicky damit meinte. Sie mochte mich zwar beobachtet haben, was auch der Grund war, warum sie so viel über mich wusste und auch, was meine Schwächen waren. Aber sie hatte mich nie lange oder aufmerksam genug beobachtet, um zu wissen, dass ich ebenfalls zur Hälfte Vampir war. Und den wahren Grund, warum Fabian mich so oft gebissen hatte, würde ich ihr bestimmt nicht nennen. „Und was machen wir jetzt mit den Zeugen", unterbrach uns die Kappe. Er ließ uns nicht aus den Augen, während er aus dem Augenwinkel einen kurzen Blick auf die Menschen warf, die in einem großen Abstand zu uns beieinanderstanden und genau wie wir auch, starr vor Angst waren. Ich hatte sie und meine Umgebung total vergessen. Ich hatte vergessen, dass wir uns unter Menschen, mitten in der Stadt befanden. Die Leute, die eigentlich nur vorgehabt hatten Besorgungen zu erledigen oder einfach nur, um sich eine schöne Zeit zu machen. Stattdessen waren sie Zeuge geworden, wie eine Frau und ein Mädchen bedroht und höchstwahrscheinlich auch entführt wurden. „Nichts", antwortete Vicky mit ihrer zuckersüßen Stimme, die gleichzeitig eiskalt klang. „Aber sie werden die Polizei informieren, sobald wir sie gehenlassen und verschwinden." „Sollen sie doch. Die Polizei wird uns sowieso nicht finden." Sie fuhr ein letztes Mal über meine Ader, ließ mich wieder los und machte zwei Schritte zurück. „Ich will aber nicht wieder im Knast landen", brüllte die Kappe, als hätte er ihre letzten Worte nicht gehört. „Dann darfst du dich erwischen lassen, Eddy." Seine Augen funkelten vor Wut, kaum dass Vicky ihn bei seinem richtigen Namen genannt hatte. In den Medien und auch bei der Polizei, war er nur unter dem Namen „die Kappe" bekannt, weil er bei allen seinen Taten, ein dunkles Poloshirt und seine dunkle, skurrile Mütze getragen hatte. „Nenn mich nicht so", zischte er und seine Stimme klang dabei noch bedrohlicher als Vickys. „Aber genau das habe ich gerade getan", erwiderte sie provokant. „Also finde dich damit ab, wenn du unter meinem Schutz bleiben willst." Ich sah ihm an, dass es ihm ziemlich gegen den Strich ging, dass er Befehle von einer Frau annehmen musste, die auch noch um zwei Jahrzehnte jünger war als er. *Zumindest macht sie äußerlich den Eindruck.*

Er schien aber keine andere Alternative zu haben, wenn er nicht wieder im Knast landen wollte. Bevor ich überhaupt begreifen konnte, was Vicky vorhatte, war es auch schon zu spät. Sie schlang ihren Arm um meinen Körper. Mit ihrer anderen freien Hand, drückte sie mir ein Tuch auf Nase und Mund. Der extreme Geruch nockte mich komplett aus. Aus der Ferne hörte ich, wie Sabine nach mir schrie und dann war noch ein Ruck, der von meinem Hals ausging, den ich aber schon fast gar nicht mehr wahrnahm.

Ich wusste nicht, wie lange ich schon ihre Gefangene war, denn ich hatte jegliches Zeitgefühl verloren. Ich hatte das Gefühl, als würde ein Feuer in mir brennen, so sehr schmerzte es.

Das Gefühl von Gift hatte den Platz meines Blutes eingenommen und strömte nun durch meine Adern. Das unsichtbare Messer stach in meiner Brust und in einem regelmäßigen Abstand stach es auch in meinem Herzen. Die unsichtbare Hand, hatte sich wie eine Schlange um meine Kehle gelegt und drückte unerbittlich zu, so dass ich hin und wieder nach Luft ringen musste. Mit dem Wissen, dass mich Vicky damit einer unerträglichen Folter aussetzte, hatte sie mich bei meiner Entführung und noch während ich bewusstlos war, auf eine Trage geschnallt und in diesen kargen Raum gesperrt. Am liebsten hätte ich geschrien, doch ich blieb still. Denn die Genugtuung meiner gequälten Schreie konnte und wollte ich ihr einfach nicht geben. Selbst wenn ich mich dazu überwinden konnte, die Schnalle auf meinem Bauch zu berühren und zu öffnen, würde es mich doch nicht sehr viel bringen.

Es ist schwer zu erklären, wenn ich etwas berührte, was meinen Feinden gehörte, dann breitete sich in mir ein unerträgliches Gefühl aus.

Die Schmerzen würden zwar ihre Quelle verlieren, so dass keine neuen nachkommen würden. Zumindest nicht so stark wie jetzt, aber ein Entkommen aus diesem Raum würde es trotzdem nicht geben. Die Fenster waren alle vergittert und die einzige Tür, die zu meinem Gefängnis führte, war verschlossen.

Je öfter ich aus meiner Bewusstlosigkeit erwachte, in die mich der qualvolle Schmerz riss, desto mehr erfuhr ich über Vicky. Ich erfuhr, dass sie seit dem 18. Jahrhundert, in dem sie Fabian getötet hatte, um ihn zum Vampir zu machen, bis heute hinter Schloss und Riegel gesessen hatte. „Fabian liebt mich. Deshalb hat er mich damals abholen und einweisen lassen, damit mir geholfen wird", sagte sie, während sie wie so oft geistesabwesend über meine Adern strich. Ich hatte mich nicht getraut ihr zu sagen, dass Fabian es nicht aus Liebe zu ihr getan hatte, sondern mehr aus Angst vor ihr. Ich wusste ja bereits, dass Vicky einen gewaltigen Sprung in der Schüssel hatte, weshalb ich sie auch in ihrem Glauben ließ. Aber es wunderte mich auch nicht, dass sie nach all der Zeit, in der sie eingesperrt gewesen war, komplett dem Wahnsinn verfallen war.

Vor meinem Klinikaufenthalt hatte ich selbst auch das Gefühl gehabt hin und wieder wahnsinnig zu werden. Acht Monate lang hatte ich so gut wie nie das Haus verlassen. Nur für die Schule, zu Luna oder zum Einzukaufen hatte ich mal das Haus verlassen und es war mir aber auch nur mit einer Begleitperson möglich gewesen. Nicht nur mir, sondern auch meinen Eltern war damals aufgefallen, dass ich mich verändert hatte und das machte ihnen Angst. An manchen Tagen, war ich noch viel depressiver gewesen und manchmal wurde ich sogar leicht aggressiv. Wenn ich irgendwo eine Sirene oder auch nur das Wort Krankenwagen, sowie Polizei hörte, dann konnte es passieren, dass ich so aggressiv wurde, dass ich eine Drohung aussprach. Diejenigen, die mich kannten wussten, dass dies für mich ziemlich erschreckend und ungewöhnlich war. „Ich war auch mal in einer Psychiatrie gewesen", erklärte ich.

Nach all der Zeit, in der ich kein Wort mehr gesprochen hatte, war meine Stimme brüchig geworden. Vicky hob ihren Kopf und zog ihre Zähne aus meinem Arm, an dem sie gerade ihre Gier befriedigte. Es war auch das erste Mal seit der Entführung, dass ich wieder ein Wort mit ihr sprach. „Ich weiß", antwortete sie und musterte mich mit ihren lilanen Vampieraugen. Selbst vor den Menschen hatte sie ihre natürliche Augenfarbe behalten, wobei jeder glaubte, dass es sich dabei um Kontaktlinsen handelte. „Aber du hast ja keine Ahnung, wie es ist in einer Anstalt zu sein, in der sowohl Vampire als auch Menschen arbeiten. Die Vampire brachten mir Nahrung. Aber die menschlichen Mitarbeiter kamen Tag für Tag zur meiner Zelle und begafften mich stundenlang, wie ein Tier in einem Zoo und machten sich Notizen. Aber mit dem Anbruch des einundzwanzigsten Jahrhunderts, veränderte sich ihre Neugier. Die Menschen fingen an, mir Fragen über mein Verhalten als Vampir zu stellen." Vicky lachte spöttisch, als sie mit ihren Erzählungen fortfuhr. „Sie haben sogar geglaubt, dass mich ihre Meditation und Yoga-DVD's verändern würden." Noch während sie sich darüber lustig machte, versuchte ich mir vorzustellen, wie es für Vicky über die Jahrhunderte gewesen sein musste. Aber allein bei dem bloßen Versuch mir etwas vorzustellen, bekam ich Kopfschmerzen. Schon allein die wenigen Worte die ich gesprochen hatte, kosteten mir so viel Kraft, dass sich die Dunkelheit wieder über mich legen wollte. Und für einen kurzen Moment, fielen mir wieder die Augen zu. Unter großer Anstrengung versuchte ich sie wieder zu öffnen. Als es mir gelang und ich die Augen einen Spalt breit geöffnet hatte, stand Vicky bereits wieder an der Tür und wollte mich verlassen. „Warum nimmst du mir nicht einfach das ganze Blut ab? Dann bist du mich für immer los." Vicky hielt inne und drehte sich zu mir um. „Ich stehe nicht auf kaltes Blut, außerdem…." Mir fielen wieder die Augen zu und ich versank erneut in tiefster Dunkelheit.

Als ich dieses Mal zu mir kam, war ich allein. Der Schmerz in meinem Körper war betäubt. Aber auch wenn ich ihn nicht mehr spüren konnte, wusste ich, dass er immer noch da war. Für mich wirkte nichts mehr real, weil meine gesamte Wahrnehmungskraft geschwächt war. Aber das störte mich nicht mehr, denn als ich spürte, dass ich wieder das Bewusstsein verlor, wusste ich auch, dass es ein weiteres Erwachen für mich nicht geben würde.

Kapitel 21

Eine Woche lag Vanessas Entführung schon zurück. Heute begann bereits die Zweite und Fabians gestörte Ex hatte sich noch immer nicht gemeldet. Es gab weder eine Forderung noch eine Spur. Kaum das Jessica und ich von Vanessas Entführung gehört hatten, hatten wir uns sofort auf dem Heimweg gemacht und auch sofort mit der Suche begonnen. Wir hatten in der Innenstadt angefangen, aber die Fährte von Vanessa und ihren Entführern verlor sich bereits auf dem Parkplatz, wo sie in ein Fahrzeug gestiegen sein mussten. Die gestohlene Polizeijacke, die bei der Entführung eine wichtige Rolle gespielt hatte und von der uns Sabine nach ihrer Zeugenaussage, die sie bei der Polizei machen musste, erzählt hatte, fanden wir verkohlt in einem der Mülleimer. Seit dem schrecklichen Vorfall, bei dem Sabine Zeuge gewesen war, verbrachte sie ihre Zeit ausschließlich beim Psychologen. Als wir die Polizeijacke fanden, sah sie dermaßen verbrannt aus, dass man gerade noch so erkennen konnte, um was es sich für eine Jacke handelte. Als ich die Jacke sah, hatte ich sofort mein Handy gezückt und gleich davon ein Foto gemacht. Das Foto war nicht nur das ideale Cover für eine meiner nächsten Geburtstags- oder Weihnachtskarten, sondern auch mein neuestes Hintergrundbild fürs Handy und meinen Computer.

Maya sah verwirrt von ihrem Ball zu mir auf. Naja, zumindest war es früher mal ein Ball gewesen, bevor sie ihn halb auseinandergenommen hatte. Jessica und ich standen vor Enricos Haus. Seit Vanessas Verschwinden verbrachten wir sehr viel Zeit vor dem Haus, weil Fabian und Claire jeden Tag hierherkamen. Ich hatte mich geweigert, das Haus zu betreten. Niemals würde ich es betreten oder mich auch nur freiwillig in Enricos Gegenwart aufhalten. Aber das brauchte ich zum Glück auch nicht. Denn ich bekam auch von hier draußen alles mit.

Und wenn ich mich speziell auf sein Haus konzentrierte, konnte ich sogar den Herzschlag von jedem einzelnen hören. „Hast du gerade das Bild von der verkohlten Polizeijacke vor Augen", fragte Jessica und lächelte ebenfalls über diese Erinnerung. „Ja.", erklärte ich und mein Grinsen wurde noch breiter. „Und ich habe eben schon gedacht, ich hätte im Haus etwas Witziges verpasst." Jessica wandte ihren Blick wieder von mir ab und wir konzentrierten uns wieder auf das, was in dem Haus vor sich ging. „Gibt es denn wirklich keine Möglichkeit, wo wir noch nach Vanessa suchen könnten?", hörten wir Enrico aus dem Wohnzimmer fragen.

Mein ganzer Körper spannte sich an. Für mich war seine Stimme das unangenehmste, was ich je gehört hatte. Ich spürte, wie in mir das Bedürfnis wuchs in das Haus zu stürmen, um ihn zu töten. Oder zumindest ihn K.O. zu schlagen, damit er endlich wieder die Klappe hielt. Jessica umklammerte blitzschnell mein Handgelenk, als sie bemerkte, wie sich meine Körperhaltung veränderte. Gleichzeitig wusste sie aber auch zu welchem Entschluss ich kommen würde. „Nina, warte. Du weißt, dass ich dein Vorhaben unterstützen würde. Aber solange wir nicht wissen, ob die Verbindung zwischen den beiden noch besteht, sollten wir ihn in Ruhe lassen." Ich seufzte. Jessica hatte ja Recht. Solange wir uns nicht sicher waren, ob die Verbindung zwischen Enrico und Vanessa noch bestand und sie somit auch noch am Leben war, wäre es für mich zwar ziemlich spaßig, ihm Schmerz zuzufügen, aber auch gleichzeitig ziemlich unklug. Ich konnte ihm zwar etwas antun, ohne dabei ein schlechtes Gewissen zu haben, weil mir persönlich keine Verbindung im Weg stand, aber weil Vanessa mit ihm verbunden war und sie ihn vor allem und jeden und somit auch vor mir beschützen würde, würde auch unsere Freundschaft dadurch leiden. Und die wollte ich dafür nicht auf Spiel setzen. Auch wenn er es verdient hätte, nach alldem, was er seinesgleichen mir angetan hatte.

Bei der Hetzjagd vor meinem Tod, hatten sie es irgendwann geschafft, uns einzukreisen. Jessica hatte alles getan, um mich zu beschützen, aber als ihr Durst zu groß geworden war und sie irgendwo in der Nähe Blut gewittert hatte, konnte sie den Drang nicht mehr länger unterdrücken. Und kaum das Jessica mich verlassen hatte, verriet mich Joe. Ich schüttelte die grauenhaften Erinnerungen ab und wartete gespannt auf Fabians Antwort zu Enricos Frage. „Nein. Theoretisch könnte Vanessa mittlerweile sogar in einem ganz anderen Land sein", antwortete er bedrückt. „Das ist doch verrückt und vor allem unlogisch. Die Entführer können doch niemals in so kurzer Zeit und dann auch noch unbemerkt, in ein anderes Land einreisen.", entgegnete eine Frauenstimme von der ich annahm, dass es sich dabei um Enricos Ehefrau Christina handelte. „Vicky ist wahnsinnig und irre. Außerdem hat sie einem Schwerverbrecher zur Flucht aus einem Gefängnis verholfen. Also ist es leider durchaus möglich", erwiderte Fabian. Aus der Küche hörten wir, wie Claire ihr Telefonat beendete, sich von einem Stuhl erhob und mit schnellen Schritten zurück ins Wohnzimmer lief. „Ich habe gerade mit meiner Schwester telefoniert, weil mir ein Gedanke gekommen ist. Und sie hat mir bestätigt, dass dies eine Möglichkeit sei, wie wir Vanessa finden könnten", erklärte sie und wir alle schöpften Hoffnung. „Wie", erkundigte sich Fabian mit hoffnungsfroher Stimme. „In dem wir das benutzen." Auf Clairs Antwort hin schnappten alle überrascht nach Luft. Und ich fragte mich, was es wohl sein mochte, dass alle so dermaßen überrascht waren. Als ich Jessica einen fragenden Blick zu warf, stellte ich fest, dass sie sich dieselbe Frage stellte. „Wir sollten es draußen versuchen, damit Nina und Jessica dabei sein können", schlug Fabian den anderen vor.

„Schön, dass wenigstens einer an uns denkt." „Ja, ein Hoch auf den Gentleman", stimmte ich Jessica zu. „Wieso stehen die beiden eigentlich da draußen? Sie können doch hereinkommen", wollte Christina wissen. Für Veronika und Christina waren wir

Freaks. Freaks, die Tag für Tag für einige Stunden bei Wind und Wetter vor ihrem Haus standen und darauf warteten, dass die Mutter der Entführten und der Freund wieder herauskamen. Die beiden wussten zwar, dass ihre Nachbarn Meerjungfrauen waren, aber sie wussten nicht, dass auch Vampire existieren, die sich sowohl in, als auch vor ihrem Haus befanden. „Jessica leidet unter einer schweren Platzangst und weil Nina so eine gute Freundin ist, warteten sie immer zusammen draußen." „Platzangst, etwas Besseres ist ihm nicht eingefallen", wiederholte Jessica und knurrte.

Claire war die Erste, die durch die Haustür trat. Danach folgten ihr Fabian, Christina und Enrico. Es war das erste Mal, dass ich persönlich auf die beiden traf. Bisher kannte ich die beiden nur aus Vanessas Erzählungen und von der Stimme her. Aber jetzt standen die Beiden nur wenige Meter von mir entfernt. Enrico ließ sich erschöpft auf die Bank unter dem Küchenfenster fallen. Er und Vanessas Mutter hatten tiefe Augenringe. Claire hatte Augenringe, weil sie aus Angst um ihr entführtes Kind, keinen Schlaf mehr fand. Und Enrico, weil er so viel Zeit wie möglich auf dem Revier verbrachte und sich keine Pause gönnte. Neben der Unbekannten sorgte jetzt auch Vanessas Entführung für Schlagzeilen in den Medien. Die Polizei warnte davor, dass sowohl der Mann, bei dem es sich gleichzeitig auch um die Kappe handelte und die junge Frau, als sehr gefährlich galten und dass man deshalb sofort die Polizei alarmieren sollte, sobald man einen oder sogar beide gesehen hatte. Es war für uns alle nicht gerade leicht. Aber für Fabian und Claire war es am schlimmsten, wenn sie im Fernsehen die Nachrichten zeigten, und das Bild von Vanessa erschien, auf dem sie ein Sommerkleid trug und fröhlich in die Kamera lächelte.

„Und wie genau soll das jetzt funktionieren", fragte Enrico mit müder Stimme. „Indem du dich ganz auf Vanessa konzentrierst. Denn du bist der Einzige, der dazu in der Lage ist, meine Tochter zu finden", erklärte Claire und hielt dabei Vanessas weiße Kristallkette hoch. Sie war das einzige, was Fabians Ex von ihr zurückgelassen hatte. Entsetzt schnappte ich nach Luft, als sich begriff was Claire vorhatte. Jetzt verstand ich auch, warum vorhin im Haus alle so überrascht gewesen waren. Claire hatte vorhin schon einmal die Kette hochgehalten und jetzt sollte dieser Enrico Vanessas Kette in die Finger bekommen, damit er sie, wie auch immer das dann funktionieren soll, aufspüren konnte. Ich machte einen Schritt vor, damit ich Claire in einer schnellen, fließenden Bewegung die Kette aus der Hand nehmen konnte. Jessicas Hand schnellte hervor, und umklammerte erneut mein Handgelenk. „Mir gefällt es genauso wenig wie dir. Aber wir haben leider keine Wahl", erwiderte Jessica so leise, dass nur Fabian und ich ihre Worte verstehen konnten. „Nina, bitte. Das ist vielleicht die einzige Chance, die wir haben", fügte Fabian ebenso leise wie flehend hinzu. Ich knurrte widerstrebend. Enrico blickte auf und warf seinem Hund einen mahnenden Blick zu, da er glaubte, dass sie geknurrt hatte. Maya, die das nicht im Geringsten zu interessieren schien, tapste zu ihrem Frauchen und ließ sich genüsslich von Christina streicheln. „Und wieso kann nur ich Vanessa aufspüren", wollte Enrico wissen. „Weil ihr beide miteinander verbunden seid. Solange eure Verbindung besteht wird Vanessa ein Teil von dir sein. Genauso, wie du ein Teil von ihr bist." „Das hat sie nicht gerade wirklich gesagt, oder", murmelte ich leise. „Doch hat sie", antwortete Jessica mit zusammenpressten Zähnen. „Ist ja widerlich", entgegnete ich. Und musste mich unwillkürlich schütteln. „Was ist das für ein Schimmern", fragte Christina erschrocken, die neben ihrem Mann auf der Bank saß und auf die Kette schaute, die zu leuchten begann, kaum dass Enrico sie berührt hatte.

„Das ist das Licht des Vollmondes.", antwortete Claire mit einem müden Lächeln. „Das ist ein Scherz." „Nein Christina, dass ist kein Scherz. Sondern Magie", erwiderte Claire und ihr Lächeln wurden breiter. „Und wieso hat der Kristall dann bei dir nicht geleuchtet", hakte Christina noch immer völlig verwirrt nach. „Weil ich eine Neumondnixe bin." In Christinas Gesicht breitete sich ein übergroßes Fragezeichen aus. „Es gibt da Unterschiede?", fragte sie. „Ja, ein paar." „Und die wären", hakte sie erneut nach und ihre Augen leuchteten vor Neugier. „Schatz. So sehr mich diese Antwort auch interessiert...", unterbrach Enrico die beiden.

„Findest du nicht, dass wir das auf ein anderes Mal verschieben sollten?" „Ich glaube, ich muss brechen.", murmelte ich Jessica zu und sie schenkte mir ein bestätigendes Lächeln. Enrico schloss die Augen und ballte seine Hand vorsichtig zur Faust, in der sich Vanessas Kette befand. Das Licht in dem Kristall leuchtete jetzt so stark, dass das Licht durch seine Faust hindurch schien. „Was sehen Sie", erkundigte sich Fabian, nach dem eine Minute vergangen war. „Ich sehe Bäume, viele Bäume." „Also einen Wald", kommentierte ich dieses Mal so laut, dass auch die Anderen meine Worte verstehen konnten. Christina warf mir einen Blick zu, der mir wohl sagen sollte, ob mein Kommentar wohl unbedingt nötig sein musste. Und in Gedanken beantwortete ich ihre unausgesprochene Frage mit einem *„Ja."*

Die Alternative mit dem Angreifen hätte mir zwar besser gefallen, hätte mir aber auch viel mehr Ärger eingebracht. „Und ein vergittertes, altes Haus", fügte Enrico hinzu. Seine Miene verhärtete sich, und er verzog das Gesicht, als würde er gerade ein grausames Bild vor Augen haben. Seine Stimme war nur noch ein Flüstern, als er wieder zu sprechen begann: „Vanessa." „Was ist mit ihr? Geht es ihr gut", verlangte ihre Mutter sofort zu wissen. „Bei ihr ist eine junge Frau mit dunkelroten Haaren", fuhr Enrico fort, ohne auf Claires Frage einzugehen. Enrico erschauderte. „Die sieht aus, als wäre sie gerade einem Horrorfilm entsprungen." „Das ist Vicky, meine Ex", erklärte Fabian traurig. „Ja, aber was ist jetzt mit meiner Tochter?", drängte Claire erneut zu wissen. Das Licht in dem Kristall erlosch und Enrico öffnete betrübt die Augen. „Vanessa lag auf einem Tisch und es sah leider nicht danach aus, als ob es ihr gut ginge", gestand er ihr mit äußerster Vorsicht. Mit wackligen Beinen ließ sich Claire auf den steinernen Boden sinken und Tränen der Angst liefen ihr über die Wangen. Christina erhob sich von ihrem Platz, setzte sich zu ihr und zog sie mitfühlend an sich. „Sie haben doch gesagt, dass sie im Wald ein vergittertes, altes Haus gesehen haben", begann Fabian, aus dessen Stimme ich ein Hauch von Hoffnung heraushören konnte. „Ja, das habe ich. Kennst du das Haus", entgegnete Enrico und in seiner Stimme lag jetzt ebenfalls Hoffnung. Claire hatte aufgehört zu weinen und wischte sich mit dem Ärmel ihrer Jacke ihre Tränen fort und wartete gebannt auf Fabians Antwort. „Es kann sich dabei eigentlich nur um das Bad Harzburger Geisterhaus handeln." Fabian hielt kurz inne und in dem Moment bog Veronica um die Ecke, die gerade von der Schule kam. Sie blieb überrascht stehen, als sie unsere große Gruppe sah. „Ist das hier ein Empfangskomitee?" „Nein. Wir haben nur gerade herausgefunden wo meine Tochter ist", antwortete Claire mit noch immer brüchiger Stimme. Veronika runzelte die Stirn: „Hier draußen vor unserem Haus?" „Ich erkläre dir alles später", versprach Christina und stand auf, um ihre Tochter mit einer Umarmung zu begrüßen.

Nachdem die beiden sich voneinander gelöst hatten, ging Veronika zu ihrem Vater, um ihm ebenfalls mit einer Umarmung zu begrüßen. „Ich glaube, ich muss mich erneut übergeben", flüsterte ich Jessica zu, als ich dabei zusah, wie Veronika und ihr Polizistenvater sich in den Armen lagen. Jessica schenkte mir ein erneutes Lächeln wegen meiner Bemerkung und auch ich konnte mir ein Grinsen nicht verkneifen. Nachdem Veronika auch Claire und Fabian begrüßt hatte, wandte sich an uns. „Hi. Ich will ja nicht unhöflich erscheinen, aber müsst ihr beiden denn nicht mal zur Schule? Oder woandershin? Bei Fabian kenne ich den Grund. Der wurde ja aufgrund der Entführung von Vanessa, wegen zu hoher Belastung, freigestellt. Aber ihr?" „Wir sind mit der Schule fertig", erwiderte ich, ohne dabei eine Miene zu verziehen.

„Und du bist dir wirklich sicher, dass das Haus im Bad Harzburger Wald steht", fragte Jessica ruhig, als Veronika zusammen mit Maya, die ihr gehorsam gefolgt war, im Haus verschwunden war. „Ja, das bin", versicherte Fabian. „Es ist das einzige Waldhaus, das ich kenne, das vergittert ist." „Halt Stopp", rief Claire dazwischen und bat Fabian um Aufklärung. „Wieso heißt es eigentlich das Geisterhaus? Da gibt es doch nicht wirklich Geister, oder?" „Nein. Natürlich nicht. Das ist nur eine Masche, die die Einheimischen benutzen, um die Touristen bei ihren Wanderungen zu unterhalten und damit auch mehr Gäste anzulocken", erklärte Fabian mit einem Lächeln. Es war das erste Mal seit einer gefühlten Ewigkeit, dass ich ihn wieder lächeln sah. „Obwohl ich mir ziemlich sicher bin, dass es das Haus ist, werde ich es trotzdem noch einmal nachprüfen." „Ja, bitte", bat Claire Fabian und setzte sich auf den Platz neben Enrico, den Christina ihr angeboten hatte. Währenddessen zog Fabian sein Handy aus seiner Jackentasche, drückte eine Kurzwahltaste und hielt es sich ans Ohr. „Hallo Nazissa. Du sag mal, du warst doch schon in vielen Wäldern unterwegs. Dann kannst du mir auch bestimmt sagen, ob das Geisterhaus das einzige vergitterte Waldhaus ist, oder?" Eine Weile blieb Fabian ganz still und hörte Nazissa aufmerksam zu. „Ja, das vermuten wir", sagte er nur, als sie ihn fragte, ob wir Vanessa im Harz vermuteten. „Ja, das wäre nett. Ich danke dir, bis später." Als Fabian aufgelegt hatte, lehnte er sich erleichtert gegen den Gartenzaun. „Und", drängte Claire, die vor Ungeduld bald platzte. „Es ist das Geisterhaus", verkündete Fabian. Tränen, dieses Mal aus Hoffnung und der Erleichterung, rollten Vanessas Mutter über die Wangen.

Ein Auto bog in die Straße. Es war eine Polizeistreife, die wie jeden Tag um diese Uhrzeit vorbeischaute. Da es auch die Kappe gewesen war, die am Nikolausabend auf Enrico geschossen hatte, wurde zu seinem und zu dem Schutz seiner Familie, eine Polizei-streife angesetzt, die zu bestimmten Zeiten bei ihm zu Hause nach dem Rechten sehen sollte. Aufgrund des Wissens, dass eine Streife um diese Zeit auftauchte, waren Jessica und ich norma-lerweise schon immer verschwunden. Aber heute ging es leider nicht. Heute konnten wir nicht so einfach verschwinden, denn heute gab es eine Spur, die uns zu Vanessa führte. Von unserem Versteck aus, einem gegenüberliegenden Hausdach, beobachtete ich angespannt, gepaart mit einer Mischung aus Wut und Abnei-gung, wie das silberblaue Polizeiauto an der Seitenstraße zum Stehen kam, als unsere Gruppe die Straße entlanggelaufen kam. „Alles in Ordnung?", fragte der Polizist, der auf der Beifahrer-seite saß, nachdem er das Fenster heruntergelassen hatte. „Ja, Freunde von mir haben Vanessa in einer Waldhütte im Harz ent-deckt", erklärte Fabian, der diese Lüge mit so einer Glaubwür-digkeit herüberbrachte, dass sie keine Lücken aufwies. Dennoch warfen die beiden Enrico einen fragenden Blick zu, als bräuchten sie seine Bestätigung, für diesen ungewöhnlichen Fundort. En-rico nickte und der Polizist auf der Fahrerseite fuhr fort: „Ich gebe das gleich mal an unsere Kollegen im Harz weiter. Die wer-den sich dann um alles Weitere kümmern." Er streckte die Hand nach dem Funkgerät aus, während Fabian in Sekundenschnelle versuchte, sich eine neue Lüge auszudenken, um ihm zu erklären, dass seine Kollegen unbedingt auf Fabian und Enrico warten mussten.

„Wieso manipuliert er die beiden nicht einfach", fragte ich und versuchte zu verstehen, warum Fabian nicht die einfache und für uns übliche Methode nahm. „Was fragst du mich." Jessica seufzte. „Alles muss man selber machen." Sie rutschte bis zur Dachrinne runter, sprang ab und landete leichtfüßig auf dem har-ten Steinboden. Enrico und seine Frau zuckten erschrocken zu-sammen und er ging eilig einige Schritte auf Abstand, als Jessica plötzlich bei ihnen stand. Ich kicherte. Er hatte Angst vor ihr und das gefiel mir. Die beiden Polizisten fuhren ebenfalls erschrocken zusammen und schnappten nach Luft, als Jessica aus dem Nichts auftauchte und sich zu ihnen übers Fenster beugte. „Wer...", weiter kamen die beiden Männer nicht. Denn kaum, dass Jessica ihren Blick auf die beiden gerichtet hatte und sie ihren erwiderten, waren sie auch schon in ihrem Bann. „Ich werde euch sagen, was ihr beide jetzt machen werdet.", sagte sie mit ihrer honigsüßen Stimme, die sie immer dann annahm, wenn sie jemanden manipulierte. „Ihr werdet euren Kollegen sagen, dass Vanessa in einer Waldhütte im Harz gefunden wurde und dass sie unbedingt auf euren Kollegen Enrico und auf Vanessas Freund warten müssen, bevor sie das Haus stürmen, um Vanessa zu befreien." „Wieso", fragte der Polizist, der auf der Beifahrerseite saß. Jessica lächelte: „Das hat euch nicht zu interessieren." „Aber unsere Kollegen, werden sich niemals darauf einlassen.", gab der Mann zu bedenken, der am Steuer saß. „Doch, das werden sie. Aber auch nur, wenn ihr euch geschickt anstellt. Es sei denn ihr seid zu blöd dafür, dann muss ich mich selber darum kümmern und ich bin mir ziemlich sicher, dass ihr das nicht wollt." „Nein, wir kriegen das hin", beteuerten die beiden wie aus einem Mund. Jessicas Lippen umspielte ein Lächeln. „Gut. Ach und noch etwas, ich werde gleich gegen euren Auto treten, aber das wird euch egal sein, denn ihr werdet euch nicht daran erinnern, dass ich das war. Und wenn ihr später den Schaden findet, den ich angerichtet habe, wird euch einfallen, dass ihr gegen einen Stein geprallt seid. Und ihr habt mich hier auch nie gesehen, denn ich bin nie hier gewesen, habt ihr das verstanden?"

„Ja", erwiderten die beiden Männer erneut. Mit einem zufriedenen Lächeln trat Jessica vom Auto zurück und wandte sich an Fabian. „Siehst du, so macht man das." Sie grinste Fabian breit an und es wurde noch breiter, als sie dabei zusah, wie die beiden Polizisten, mit Schweißperlen auf der Stirn, verzweifelt versuchten eine plausible Erklärung zu finden, warum ihre Kollegen unbedingt auf Enrico und Fabian warten mussten. Noch während sie diskutierten, ging Jessica um das Auto herum, zum hinteren Teil des Wagens und trat mit ihrem Fuß mit voller Wucht dagegen. Ich lachte von meinem Versteck aus, über die riesige Delle, die Jessica am Wagen hinterließ. „Musste das Demolieren wirklich sein", fragte Fabian, als Jessica sich wieder neben ihm gesellte. „Ja, dass musste sein." „Und wieso?" „Erstens, weil ich es kann. Und zweitens, hatte ich gerade Lust zu." Ich lachte über ihre Argumentation und sah, wie Jessica breit in meine Richtung grinste. Joe hätte das Verhalten seiner Tochter nicht toleriert, aber Joe war nicht hier. Er war auf der Arbeit und von uns würde er das ganz bestimmt auch nicht erfahren.

Kapitel 22

Nach einer längeren Diskussion, willigten die Polizisten der Bad Harzburger Einsatzzentrale schließlich ein. Sie bestanden aber darauf, dass man Enrico einen Blaulicht- oder einen Streifenwagen zu Verfügung stellt, damit er schneller vor Ort sein konnte. Der Polizist, der auf der Beifahrerseite saß, hatte zusätzlich noch vorgeschlagen, dass man doch jeweils eine Straßenspur sperren könnte. Der Vorschlag wurde sofort angenommen und von den zuständigen Behörden in die Tat umgesetzt.

Bevor wir aufgebrochen waren, hatte Jessica auch Christina manipuliert. Sie war die ganze Zeit über anwesend gewesen und hatte mit weit aufgerissenen Augen mit angesehen, wie Jessica aus dem Nichts aufgetaucht und mit den beiden Polizisten umgegangen war. Jessica ließ sie das alles vergessen, was Enrico wiederum nicht ganz so gut gefiel. Aber was ihm passte und was nicht, war mir und Jessica egal. Während wir uns auf den Weg in den Harz machten, blieb Christina bei Veronika zu Hause. Im Schutz der Bäume und der Häuser, rannten wir neben dem Auto der Gemeinschaft her. Vanessas Fahrer war am Anfang der Woche zu uns gestoßen, um uns bei der Suche nach Vanessa zu unterstützen. Außerdem hatte Mr. Darkhoff ihn darum gebeten, dass er sich um Sabine, seine Cousine, kümmern sollte. Der Wagen raste mit 220 km/h über die gesperrten Straßen. Obwohl ich nicht mit in dem Wagen saß, konnte ich mir doch gut vorstellen, wie der Chauffeur breit in die Kamera grinste, sobald sie an einem Blitzer vorbeirasten und der ein Foto wegen zu hoher Geschwindigkeit schoss.

Kurz bevor wir den Wald erreichten, in der sich das Waldhaus befand und hoffentlich auch Vanessa, hielt der Chauffeur kurz an und entfernte das nervende Blaulicht, damit Fabians gestörte Ex nicht frühzeitig gewarnt und heimlich verduften konnte. Wir hatten eine gute Stunde gebraucht, als Vanessas Fahrer den Wagen am Rande eines Waldweges parkte. Von hier aus konnte man das Waldhaus gut erkennen. Es war viel größer, als ich es mir vorgestellt hatte und wenn die Fenster nicht vergittert gewesen wären, hätte ich vermutet, dass es sich bei dem Geisterhaus um ein ehemaliges Gemeinschaftshaus handelte. „Ab hier müsst Ihr zu Fuß weitergehen.", erklärte der Fahrer, nachdem alle ausgestiegen waren. Nazissa sprang lautlos aus einem der seitlich stehenden Bäume und kam auf uns zu. Enrico, der wie immer einige, sichere Meter von Jessica entfernt stand, nickte ihr zur Begrüßung kurz zu. „Hey", begrüßte sie uns und nickte in die Runde. „Gibt es etwas Neues", erkundigte sich Fabian ruhig. „Nein, zumindest nicht viel. Vicky ist vor einer halben Stunde zurückgekommen und führt seitdem Selbstgespräche." „Was ist mit der Kappe", hakte Fabian nach. „Den haben wir nicht gesehen, was aber nicht heißen muss, dass er nicht doch irgendwo im Haus ist." Enrico schluckte schwer. „Haben Sie keine Angst, ich lasse nicht zu, dass Ihnen etwas passiert", versuchte Fabian ihn zu beruhigen. „Er vielleicht nicht, aber ich schon", murmelte ich leise. Vanessas Fahrer schüttelte verständnislos den Kopf, während Fabian meine Worte einfach ignorierte.

„Also sind Bastian und Isabell auch hier", fragte Jessica, um auf das eigentliche Thema zurückzukommen. Nazissa nickte: „Ja." „Und was ist mit meiner Tochter?" Betrübt sah Nazissa zu Claire, als sie ihr eine Antwort gab: „Es tut mir leid, aber wir können Vanessa von keinem unserer Beobachtungsposten aus sehen" „Ihr habt nicht mehr viel Zeit, die Polizei wird sicher bald hier eintreffen", wies uns der Fahrer drauf hin. „Claire, vielleicht solltest du besser mit dem Chauffeur hier warten", schlug Fabian vorsichtig vor. Claire nickte stumm. Sie schien zu wissen, dass Fabian Recht hatte, weil ihre Nerven das nicht mitmachen würden, wenn sie sah, wie ihre Tochter gefesselt und gefangen in einem Raum lag. Und dann war da ja noch Fabians gestörte Psycho-Ex. Nein, all dies würden ihre Nerven nicht mitmachen. Als Fabian und Enrico sich gerade auf den Weg machen wollten, packte Claire Enrico am Arm. „Bitte, bring mir meine Tochter zurück." Ich zuckte angewidert zusammen, als er sich zu ihr umdrehte und beruhigend seine Hand auf ihre Schulter legte. „Das verspreche ich dir." Jessica und ich rannten los und ich war froh darüber, denn ich wollte nur soweit wie möglich weg von diesem Kerl sein.

Ich nickte Bastian zur Begrüßung zu, als er bei unserer Ankunft kurz zu uns herübersah. Wir hockten in der Baumkrone, der seiner am nächsten stand. Von hier oben hatten wir einen guten Überblick über das Geisterhaus, den Wald und den Straßen, die hinter dem Haus lagen. „Lass mich los, Bastian", forderte Isabell leise. Erst jetzt fiel mir auf, dass Bastian dicht neben ihr hockte und seinen Arm fest um sie geschlungen hatte. Dies war aber keine Geste der Liebe oder der Zuneigung, sondern diente viel mehr dazu, dass sie nicht vom Baum springen und das Haus im Alleingang stürmen konnte. Isabell zappelte unter seiner Umklammerung, aber Bastian gab sie nicht frei und hielt, auch ohne Schwierigkeiten ihren Versuchen sich loszureißen, stand. Ich wandte meinen Blick wieder von den beiden ab, und konzentrierte mich wieder auf das Haus, in dem Fabians Ex noch immer sinnlose Selbstgespräche führte.

Nach wenigen Minuten kamen auch Fabian, Enrico und Nazissa dazu. Sie liefen schweigend nebeneinanderher, wobei Enrico zwischen den beiden lief. „Isabell, ich möchte, dass du gleich die Nerven behältst und hier wartest, wenn Bastian dich loslässt", hauchte Fabian. Isabell hörte tatsächlich auf sich zu wehren und schien sich gleichzeitig auch etwas zu beruhigen. „Wo sind die beiden? Ich kann sie nicht sehen", flüsterte Enrico. „Da oben in den Baumkronen", antwortete Fabian flüsternd und zeigte in unsere Richtung. Enrico suchte die einzelnen Bäume nach uns ab. Doch wir waren zu weit oben, zu reglos und zu still, als das seine schwachen, menschlichen Augen uns ausmachen konnten. Die Selbstgespräche in dem Haus verstummten.

In Bruchteilen von Sekunden stellte sich Fabian schützend vor Enrico. Noch bevor die Haustür geöffnet wurde, verschwand Nazissa ebenfalls in der nächsten Baumkrone, damit wir weiterhin den Überraschungseffekt auf unserer Seite hatten.

Und da stand sie und kam freudestrahlend auf Fabian zu. Obwohl sie mittlerweile ordentliche Kleidung trug, hatte sie ihre Haare noch immer nicht gebändigt, was das Bild, das ich in meiner Vorstellung von ihr hatte, weit in den Schatten stellte. „Fabian, Liebster. Ich wusste, dass du zu mir kommen würdest." Vicky blieb abrupt stehen und ein Lächeln breitete sich auf ihren Lippen aus, als sie Enrico hinter Fabian erspähte. „Ah, der Nachbar. Das einzige Rätsel, das ich noch nicht lösen konnte." „Ein Rätsel, das für dich auch immer eins bleiben wird", erwiderte Fabian, dessen Anspannung jetzt deutlich spürbar war, jetzt wo seine Ex-Freundin ihm gegenüberstand. Als wären Fabians Worte das Zeichen gewesen, sprangen Bastian und Nazissa vom Baum und stürzten sich auf Vicky. Sie kreischte, als die beiden sie zurück ins Haus drängten.

Das Geräusch, wie Vicky gegen die Wand gepresst wurde, war unser Zeichen und wir sprangen und stürmten ebenfalls in das Haus. „Lass mich los, du Missstück!", schrie Vicky Isabell an, die noch immer von den beiden an der Wand festgehalten wurde. Der feine Geruch von Meerwasser lag in der Luft, was bedeutete, dass Vanessa definitiv hier irgendwo sein musste. Wir folgten ihrer Fährte und standen vor einer verschlossenen, alten Holztür. Hinter uns war das leise Knacken eines Genicks zu hören, das aus dem Flur kam und Vickys wildes Gekreische verstummte. Dass brechen ihres Genicks verschaffte Bastian und Nazissa Zeit, Vicky so weit wie möglich von hier wegzuschaffen, bis sie in einigen Stunden wieder aufwachte. Und dann würde sie hoffentlich wieder hinter Schloss und Riegel, in einem Hochsicherheitstrakt sitzen.

„Er hat sich geirrt, das ist kein Tisch.", meine Stimme versagte. Der Anblick dieser Szenerie war einfach zu schrecklich. Vanessa lag bewusstlos auf eine Trage geschnallt. Ihr Kopf lag auf der Seite und ihre Haut war an einigen Stellen, wo ihr Körper mit der Trage in Kontakt gekommen war, mit einer dunkelroten Schicht überzogen. An ihren Armen und ihren Handgelenken waren noch die Bisswunden zusehen, die Vicky ihr zugefügt hatte und offenbar nicht für nötig gehalten hatte, sie mit ihrem eigenen Blut wieder verheilen zu lassen. Aber da war noch etwas. Ein kleines Loch, das versteckt in ihrer linken Armbeuge lag und nicht größer war, als ein kleiner Pickel. Was hatte diese Psycho-Frau noch mit ihr angestellt, außer dass sie Vanessa auf eine Trage geschnallt hatte, nur um ihr psychische Schmerzen zuzufügen? „Ich hoffe, dass sie schnell erlöst wird damit sie nicht länger leiden muss." Jessica erwiderte nichts, denn wir waren nicht mehr alleine. Enrico stand hinter uns, auf den Überresten der Tür, die Jessica im klassischen „Krimistil" eingetreten hatte. Als ich mich kurz zu ihm umdrehte, hielt er seine Hand auf den Mund gepresst und mit weit aufgerissenen Augen betrachtete er ebenfalls die furchtbare Szenerie. Er stolperte an uns vorbei, direkt auf die leblose Vanessa zu. „Ein Glück, sie lebt", stellte Enrico erleichtert fest, nachdem seine Finger an Vanessas Halsschlagader ihren Puls ertastet hatten.

„Ja, noch", murmelte ich leise in mich hinein. „Das hätte ich Ihnen auch so sagen können", entgegnete Jessica kühl. Ein sanfter Windhauch fegte durchs Zimmer und Enrico fuhr erschrocken zusammen, als Fabian ihm plötzlich gegenüberstand. „Tut mir leid, ich wollte Sie nicht erschrecken." Ich verdrehte die Augen. Fabian ging so behutsam mit Vanessas Nachbarn um, dass es in mir sicher einen Brechreiz ausgelöst hätte, wenn ich nur etwas im Magen gehabt hätte. Fabian strich Vanessa sanft ein paar Haarsträhnen aus dem Gesicht, die ihr über die Augen gefallen waren. „Es tut mir so leid, ich hätte besser auf dich aufpassen müssen, nachdem du Vicky zum ersten Mal gesehen hattest.

Bitte vergib mir." Fabians Miene verhärtete sich, als er ebenfalls das kleine Loch in Vanessas Armbeuge entdeckte. Suchend wanderte sein Blick durch den Raum und blieb an einem Haufen zerknüllten Müll in der Ecke hängen.

In Bruchteilen von Sekunden hockte Fabian davor. Er hob etwas von dem Müll auf und hielt es hoch, damit auch wir es sehen konnten. Es war ein leerer Beutel, und so wie der Berg aussah, gab es davon noch mehrere. Obwohl Enrico noch immer neben Vanessa stand, und damit auch eine gewisse Distanz zwischen uns lag, zuckte er dennoch zusammen, als Jessica und ich uns schnell durch den Raum bewegten. Seine Finger lagen unverändert auf der Stelle, wo er Vanessas Puls ertastet hatte. Ich hasste ihn und konnte es mir demnach auch nicht verkneifen, mitten in meiner schnellen Bewegung inne zu halten und mich blitzschnell zu ihm umzudrehen, um ihn ein wenig zu ärgern. Zwar wäre die Wirkung größer gewesen, wenn Jessica es gemacht hätte, aber meinen gewünschten Effekt gab es trotzdem. Denn Enrico fuhr erneut zusammen. „Nina." Fabians Stimme klang vorwurfsvoll, genauso war sein Blick, den er mir zuwarf, als ich mich neben ihn hockte. „Ist ja gut, entspann dich", erwiderte ich und lenkte meine Aufmerksamkeit wieder auf den Haufen leerer Beutel. Nachdem ich den Inhalt, von dem noch ein kleiner Rest übriggeblieben war, als eine durchsichtige Flüssigkeit und damit als Flüssignahrung identifiziert hatte, wie man sie sonst nur aus Krankenhäusern kannte, musste ich eines zugeben:

„Eines muss man deiner gestörten Psycho- Ex lassen. Sie ist nicht dumm." „Ich weiß", antwortete Fabian betrübt und warf den Beutel zurück zu den anderen. „Was ist los", fragte Enrico nervös. „Vicky hat Vanessa mit flüssiger Nahrung versorgt, damit ihr Körper nicht schlapp macht", erklärte Fabian, als er wieder neben Vanessa stand und ihr zärtlich über die Wangen strich. Mehrere Sirenen unterbrachen die Stille.

Es waren mehrere Autos, die rasend schnell die Straßen entlang zu diesem Haus fuhren. Aber sie kamen nicht aus der Richtung, wie ich es zuerst erwartet hatte. Ich hatte erwartet, dass sie wie wir über den Waldweg kommen würden, aber stattdessen näherten sie sich von der Hauptstraße aus. Ohne ein weiteres Wort miteinander zu wechseln, drehten Jessica und ich uns um und verließen das Haus.

Jessica und ich waren die ersten, die am Krankenhaus eintrafen. Automatisch hielt ich die Luft an, als wir durch die Tür das Gebäude betraten. Obwohl ich die Luft anhielt, roch ich den intensiven Geruch von Desinfektionsmittel, der überall im Haus hing. Ich gab es auf und holte wieder Luft. Und sofort bereute ich meine Entscheidung. Der Geruch schien jetzt noch intensiver zu sein und er gab mir das Gefühl, als würde dadurch meine Lunge brennen. „Na toll, jetzt darf ich heute Abend meine neuen Sachen verbrennen", sagte ich und dachte an mein neues, weißes Shirt, das ich trug und meiner dazugehörigen Jacke. Sie waren nicht einmal zwei Wochen alt und schon würden sie heute Abend unserem Kamin zum Opfer fallen. Zwar konnte ich auch meine Klamotten einfach solange waschen, bis der Gestank raus war, aber allein die Kleidungsstücke würden mich immer an das hier erinnern. Um meine Jeans war es nicht ganz so schade, denn sie hatte ich noch aus der Zeit, als ich noch ein Mensch gewesen war. Ich hörte, wie irgendwo im dritten Stock ein Kind weinte und versuchte es auszublenden. Aber es gelang mir nicht. Der Schrei des Kindes, die Stimmen der Ärzte, Schwestern und Pflegern, die verteilt durch das ganze Gebäude liefen, waren einfach viel zu laut.

Ich konnte es nicht mehr ertragen, blieb stehen, schloss die Augen und hielt mir die Hände an den Kopf. „Wenn ich nicht unsterblich wäre, würde ich mich jetzt wieder vom Dach stürzen." Als ich die Augen nach einigen Minuten wieder öffnete, stand Jessica vor mir, die mich besorgt und mitfühlend musterte.

Ihre Sorge galt aber nicht meinem Geständnis, dass ich mich vom Dach stürzen würde, wenn ich nicht schon tot wäre, sondern viel mehr, weil sie die einzige war, die die Wahrheit über mein inneres Vorgehen kannte. Die psychischen Schmerzen, die die Ärzte, Polizisten und Sanitäter bei mir auslösten, hatten sich mit in meine neue Existenz als Vampir mit eingeschmuggelt. Nur den körperlichen Schmerz war ich durch meine Verwandlung zum Vampir losgeworden. Zumindest solange ich meine menschlichen Gefühle ausgeschaltet hielt.

„Du musst nicht hierbleiben. Ich kann auch in der Gemeinschaft anrufen und darum bitten, dass dich jemand abholt. Und ich hole dich später wieder ab, wenn ich fertig bin." „Nein. Wir müssen Vanessa beschützen und versuchen sie vor weiterem Schaden zu bewahren und das geht am besten, wenn wir zusammenbleiben." Jessica nickte, denn sie wusste, dass ich Recht hatte.

Ein Mann Anfang dreißig und mit rostbraunem, kurzem Haar saß mit seiner Security Uniform in einem der Sessel und schlief. Es war Jessicas Vater Joe. Vier Jahre alte Wut kochte in mir hoch und drängte danach, endlich ans Tageslicht zu dürfen. Hier in einem dieser Häuser hatte er mich verraten. „Was will der denn hier", knurrte ich. „Er ist nicht der Einzige, der hier ungebeten ist", antwortete Jessica angesäuert. Sie zeigte auf einen Mann und eine Frau in Polizeiuniform, die weiter hinten ebenfalls in zwei Sesseln saßen und mit ihren Handys zu Gange waren. „Ich hätte jetzt große Lust auf eine Partie Cop-Bowling", erklärte Jessica mit zusammen gepressten Zähnen. „Geht mir genauso", erwiderte ich. Cop-Bowling war ein Spiel, das Jessica vor vier Jahren erfunden hatte. Damals galt es allerdings eher zur meiner Verteidigung, als zu Jessicas Vergnügen. Sie hatte mir erzählt, dass während ich bewusstlos war, die Polizisten versucht hatten mit Jessica zu verhandeln, damit sie mich freigab und sich ein Arzt um mich kümmern konnte. Doch Jessica war nicht darauf eingegangen und hatte sich einen Spaß daraus gemacht, indem sie die absurdesten Forderungen gestellt hatte, die die Beamten unmöglich erfüllen konnten. Nach dem Versuch mit Jessica um meine Freilassung zu verhandeln, starteten sie einen Neuen, wobei das Spiel Cop-Bowling geboren war. Einer der Polizisten hatte sich langsam und vorsichtig Jessica und mir von der Seite aus genähert. Doch Jessica hatte ihn bemerkt und ihn wieder zurück geschubst. Durch die Kraft des Stoßes war nicht nur er, sondern alle anderen Polizisten die hinter ihm gestanden hatten, wie einzelne Kegel umgefallen.

Ich schluckte meine Wut über Joe wieder herunter. Denn der Hass und die Wut den Polizisten gegenüber waren viel stärker als die, die ich für Joe übrighatte. „Schenk deinem Vater eine schwarze Sonnenbrille und er kann den *Men in Black* beitreten", murmelte ich Jessica zu und sie kicherte, während wir zu dem schlafenden Joe herübergingen. Ungeduldig trat Jessica gegen das Bein ihres Vaters, um ihn auf uns aufmerksam zu machen. Ihr Vater spielte seine schlafende Rolle perfekt, denn er ließ sich eine ganze Weile Zeit bis er endlich seine Augen öffnete und sich erst einmal ausführlich reckte und streckte. „Bist du jetzt fertig, Dad?" „Ja, bin ich. Nina!" Überrascht sah er mich an. Normalerweise war es nichts Besonderes, dass ich an Jessicas Seite stand, weil ich ihr, bis auf wenigen Ausnahmen, überall hin folgte. Aber dieses Mal war er überrascht, weil dies einer dieser Orte war an den ich Jessica normalerweise nie folgte. Joe musterte mich und ich sah ihm an, dass er sich sehr über meine Anwesenheit freute. „Du hast dir die Haare schneiden lassen. Und ich muss sagen, dass dir schulterlang echt gutsteht." „Danke", erwiderte ich grimmig.

„Dad, ich sage es dir gleich. Dies ist kein Therapiebesuch. Nina hat diese Höhle nur betreten, um mir dabei zu helfen Vanessa zu beschützen." Joe wandte sein Blick von mir ab, damit er seine Tochter ansehen konnte. „Ihr habt sie also gefunden?" „Ja", erwiderte Jessica knapp. Zu meiner Verwunderung stellte er keine weiteren Fragen. Er musste sich also schon gedacht haben, dass Vanessa sich in keinem so guten Zustand befand. „Ich übergehe mal die Frage, warum du dich schlafend stellst und komme gleich zur nächsten. Was machst du hier?" „Claire hat mich angerufen und herbestellt. Ich gehe mal davon aus, dass ihr mich nicht angerufen hättet?" „Stimmt, hätten wir nicht", gab Jessica gelassen zurück. „Dachte ich mir, sagte er nur und fuhr fort: „Sie hat mir auch erzählt, dass ihr Nachbar ebenfalls hier ist. Ich hoffe doch, dass er unverletzt ist." „Wir haben ihm nicht die Knochen gebrochen, falls du das meinst." „*Noch nicht*", fügte ich in Gedanken hinzu und ich war mir sicher, dass Jessica es ebenfalls tat. „Wie bist du eigentlich so schnell hierherkommen? Und dann auch noch so schnell, dass du vor uns hier warst und deine schlafende Nummer abziehen konntest", fragte Jessica, um ihren Vater gar nicht erst die Möglichkeit zu geben auf dumme Gedanken zu kommen, um für mich irgendeinen neuen Therapieplan aufzustellen.

„Ich habe den Luftweg benutzt", erklärte er ruhig. Jessica lachte: „Sind dir Flügel gewachsen oder hast du dich in eine Fledermaus verwandelt?" Joe seufzte. Schon seit ich Jessica kenne, akzeptierte er es, dass Jessica ihn nicht wirklich mit Respekt behandelte. Weshalb er auch weiterhin ruhig blieb, als er ihr eine Antwort gab: „Nein. Ein Kollege von mir hat mich mit dem Hubschrauber gebracht." Ich zuckte zusammen. Obwohl ich keine traumatischen Erinnerungen mit Hubschraubereinsätzen hatte wie Vanessa, war mir doch jedes Mal unbehaglich, wenn ich einen Hubschrauber sah oder auch manchmal nur das Wort hörte. „Und was ist mit denen, was machen die hier?"

Joe drehte sich in die Richtung, in die ihn seine Tochter wies. Sein Blick fiel auf die beiden Polizisten, die mittlerweile ihre Handys weggesteckt hatten und sich über ihre Hochzeitsvorbereitungen unterhielten. „Ach die. Die sind zu Vanessas Schutz hier." „Vanessa ist aber nicht vom königlichen Blut und auch nicht im Zeugenschutz", zischte Jessica wütend. „Nein. Aber die Polizei hielt es trotzdem für besser, sie für einige Tage unter Polizeischutz zu stellen."

Obwohl es auch ein anderer Wagen hätte sein können, wusste ich, dass es der Krankenwagen war, der Vanessa transportierte. Als die Autotüren geöffnet wurden, waren gleich mehrere Herzschläge zuhören. Da waren ein schwacher, ein panischer und zwei angespannte Herzschläge. Ich drehte dem Grauen den Rücken zu, als sie mit schnellen Schritten erst auf die Türen zu und dann das Krankenhaus betraten. Wir hatten eine halbe Stunde auf sie gewartet und ich wollte mir lieber nicht vorstellen, warum der Krankenwagen für diese kurze Strecke solange gebraucht hatte. Noch bevor der Sanitäter es aussprach, wussten wir es ebenfalls.

„HERZSTILLSTAND!!"

Kapitel 23

Im Nu standen den beiden Sanitätern zwei Ärzte zur Seite, die mit schnellen Schritten hinter ihnen herliefen. Enrico, der noch immer nicht von Vanessas Seite wich, passte sich ebenfalls dem Tempo an.

Wieso ging er nicht? Ihre Verbindung ist doch gebrochen, also warum ging er nicht?

Diese Frage schoss mir immer wieder durch den Kopf, während ich dabei zusah, wie die Sanitäter, die Ärzte und Enrico mit Vanessa in den nächsten Raum verschwanden. Fabian, der ihnen in einem langsamen Tempo gefolgt war, schlüpfte ebenfalls durch die Tür. Ein Schmerzensschrei hallte durch den Raum: „Nein, Vanessa!" Es war ihre Mutter, die den Schrei ausgestoßen hatte. Sie hockte auf dem Boden in der geöffneten Eingangstür und weinte um ihre Tochter. Unser Chauffeur hockte neben ihr und hatte tröstend seinen Arm um sie gelegt. „Komm, wir gehen nach draußen.", sagte er sanft und half ihr auf. Claire zitterte am ganzen Leib, als unser Chauffeur sie stützte, um sie nach draußen zu führen. Eine Schwester, die gerade an der Anmeldung stand, entdeckte die beiden und kam auf sie zu. „Kann ich Ihnen helfen? Möchten Sie vielleicht, dass ich Ihnen etwas zur Beruhigung gebe?" „Ich will mich nicht beruhigen, ich will meine Tochter zurück", schrie Claire sie an. Die Schwester wirkte hilflos und schien deshalb sehr erleichtert zu sein, als ihr eine junge Ärztin zur Hilfe kam, sie ablöste und sie sich wieder anderen Aufgaben widmen konnte.

„Ich bin Dr. Gabriele.", stellte sich die junge Frau kurz vor. Die Ärztin musterte Claire, offenbar um festzustellen, wie stabil sie noch war. „Sind Sie der Vater des Mädchens?", fragte die Ärztin an unseren Chauffeur gewandt. „Nein." „Oh tut mir leid, ich dachte nur, weil Sie zusammen hier sind."

Jessica und ich hatten genug gehört. „Macht keine Dummheiten", rief Joe uns nach, als er sah, dass Jessica und ich in Richtung des Zimmers gingen, in dem sich Vanessa befand. „Macht keine Dummheiten, das sagt ja der Richtige.", wiederholte Jessica leicht verärgert.

Als wir das Zimmer betraten, hatten die beiden Ärzte übernommen. Vanessa sah jetzt noch erschreckender aus. Ihre dunkelrote Haut hatte leichte Risse bekommen und dann waren da noch die Schläuche, mit denen sie verbunden war. Auf Mund und Nase befand sich eine Beatmungsmaske, die Vanessa mit Sauerstoff versorgen sollte. „Weg", schrie einer der Ärzte und jagte einen Stromschlag nach dem anderen durch Vanessas toten Körper.

Ein dumpfer Aufschlag folgte, als ihr lebloser Körper wieder auf den weichen Untergrund der Trage aufschlug. Eine Prozedur, die sich im Sekundentakt wiederholte. Ich lachte fast, auch wenn der Anblick abscheulich war und mich anwiderte. Ihre Versuche waren sinnlos. Außer, dass ein Stromschlag für eine Meerjungfrau lustig kribbelte, passierte nichts. Vanessa hatte uns das allerdings erst erklärt, nachdem sie in Kontakt mit einer kaputten Steckdose gekommen war und vom Strom erfasst worden war. Joe war regelrecht panisch gewesen und wollte schon den Notruf wählen, bis er merkte, dass es Vanessa gut ging und sie noch immer lachte, weil der Strom in ihrem Körper sie noch immer kitzelte. Und dann war sie es, die plötzlich in Panik verfiel, weil sie merkte, dass Joe noch immer das Telefon in der Hand hielt und sein Finger über der Notruftaste ruhte, während er sie fassungslos anstarrte.

„Ich hoffe du bringst sie später um. Ansonsten wüsste ich nicht, wie ich diesen Anblick länger ertragen könnte." Ein leichtes Lächeln breitete sich auf Jessicas Lippen aus. „Du kannst Gedanken lesen, genau das hatte ich später vor." Das Feuer in meinem Kopf breitete sich aus. Das Gefühl von Säure wurde ausgeschüttet und vermischte sich mit dem Gefühl von Feuer in meinem Kopf. Ein

Verlangen nach Morden breitete sich in mir aus. Ich wollte töten, damit das Gefühl von Feuer und Säure endlich wieder erlosch. Und dann war da noch ein weiteres Bedürfnis, das befriedigt werden wollte. Am liebsten wäre ich nach draußen gestürmt und hätte die einzelnen Fahrzeuge in die Luft gejagt. Aber hier ging es nicht um mich, sondern um Vanessa. Und ich musste die Kontrolle behalten und meine Bedürfnisse im Zaum halten, bis ich mir absolut sicher war, dass Vanessa nie wieder aufwachen würde.

Von den zehn waren nur noch fünf Minuten übrig, in denen die Ärzte Zeit hatten, Vanessa wiederzubeleben. Danach war das Zeitfenster geschlossen und sie würde nie wieder aufwachen. Aus eigener Erfahrung wusste ich, dass Vanessa diese zehn Minuten im weißen Nichts verbrachte, einer Art Zwischenstation, in der es möglich war, einen Menschen zurück ins Leben zu bringen oder in meinem damaligen Fall sich in eine Unsterbliche zu verwandeln. Die Ärzte stellten ihre Reanimationsversuche ein. Auch sie hatten mittlerweile festgestellt, dass ihre Bemühungen sinnlos waren.

„Wo ist sie", fragte eine Männerstimme hinter uns, der ebenfalls in den Raum getreten war, der zum Glück ziemlich groß war. Obwohl wir ihm den Rücken zugekehrt hatten, wussten wir wer es war. Es war der Heiler. Meine und Jessicas Bewegung waren eins, als wir zur Seite traten, um den Heiler durchzulassen. Fabian, der am Fenster stand, drehte sich um und knurrte leise als er den Neuankömmling erblickte. Enrico sah ebenfalls auf. Er saß zusammengekauert an der Wand, auf dem Fußboden. Tränen der Trauer liefen ihm übers Gesicht und versickerten in seiner Jeans. Enrico betrachtete den Mann mit den dunkelgrauen Haaren und der Nickelbrille auf der Nase. Ich zuckte zusammen, weil ich mir plötzlich vorstellen musste, wie der Heiler die junge, hübsche Vanessa geküsst hatte.

Ja, man kann verstehen warum Fabian auf den Heiler nicht sehr gut zu sprechen ist.

Wenn Vanessa uns vom Heiler erzählt hatte, hatte ich immer einen jungen Mann vor Augen gehabt und nicht diesen alten Kerl. Ich schüttelte den Gedanken ab und wandte mich wieder Enrico zu. Er hatte seine Augen geschlossen und den Kopf gegen die Wand gelehnt. Noch immer liefen ihm die Tränen über die Wangen, die dieses Mal auf seine Jacke tropften.

Wieso ging er nicht? Wieso verriet er Vanessa nicht und ging?

Diese Fragen stellte ich mir erneut und sie kreisten in meinem Kopf immer schneller, während die Schmerzen weiter zunahmen. Meine Theorie von vorhin, dass Enrico das ganze nur abzog damit er mehr Macht auf mich ausüben konnte, widerlegte sich. Sie konnte einfach nicht stimmen. Enricos ganzes Verhalten war falsch. Es irritierte mich, wie er einfach nur dasaß und trauerte. Er verriet Vanessa nicht, verließ sie nicht, sondern saß einfach nur da und brachte seine Trauer zum Ausdruck.

Sollte es wirklich so sein, dass er wirklich so war und kein Idiot, wie seine Kollegen?

Aber noch im selben Moment, wie mir der Gedanke gekommen war, verwarf ich ihn auch gleich wieder. Denn das konnte einfach nicht so sein. „Sind Sie wahnsinnig", brüllte der eine von den beiden Sanitätern, die sich immer noch mit im Raum befanden. Meine Aufmerksamkeit galt sofort wieder Vanessa und dem Heiler. Aus seinem Wanderrucksack, den er bei sich trug, hatte er ein Erste-Hilfe-Täschchen gezogen und eine Spritze herausgeholt. Die Nadel ruhte über Vanessas leblosem Herzen. In der Spritze befand sich eine durchsichtige Flüssigkeit, in der sehr kleine Körnchen schwammen. Es war Salzwasser und genau diese Substanz wollte er ihr ins Herz injizieren. Nachdem Vanessa mit der kaputten Steckdose in Kontakt gekommen war, hatte sie uns auch erklärt, dass Meerjungfrauen nie einen Herzstillstand erleiden konnten, zumindest nicht die, die nur im Wasser lebten.

Meerjungfrauen, die auch an Land lebten konnten es und wenn ihnen so etwas passierte musste man ihnen einfach nur Salzwasser ins Herz injizieren und es begann wieder zu schlagen. Aber all dies war für mich zu hohe Meerjungfrauenbiologie.

Ich wusste zwar, was ich im Falle eines Herzinfarktes zu tun hatte, aber verstehen und nachvollziehen konnte und wollte ich es auch nicht. „Das wird ihr helfen", versuchte der Heiler zu erklären." „Das ist Salzwasser", brüllte der zweite Sanitäter wütend zurück. „Bitte, Sie müssen mir vertrauen." „Jetzt reicht´s! Schafft ihn aus dem Zimmer", befahl einer der beiden Ärzte genervt. Die beiden Sanitäter packten den Heiler an den Schultern und wollten ihn von Vanessa wegzerren, um ihm aus dem Raum zu schmeißen. Doch der Heiler riss sich los, versenkte die Nadel in Vanessas Haut und drückte den Kolben mit der Flüssigkeit herunter.

Oha, ein alter Mann ist stärker, als die beiden Männer. Respekt!

Entsetzt wichen die vier Männer zurück. Vorsichtig entfernte der Heiler die Maske. Die Stelle, wo bis eben noch die Maske gelegen hatte, war ebenfalls von einer dunkelroten Schicht überzogen. Der Heiler schluckte, als er das sah, beugte sich aber dann über Vanessa und küsste sie. „Kann er mal aufhören meine Freundin zu küssen", knurrte Fabian, der sich vom Fenster weggedreht hatte und grimmig dabei zusah, wie dieser alte Mann seine junge, hübsche, wenn auch tote Freundin küsste. „Wieso reagierst du nicht", schrie der Heiler in seiner Verzweiflung Vanessa an. Seine Hand klatschte immer wieder gegen Vanessas Wange, was weder ihm was brachte noch Vanessa. Fabian machte das nur wütender und zum ersten Mal sah ich, wie er sich bemühen musste nicht die Beherrschung zu verlieren.

„Weil das Salzwasser gewesen war", brüllte der Sanitäter wütend zurück, der wieder nähergetreten war. „Hat unser intelligenter

Heiler mal daran gedacht, dass Vanessa überhaupt nicht zurückkommen will? Anscheinend nicht", beantwortete ich meine Frage gleich selbst. Als ich dem Heiler dabei zusah, wie er Vanessa küsste, ihr welche klatschte und sie dabei anschrie. Wobei der Sanitäter immer mit seiner selben Antwort zurück brüllte. Ein kurzer Windstoß wehte durchs Zimmer und mit einem Mal stand Isabell mitten im Raum. Als Jessica und ich aufgebrochen waren, waren sowohl sie, Bastian, Nazissa und die außer Gefecht gesetzte Vicky verschwunden. „Nein, nein! Du darfst nicht tot sein!" In Bruchteilen von Sekunden stand Isabell neben Vanessa und versenkte ihre Zähne in Vanessas Arm, Hals, Schulter und Beinen. Der Raum war erfüllt von den entsetzen Schreien der Menschen. „Was für ein Déjà-vu", murmelte Jessica leise, als sie Isabell dabei zusah. „Sah es bei mir damals genauso aus", erkundigte ich mich neugierig. „Ja, wenn auch mit winzig kleinen Unterschieden. Erstens war ich nicht wie Isabell Durstfeld, sondern einfach nur Durstig und zum Zweiten bin ich direkt zu dir auf die Trage gesprungen und hab mich nur auf deinen Hals gestürzt.

Kurz zur Erklärung, Durstfeld ist eine Zusammensetzung aus Durstig und verzweifelt.

Aus dem Augenwinkel sah ich gerade noch, wie einer der Ärzte auf den Knopf seines Pagers drückte und somit den Alarm auslöste. Die Ärzte hielten Isabell für eine Bedrohung. Eine Bedrohung für die Menschen in diesem Raum und wahrscheinlich auch für das gesamte Krankenhaus. Doch die wahre Bedrohung waren Jessica und Ich, und nicht Isabell. Nach nur dreißig Sekunden stürmten der Polizist, ein Mann vom Sicherheitsdienst und Joe ins Zimmer. Jessica grinste ihren Vater breit an. Als er überrascht das Zimmer betrat, weil er geglaubt hatte, dass der Sicherheitsdienst für seine Tochter bestimmt war und nicht für die eigentlich harmlose Isabell.

Obwohl Joe der Letzte gewesen war, der den Raum betreten hatte, war er der Erste, der seine Arme mit einem festen Griff um

Isabells Körper schlang, um sie von Vanessa wegzuzerren. „Fahr deine Fangzähne ein", befahl er, noch während Joe über sie gebeugt war und Isabells Haare ihr Gesicht verdeckten. Es folgte ein leises Klicken und als Isabell ihren Kopf hob waren ihre spitzen Zähne verschwunden. „Fabian", flehte Isabell verzweifelt, als Joe und der Mann vom Sicherheitsdienst sie in Richtung Tür schoben. „Nein, Isabell ich war schon viel zu lange egoistisch. Vanessa verdient den Frieden."

In Isabells Augen sammelten sich Tränen und dann schrie sie ihn an: „Nein, sag dass das nicht wahr ist!" Etwas Neues weckte meine und Jessicas Aufmerksamkeit. Mehrere Blutstropfen traten aus den Wunden, die Isabell Vanessa zugefügt hatte und liefen ihren Körper hinab und landeten auf der Trage. Der Geruch des Blutes war einfach überwältigend. Vanessas Blut roch nach salzigem Meerwasser, während der Geschmack alles andere als salzig war.

Im Gegenteil, er war honigsüß. Hätten wir uns genährt, hätten wir uns auch ohne Schwierigkeiten dem Geruch des Blutes widerstehen können. Jessica und ich hatten nämlich genug Erfahrung mit Vanessas Blut gesammelt, sodass wir den Drang ohne Schwierigkeiten kontrollieren konnten, sobald wir dem Geruch oder dem Anblick von Vanessas Blut ausgesetzt waren. Aber wir hatten uns seit Wochen nicht mehr genährt. Denn wenn wir nicht gerade vor dem Haus von Enrico standen und Stalker spielten, dann waren Jessica und ich damit beschäftigt gewesen, Joe aus dem Weg zu gehen. Doch der Geruch, der von meinen Feinden ausging, war für mich so abscheulich, dass er für eine schützende Balance sorgte.

Als Joe wieder an der Tür stand, drehte er sich ein letztes Mal zu uns um. Es war unmöglich, dass Joe den verführerischen Geruch ignorieren konnte. „Kommt ihr klar", murmelte er in unsere Richtung. Wir nickten, was Joe aber nicht zu überzeugen schien. „Seid ihr sicher?" „Ja, verdammt.", antwortete Jessica gereizt.

Sie hatte es lauter gesagt, als eigentlich gewollt und erntete dadurch viele irritierte Gesichter. „Dad, sorge dafür, dass Isabell ihre menschlichen Gefühle abstellt, das wird ihr helfen", murmelte Jessica ihrem Vater zu. Der nickte und verließ das Zimmer. „Wir wissen beide, dass das letztendlich Vanessas Entscheidung ist.", begann Jessica ruhig. „Aber es ist deine Entscheidung, ob wir Enrico die Möglichkeit geben Vanessa umzustimmen." Zuerst begriff ich nicht, was Jessica damit meinte, aber dann verstand ich es. Mein Blick wanderte immer wieder von der leblosen Vanessa, zurück zu dem noch immer trauernden Enrico. Dessen Verhalten mich noch immer irritierte. Und mit jeder Sekunde fiel es mir immer schwerer, Enricos Verhalten einzuschätzen. Ich hatte meine Theorie zwar widerlegt, aber mittlerweile war ich mir doch nicht ganz so sicher, ob ich damit nicht etwas voreilig gewesen war. Während ich versuchte, eine Entscheidung zu treffen, musste ich an Vanessas Mutter denken, die draußen saß und um ihr Kind weinte.

Dann dachte ich an Fabian, der wieder mit dem Rücken zu uns stand und aus dem Fenster starrte. Vanessa hatte an seiner Seite immer so glücklich gewirkt, weil sie zum ersten Mal jemanden gefunden hatte, dem sie blind vertrauen konnte, der sie aufrichtig liebte und ihr außerdem das Gefühl gab, dass sie liebens- und auch lebenswert war. Doch der qualvolle Schmerz in meinem Kopf, erinnerte mich auch daran, wie sehr Vanessa unter den psychischen Schmerzen gelitten hatte und was es für eine Gnade für sie war, wenn sie tot blieb. Aber dann dachte ich wieder an Fabian und an die Liebe, die sie für einander empfunden hatten und traf meine Entscheidung. „Er soll die Chance bekommen." Jessica setzte sich in Bewegung und ich folgte ihr. Sie war eine schützende Mauer, die nicht nur mich vor meinen Feinden schützte, sondern auch meine Feinde vor mir. Nur wenige Zentimeter blieben Jessica und ich vor Enrico stehen. „Hey, Idiot.", sagte sie. Enrico sah auf und guckte sie an.

Und der reagiert da auch noch drauf.

Ich hatte halb hinter ihr gestanden, gesellte mich aber jetzt an ihre Seite und hockte mich hin, so dass ich leise mit Enrico sprechen konnte. „Wir glauben, dass Sie der einzige sind, der Vanessa zurückholen kann." „Was?" Ich schluckte den Kommentar herunter, in dem ich ihn fragen wollte, ob er vielleicht schwer vom Begriff war. Sein Geruch, für den es wirklich keine Beschreibung gab, stieg mir in die Nase. In seinen Adern hörte ich, wie das Blut rauschte und wie sein Herz vor Aufregung schlug. Noch nie war ich einem Polizisten so nah gewesen, wie in dieser Sekunde. Erst jetzt wurde mir bewusst, wie leicht es war, mit einem Polizisten oder überhaupt mit einem meiner Feinde zu sprechen, wenn man die ganze Zeit im Hinterkopf hatte, dass ich in Bruchteilen von Sekunden in der Lage war ihn zu töten. „Wenn Vanessa Ihnen wirklich etwas bedeutet und das keine Show ist, die Sie hier abziehen, dann sind Sie der Einzige, der sie davon überzeugen kann, wieder zurück in die Existenz zukommen." Verwirrt über meine Anmerkung, dass er die ganze Trauer nur spielen würde sah er mich an.

„Vanessa ist tot. Selbst das Salzwasser und der Biss eurer verzweifelten Freundin hat nichts mehr gebracht."

Jetzt waren Jessica und ich es, die ihn verwirrt ansahen. „Sie wissen über die Meerjungfrauenbiologie Bescheid?", hakte ich nach. „Ja, Claire hat es uns erzählt." Noch immer verwirrt sah ich ihn an, bis Jessica uns unterbrach: „Noch ist Vanessa im weißen Nichts, was bedeutet, dass Sie noch genau zwei Minuten haben, dann ist die Zeit abgelaufen und Vanessa wird wirklich nie wieder zurückkommen." In Enricos Augen erkannte ich, dass ihn das Thema weißes Nichts brennend interessierte, aber weil er nur noch so wenig Zeit hatte, beließ er es dabei. Er war gerade aufgestanden, als ich ihn zurückhielt. „Wenn ich herauskriege, dass Sie das ganze doch nur gespielt haben, dann schwöre ich Ihnen,

222

werden Sie dafür bitter bezahlen!" Enrico drehte sich zu mir um, seine Miene war ruhig.

Meine Drohung hatte ihn also in keinerlei Weise eingeschüchtert. „Es tut mir leid, was auch immer meine Kollegen dir damals angetan haben. Aber nur, weil ich denselben Beruf ausübe, heißt es noch lange nicht, dass ich genauso bin wie meine Kollegen. Und wenn ich sehe wie du oder Vanessa leidest, dann habe ich daran keinen Spaß, sondern tiefstes Mitleid." Irritiert und ohne mir eine Erklärung zugeben, woher er wusste, dass ich damals ebenfalls schlechte Erfahrung mit Polizisten gemacht hatte, ließ er mich stehen. Von Vanessa wusste er das ganz sicher nicht. Demnach konnte es nur einen geben, der ihm das erzählt haben konnte und das war Jessicas Vater Joe. „Es bedeutet aber jetzt nicht, dass ich Sie mag oder dass ich Sie akzeptiere. Es bedeutet gar nichts", rief ich ihm nach. „Ich habe auch nichts anderes erwartet", antwortete er mit derselben ruhigen Stimme wie vorhin auch und lief weiter. Nun war ich es, die von allen anderen die verständnislosen Blicke einfing, aber das war mir egal. Erschöpft lehnte ich mich gegen die Wand.

Körperlich war ich noch topfit, aber von der Psyche her hatte ich das Gefühl, als hätte ich gerade einen stundenlangen Matheunterricht hinter mich gebracht. Jessica stand dicht neben mir und gemeinsam beobachteten wir das Schauspiel, wie Enrico versuchte Vanessa für die Existenz umzustimmen. „Vanessa? Ich bin's, dein Idioten Nachbar." „Hat er sich wirklich gerade selbst, als einen Idioten bezeichnet?", fragte ich und war genauso fassungslos wie Jessica und alle anderen in diesem Raum. Nur Fabian enthielt sich und starrte weiterhin unverändert aus dem Fenster. „Ja, das hat er", antwortete Jessica. „Aber wann und vor allem von wem hat er denn bitte psychisch gelernt", wollte ich von Jessica wissen. „Fabian muss es Enrico beigebracht haben, da wir es waren, die ihm die Sprache beigebracht haben." Fabian, der sich vom Fenster losgerissen hatte, nickte in unsere Richtung, um mir zu bestätigen, dass er es gewesen war.

„Das was dir die Idioten damals angetan haben, ist unentschuldbar. Aber bitte, lass mich dir beweisen, dass ich anders bin.", fuhr Enrico fort. Und nun war er es, der von allen anderen, außer von uns, komisch angeguckt wurde. Nachdem er seine Worte ein zweites Mal wiederholt hatte, trat auch der Heiler wieder an Vanessas Seite, wobei ihn dieses Mal keiner aufhielt, weil er aus menschlicher Sicht sowieso keinen Schaden mehr anrichten konnte. Der Heiler küsste Vanessa wieder und Fabian ballte wütend seine Hände zu Fäusten, während er grimmig dabei zusah. Als Enrico seinen Satz zum wiederholten Mal anfing, begann er mitten im Satz plötzlich an zu keuchen, weil er das, was er vor sich sah, niemals für möglich gehalten hätte. Aus dem Mund des Heilers, löste sich ein hellblauer, durchsichtiger Faden, der gierig von der leblosen Vanessa verschlungen wurde. Doch der hellblaue Faden zog sich immer wieder zurück, sodass Vanessa nicht zu viel von ihm bekam, aber doch genug, dass er ununterbrochen weiterfließen konnte.

Mit weit aufgerissenen Augen standen die Ärzte und Sanitäter um die beiden herum und verfolgten das Unmögliche. „Was ist das?", schrie einer der beiden Sanitäter verstört. Fabian, Jessica und ich wussten es, aber keiner sagte es. Man hätte uns sowieso nicht geglaubt und garantiert auch für verrückt erklärt, wenn wir ihnen gesagt hätten, dass es sich bei dem hellblauen Faden um die Seele des Heilers handelte. Erschöpft sprang der Heiler nach hinten zurück, nachdem er sich von Vanessa gelöst hatte, damit sie ihm beim Aufwachen nicht wieder auf die Schuhe kotzen konnte. Wenn sie überhaupt wieder aufwachte, denn Vanessas Herz hatte noch immer nicht angefangen zu schlagen. Bei dem hastigen Rücksprung, trat der Heiler mit voller Wucht auf den Fuß des Sanitäters, der hinter ihm gestanden hatte. Jetzt hatte ich eine lustige Vorstellung, wie Vanessa damals auf die Schuhe des

Heilers gekotzt hatte und eine weitere lustige Erinnerung, wie der Heiler auf den Fuß meines Feindes getreten war. Auch Enrico beendete ein letztes Mal seinen Satz. Doch es passierte nichts. Vanessas Herz blieb weiter still. Und die Zeit war vorüber. Ich wollte mich gerade von der Wand losreißen, um meinen unterdrückten Bedürfnissen freien Lauf zu lassen, als das geschah, woran keiner mehr geglaubt hatte und es auch eigentlich unmöglich war. Wir hörten den leisen, unregelmäßigen Herzschlag von Vanessa. Enrico lachte erleichtert auf, als er sah wie ihre Bauchdecke sich in einem unregelmäßigen Takt hoch und runter senkte. Tränen der Erleichterung und der Freude glitzerten in seinen Augen.

Epilog

In diesem Moment geschahen mehrere Dinge gleichzeitig. Die Ärzte und Idioten nahmen ihre Arbeit wieder auf. Joe, der die ganze Zeit auf dem Flur gestanden haben musste, betrat wieder den Raum und riet den Ärzten Vanessa vorsorglich schon einmal ein Beruhigungsmittel zu verabreichen. Auf die Nachfrage warum sie das machen sollten, tat Joe das was er am besten konnte, er verriet sie. „Vanessa leidet unter schweren Panikattacken.

Und dann war da noch Fabian, der den Heiler am Kragen packte und ihn hinter sich her aus dem Zimmer zerrte. Bittere Wut und Abscheu überkamen mich und breiteten sich in mir aus. Nichts, aber auch rein gar nichts, konnte dieses Gefühl aufhalten und mich im Zaum halten. Ohne Rücksicht darauf zunehmen, mich in menschlicher Geschwindigkeit zu bewegen, raste ich aus dem Zimmer und ließ Jessica alleine zurück, damit sie Vanessa weiterhin vor unseren Feinden schützen konnte. Es war mir egal, dass ich mit meinem übernatürlichen Verhalten unser Geheimnis aufs Spiel setzte. Jessica oder Joe, würden den Leuten sowieso ihre Erinnerungen nehmen und sie durch neue ersetzen, damit sie sich nicht daran erinnern konnten, dass sie Zeuge von etwas Übernatürlichem gewesen waren. Ich ließ den Raum hinter mir und rannte an den beiden Polizisten vorbei, die angespannt in ihren Sesseln saßen und kaum ein Wort miteinander wechselten. Draußen vor dem Gebäude auf einer Bank, saß Claire zusammen mit unserem Chauffeur und der Ärztin, die entweder schon wieder oder immer noch bei ihnen war. Der Fahrer sah abrupt auf, als ich an ihnen vorbeiraste. „Was ist los", fragte er leise besorgt. Doch ich schenkte ihm keine Beachtung und lief einfach weiter.

Kontrolle ist nichts anderes als Verdrängung

Danksagung

Auf dieser Seite möchte ich mich bei ein paar ganz besonderen Menschen bedanken. Zunächst möchte ich mich bei meiner Seelen-Sister bedanken, da ohne sie dieses Buch niemals fertig geworden wäre.

Außerdem gilt mein Dank auch ihre Familie, bei denen ich immer das Gefühl von Liebe, Geborgenheit und Sicherheit verspüre.

Weiterhin ganz herzlichen Dank an D. T., meinem damaligen Musiklehrer, es nicht immer leicht, aufgrund meiner psychischen Erkrankung, mit mir hatte, aber immer für mich dagewesen war.

Und wenn Sie, Herr T., jetzt diese Zeilen lesen, dann möchte ich Ihnen nochmals sagen, dass es keine Worte gibt und es auch keinen Preis dieser Erde gibt, die meinen Dank, was Sie für mich getan haben, ausdrücken können.

Und zum Schluss möchte ich mich bei meiner Mutter bedanken, die immer an mich und an dieses Buch geglaubt hat.

Mama, du hast mich bei diesem Projekt immer unterstützt. Und du bist auch immer für mich da. Ich danke dir für alles. Ich habe dich ganz doll Lieb.